James Hannah

Das Alphabet der letzten Dinge

James Hannah

Das Alphabet der letzten Dinge

Roman

Übersetzung aus dem Englischen
von Eva Bonné

eichborn

MIX
Papier aus verantwortungsvollen Quellen
FSC® C014496

Dieser Titel ist auch als E-Book erschienen

Eichborn Verlag in der Bastei Lübbe AG

Titel der englischen Originalausgabe:
»The A to Z of You and Me«

Textredaktion: Daniela Jarzynka
Umschlaggestaltung: Christiane Hahn, www.christianehahn.de
Einband-/Umschlagmotiv: © Corbis/Stefano Bianchetti
Satz: Greiner & Reichel, Köln
Gesetzt aus der Weiss Std
Druck und Einband: GGP Media GmbH, Pößneck

Printed in Germany
ISBN 978-3-8479-0602-5

5 4 3 2 1

Sie finden uns im Internet unter www.eichborn.de
Bitte beachten Sie auch www.luebbe.de

Für Sheila

&

Für dich

Ich weiß genau, was du jetzt zu mir sagen würdest.

Du würdest sagen, dass ich es versuchen soll.

Einen Versuch versuchen.

Aber ich möchte aufgeben. Ich möchte einfach nur hier liegen, in diesem Bett, in diesem Zimmer, wo es nichts zu sehen gibt als die Wand, das Fenster, den Magnolienbaum dahinter.

Ein kleines Rotkehlchen hüpft von Ast zu Ast. Mehr brauche ich nicht. Schwupps, weg ist es. Es wird zurückkommen.

Also. Dieselben alten Gedanken stellen sich wieder ein. Nie lassen sie mich in Ruhe. Wie kann ich sie unterdrücken? Durch Gedanken an dich? Wenn ich hier liegen und an dich denken könnte, ich würde es sofort tun.

Nein, nein. Lieber nicht.

Sheila versteht mich. Sie weiß, ich habe ein Problem. Aber was soll sie sagen? Dieselben alten Ideen. Blödes Hirntraining, wie das Alphabet-Spiel.

Für die älteren Patienten mag es das Richtige sein, die lassen sich sogar mit Brettspielen ablenken. Aber ich will das nicht. Ich bin erst vierzig. Mein Verstand ist hellwach. Ich muss ihn irgendwie betäuben.

Ich will doch nur, dass der Gedankenstrudel aufhört. Die Gedankengischt. Das alles soll aufhören.

Du musst es versuchen. Denk an die Zukunft.
Nichts lässt du mir durchgehen, gar nichts.
Das kannst du besser.

Adamsapfel

ADAMSAPFEL STEHT FÜR Reverend Cecil Alexander.

Adamsapfel steht für Kirchenbesuch, und danach gehe ich die Treppe hinunter, immer hinter Mum her. Jeden Sonntag nach dem Gottesdienst reihen wir uns in die Warteschlange ein, um Reverend Alexander *Dankeschön* und *Auf Wiedersehen* und *Bis nächsten Sonntag* zu sagen. Ich bin ein Kind. Kurze Hose, kurze Beine. Ehrlich gesagt fürchte ich mich vor seinem riesigen Adamsapfel. Einen größeren habe ich nie gesehen. Er hüpft und springt und sieht aus wie ein dritter Ellenbogen, der versucht, sich von innen durch die Halshaut zu bohren. Allein vom Anblick wird mir schlecht. Ich frage mich, warum der Mann nicht erstickt. Was, wenn er versehentlich dagegenstößt?

Ich weiß, es gehört sich nicht, so etwas anzusprechen, aber du kennst mich ja.

»Was haben Sie da im Hals?«

Die Antwort auf so eine Frage müsste ein Pfarrer doch locker aus dem Ärmel schütteln.

Wenn es einen Gott gibt, warum erlaubt er dann, dass Kinder verhungern?

Sie haben wohl das Hemd falsch herum an?

Und wie war das mit den Dinosauriern? Erklären Sie mir das. Tja, können Sie nicht, was?

Frank hat gesagt, Sie haben gesagt, er darf nächste Woche die Blumen gießen, aber letzte Woche haben Sie zu mir gesagt, ich dürfte die Blumen gießen. Haben Sie das zu Frank gesagt?

»Was haben Sie da im Hals?«

Wahrscheinlich hat er die Frage schon oft gehört. Meine Mutter japst, fängt peinlich berührt zu kichern an und legt mir eine Zensorenhand über den Mund, doch seine Antwort kommt wie aus der Pistole geschossen.

»Ach, das ist nur ein Apfelstück.«

Ich runzle die Stirn. »Warum schlucken Sie es nicht runter?«

Er ist unheimlich schlagfertig. Gehört wohl zum Job.

»Ich kann nicht. Kannst du dich an die Geschichte vom Garten Eden erinnern? Tja, es steckt fest, zur Erinnerung an Adam, der von dem verbotenen Apfel aß, den Eva ihm gegeben hat. Zur Strafe ist ihm ein Bissen im Hals stecken geblieben, verstehst du?«

»Mein Dad hat auch so einen.«

»Ja, natürlich, alle Männer haben einen.«

»Ich nicht.«

»Oh, nein. Noch nicht.« Er lächelt mich so zufrieden an wie ein hoffnungslos überlegener Schachspieler, der seinen Gegner mattgesetzt hat.

Seither mag ich Adamsäpfel sehr. Ich war mit der Erklärung absolut zufrieden. Sie hat mir nicht einmal den Appetit auf Äpfel verdorben. Doch erst Jahre später habe ich verstanden, was dem Pfarrer bei unserem Gespräch alles durch den Kopf gegangen sein musste.

»Oh, nein. Noch nicht.«

~

»Morgen Ivo!«

Das war Jef. Jef, der Chef.

»Was hättest du denn heute gern zum Frühstück?«

Jef mit einem f. Sicher hat er schon als Schulkind nur ein einziges Berufsziel gehabt. Allerdings wird er hier *Diätassistent* genannt.

»Ein paar Eier vielleicht? Rührei? Mit etwas Toast?«, fragt er.

Er trägt sogar eine schwarz-weiß karierte Hose. Aus Arbeitsschutzgründen? Damit er sie schneller wiederfindet, falls sie mal in die Suppe fällt?

»Das Porridge gestern hast du nicht angerührt. Ich vermute mal, dass du auch heute kein Porridge möchtest?«, fragt er mich.

Er versteckt sich halb hinter seinem Klemmbrett und bleibt respektvoll auf der Schwelle stehen. Halb drin, halb draußen. Er sollte einen Schreibblock mit schwarzer Lederhülle benutzen, wie ein richtiger Kellner.

Nie hatte ich weniger Hunger. Ich bin nicht satt, ich bin einfach nur …

»Hallo, Jef!«

Sheila.

»Oh, Sheila, du bist noch hier?«

»Ja, ich habe noch eineinhalb Stunden. Hast du eben angefangen?«

»Vor zwanzig Minuten. Wollte die Frühstücksbestellungen aufnehmen, bevor die Handwerker kommen. Weißt du, warum?«

»Keine große Sache, oder?«

»Weiß ich nicht.«

»Ich glaube, die sehen sich nur die Außenleuchten an.

Von außen kommen sie da angeblich nicht ran. Brennt das Licht immer noch?«

Jef bückt sich und wirft einen Blick aus dem Fenster. »Nein«, sagt er, »ist aus.«

»Meine Güte, ist das nicht immer so? Bis die Handwerker kommen, hat sich das Problem von selbst erledigt.«

»Der berühmte Vorführeffekt.«

Sheila sieht auf mich hinunter. »Wie kannst du nachts schlafen, bei dem Flutlicht da draußen?«

Ich zucke gedanklich mit den Schultern, weiß aber nicht, ob der Impuls in meinen Gliedern ankommt.

»Wahrscheinlich liegt es an den Igeln, die laufen nachts über den Rasen«, sagt Jef. »Der Bewegungsmelder ist wirklich überempfindlich.«

»Na, dann sind wir ja immerhin vor den Igeln sicher. Das ist doch dreitausend Pfund an Steuergeldern wert!«

»Drei Riesen? Ts!« Jef klopft mit dem Kugelschreiber auf sein Klemmbrett.

»Musst du nicht langsam mal weiter?«

»Tja, würde ich ja gern, aber wir können uns mal wieder nicht entscheiden.« Er sieht mich an. »Rührei? Toast? Ich koche dir Porridge, wenn du magst. Was immer du willst. Schieß los.«

Ich will nichts. Ich schüttele den Kopf.

»Nicht?«

»Ich sag dir was«, Sheila spricht mit mir, »wie wäre es, wenn wir einfach etwas bestellen, und dann überlegst du es dir, wenn es da ist. Mir wäre lieber, du würdest etwas frühstücken, und wenn es nur ein paar Happen sind. Wie wäre es mit etwas ganz Weichem, Rührei zum Beispiel?«

Ich kann nicht antworten. Ich möchte nichts.

»Okay? Rührei?« Jef strahlt mich an.

»Wie wär das?«, fragt Sheila. »Oder ein pochiertes Ei oder Spiegelei.«

»Spiegeleier gibt es bei mir nicht«, sagt Jef.

»Ach ja. Tja, dann eben Rührei. Oder ein pochiertes?«

Ich kann nicht antworten.

»Ich möchte, dass du etwas isst. Das gibt Energie, außerdem hebt es ja vielleicht deine Laune. Okay?«

Na und.

Sie warten.

»Pochiert.«

»Pochiert?«

Ich nicke.

»Also dann. Ein pochiertes Ei.« Jef schreibt es sich auf. Er hackt einen übereifrigen Punkt auf das Papier und seufzt. »War ja klar, dass du dir immer das Komplizierteste aussuchst!«

Er hat Humor. Er verschwindet aus dem Türrahmen, seine Schritte werden immer leiser und zum Schluss von der breiten Doppelschwingtür verschluckt.

Er hätte ganz einfach sagen können: *Geht doch!* Darüber hätte ich mich geärgert.

Sheila bleibt, sie betrachtet die Lücke im Türrahmen, die Jef hinterlassen hat. Sie kommt zu sich, blinzelt, zieht die Bettdecke glatt, wirft mir einen Blick zu und lächelt, nur mit den Augen.

Ich mag Sheila. Alle mögen Sheila. Sie hat so eine Art, immer gut gelaunt und fröhlich. Dabei mag ich sie am liebsten, wenn sie streng ist. Sie kann ganz schön direkt sein, sie schont die Patienten nicht. Fast ein bisschen boshaft, würde ich sagen. Außerdem könnte man meinen, ihr Tag hätte sechsundzwanzig Stunden. Sie scheint niemals in Eile zu sein, wenn sie mit mir oder Jef oder Schwester Jackie spricht. Was mir aufgefallen ist: Die Leute fangen an zu strahlen, wenn sie Sheila sehen.

Sie überzeugt sich davon, dass mein Wasser frisch ist, stellt mit allen Gegenständen vollen und festen Kontakt her, legt eine Hand flach an die geriffelte Hülle der Kanne, die andere auf den weißen Plastikdeckel. Ihre dicken Goldringe klimpern, wie zur Bestätigung, dass alles in Ordnung ist.

Als sie an diesem Morgen die Kontrollrunde durch mein Zimmer dreht, wirkt sie nachdenklicher als sonst, das merke ich sofort. Anscheinend möchte sie noch nicht gehen. Beobachtet sie mich? Sie glaubt wohl, irgendetwas wäre nicht in Ordnung.

Ich lasse mich nicht darauf ein. Ich halte den Blick starr an die Wand gerichtet. Ich könnte mir die Magnolie ansehen, das Rotkehlchen ist zurück. Aber ich werde die Wand anstarren. Diese Wand hat schon alles gesehen. Ich starre die Wand nieder. Sie starrt zurück.

Die Wand gewinnt.

Wie fast immer.

Sheila ist jetzt bei den sauberen Handtüchern, sie legt sich eins an den Körper, lässt die obere Hälfte hinunterfallen und schlägt es dann auf ein Viertel seiner ursprünglichen Größe ein. Zuletzt streicht sie noch einmal darüber, nur zur Sicherheit, und schiebt es in das unterste Fach meines Nachtschränkchens.

Ich frage mich, wann das Hospiz eröffnet wurde. Sieht mir nach den Neunzigerjahren aus, wegen der präzise vermauerten Ziegel und der vielen spitzen Winkel. Die Ziegelsteine sehen nicht aus wie richtige Steine, eher wie gehärteter Haferschleim, und jede Reihe ist von exakt derselben Farbe, als hätte ein Computer sie gelegt, kein Maurer. Gehalten wird das Ganze von freundlich geschwungenen grünen Stahlträgern, die aussehen wie aus Plastik.

Dann schaut diese Wand den Menschen also seit einem guten Vierteljahrhundert beim Sterben zu. Ein Vierteljahrhundert der Hysterie und der Tränen, der Schmerzen und des Elends.

Ich sollte nicht hier sein.

Ich will hier nicht sein.

Ich bin seit fast einer Woche hier, und nichts passiert. Mir geht es weder besser noch schlechter. Sind die anderen jetzt enttäuscht? Wo es doch so mühsam war, den Platz überhaupt zu bekommen.

Wie war das noch? Dr. Sood hat gesagt, meine Symptome würden beobachtet, und falls sich mein Zustand verbessere, dürfe ich vielleicht sogar wieder nach Hause. Aber das hat nicht viel zu bedeuten, oder? Selbst wenn ich in einem Sarg läge, auf dem Fließband zum Ofen, könnte der alte Dr. Sood noch sagen: *Wir lassen Sie gehen, sobald Ihr Zustand sich verbessert.*

Ich bin nicht *krank genug* für diesen Ort. Ich finde es nicht richtig, dass die Mitarbeiter ihre Zeit mit mir verplempern, anstatt sich um die anderen, wirklich kranken Patienten zu kümmern. Ich vergeude die Spendengelder von alten Schachteln und trauernden Hinterbliebenen.

»Liegst du bequem?«, fragt Sheila, die endlich mit Aufräumen fertig ist.

Ich nicke automatisch.

»Tja, lass es mich wissen, falls du irgendwas brauchst, ja? Oder ruf Jackie, ihre Schicht fängt gleich an.«

»Hm.«

»Alles in Ordnung?«

»Hm.«

Sie prüft mich mit Blicken.

Ihre kohlschwarzen Augen sind so wach und durchdringend, wie die meiner Mum es waren, nur dass Sheila viel mehr Lachfältchen hat.

»Möchtest du fernsehen?«

»Nein, danke.«

»Sicher? Wirst du dich nicht langweilen?«

Ich setze ein Lächeln auf. »Ich sehe mir die Wand an.«

»Ach wirklich? Und die Wand guckt zurück?«

Ich nicke. »Die kennt uns alle.«

»Jede Wette, die hätte die eine oder andere interessante Geschichte zu erzählen.«

»Hm.«

»Dabei machen sich die meisten Leute eine falsche Vorstellung von dieser Wand. Weißt du, sie hat viel Liebe gesehen und Lachen gehört.« Sie lächelt mich an. »Wie läuft es da oben?« Sie tippt sich an die Stirn. »Versuchst du, nicht durchzudrehen? Weißt du, ich mache mir Sorgen um dich. Ich will nicht, dass du mir hier verrückt wirst, okay?«

»Ich werde nicht verrückt.«

»Was macht das Spiel?«

»Welches Spiel?«

Ich weiß natürlich, welches Spiel sie meint. Ich tue einfach nur so, als hätte ich keinen blassen Schimmer.

»Erinnerst du dich nicht an das Spiel, von dem ich dir neulich erzählt habe? Von A bis Z? Um die grauen Zellen in Schwung zu halten. Du denkst an irgendein Körperteil, okay? Ein Körperteil für jeden Buchstaben des Alphabets …«

Ich nicke – ja, ja – und tue so, als wäre es mir gerade wieder eingefallen.

»… und dann …«

Ja, ja.

»… erzählst du dir eine Geschichte zu jedem einzelnen Körperteil.«

»Habe ich schon. Ehrlich gesagt habe ich gerade heute damit angefangen.«

»Ach, wirklich? Siehst du, das ist auch eine Möglichkeit, sich Mühe zu geben, nicht wahr? Wie weit bist du gekommen?«

»A.«

Sie lacht. »Tja, lass dir Zeit.«

»Adamsapfel.«

»Oh, das ist toll! Adamsapfel, das haben ein paar andere vor dir auch schon gesagt, wenn ich ihnen das Spiel vorgeschlagen habe.«

»Haben Frauen einen Adamsapfel?«

»Ja. Ja, ich glaube schon.«

»Ich dachte, sie hätten keinen.«

»Der Kehlkopf, richtig? Dieses Ding guckt bei Frauen nicht so weit vor, weil es kleiner ist als bei den Männern. Deswegen haben sie auch höhere Stimmen.«

»Wirklich?«

»Ja.« Nachdenklich hebt sie das Kinn und legt sich einen Finger an den Hals. »Kehlkopf. Wie dem auch sei, du bist keine Frau, also sei nicht so wählerisch.«

»Als ich klein war, hat der Pfarrer mir erklärt, es handele sich um ein Apfelstück in Adams Hals. Der Adam von Adam und Eva.«

»Weißt du, so habe ich das noch nie betrachtet, aber

eigentlich ergibt es Sinn, oder? Lustig. Tja, da hättest du gleich deine erste Geschichte. Wir sollten alle Geschichten über Adamsäpfel sammeln. Wir könnten sie im Aufenthaltsraum an die Wand hängen.«

»Und wenn mir zu einem Buchstaben nichts einfällt?«

»Tja, in dem Fall muss man sich eben die Denkkappe aufsetzen, was? Da muss man einfallsreich sein.«

Prompt fällt mir etwas ein. Ich sehe meine Schwester Laura vor mir, ja, sie ist es. Sie verarscht mich, nur um vor ihrer neuen besten Freundin Becca gut dazustehen.

Er weiß nicht, was eine Pussy ist? Oh mein Gott ...

Becca schiebt die Zungenspitze zwischen ihre makellos weißen Zähne, ihr Kichern klingt wie ein Zischen, sie beugt sich zu meiner Schwester hinüber, um sich gegen mich zu verbünden.

Dummerweise kommen wir nicht mit allen Informationen auf die Welt, die wir im Laufe unseres Lebens gebrauchen könnten.

Beccas zischelndes Kichern verfolgt mich seit Jahren.

Ich bin's, die Prinzessin Pussy!

Nein. Es reicht. Weg damit.

Ich sehe Sheila an.

»Und wenn am Ende ein versautes Alphabet rauskommt?«, frage ich.

»Na ja, es braucht schon Regeln. Man sollte den korrekten Namen der Körperteile benutzen, so ungefähr. Kein Slang. Keine Kraftausdrücke.«

»Aber das Wort *Kehlkopf* kommt in meiner Adamsapfelgeschichte nicht vor.«

»Das stimmt«, sagt Sheila nachdenklich. »Was soll's. Regeln sind dazu da, gebrochen zu werden. Es ist nur ein Spiel.«

After

After, schreibe ich.

Ich rücke das Arbeitsblatt zurecht, das der Lehrer eben ausgeteilt hat, und klemme mir den Füller zwischen die Finger. Ein dicker schwarzer Tintentropfen gerät auf meinen Zeigefinger, verteilt sich in den winzigen Rissen der Nagelhaut. Ich wische mir die Hand an der Hose ab.

Schwarze Hose, schwarze Tinte, kein Problem.

Auf dem Arbeitsblatt sind zwei menschliche Umrisse zu erkennen, gerade Linien verweisen auf die verschiedenen Körperteile.

»Ihr habt zehn Minuten«, sagt Mr. Miller, schiebt seine hagere Gestalt auf den hohen Hocker, der im Laborraum vor der Tafel steht, und winkelt die Beine an.

Die Falten seiner grünbraunen Hose sehen jetzt wie Schnurrhaare aus.

»Und bitte verwendet die korrekten Bezeichnungen.«

Ich ziehe eine Verbindungslinie von dem Wort *Anus* zur betreffenden Stelle der Männersilhouette. Ich weiß nicht, warum ich das tue. Ich kann es nicht ungeschehen machen, die Tinte ist schwarz. Doch in meinem Bauch breitet sich das einzigartige, leicht beängstigende Gefühl von Freiheit aus. Vielleicht ist der Moment gekommen zu sagen: Mr. Miller, Sie, ich und Biologie, das soll nicht sein. Wollen wir es nicht einfach gut sein lassen?

Kelvin und der Neue sehen, was ich geschrieben habe. Kelvin lacht, stumm und herzhaft. Der Neue lacht nicht. Doch er scheint belustigt, ohne dass seine Lippen sich verziehen, vielleicht liegt es an den Augenbrauen? Er betrachtet mich kühl und distanziert.

Brüste, füge ich hinzu und unterstreiche schnell noch das

A und das B, bevor mir aus derselben Quelle C, D und E entgegensprudeln. *Cunnilingus, Dödel, Eier*. Das stumme Kichern setzt unsere Körper unter Spannung.

Fallus, hält Kelvin dagegen und zieht eine Linie zum Mann.

»Fängt der nicht mit Ph an?«

»Meiner nicht.«

Glocken.

Harnröhre.

Inzest.

Ich runzle die Stirn. »Inzest ist kein Körperteil«, raune ich.

»Cunnilingus auch nicht. Beim Inzest kommen kranke Kinder raus. Das ist genetisch.« Er malt eine neue Linie, die zur Taille des Mannes führt, und sicherheitshalber noch eine zur Frau. »Die sind Geschwister.«

Ich werfe einen Blick zum Neuen hinüber, er zieht die Augenbrauen hoch. Er ist noch nicht ganz überzeugt. Wir machen weiter.

Joystick.

Kronjuwelen.

Lippen.

Mumu.

Nippel.

Oschis.

Vom stummen Lachen wird mir schwindlig. So hemmungslos albern kann man nur im überheizten Laborraum sein, am Ende eines langen Schultages.

Pimmel.

Quarktaschen.

Rosette.

Sack.

Titten.

Uterus.

Vagina.

Willi.

Kelvin brütet über der vollgekritzelten Grafik, ihm fällt nichts für X ein.

Unterdessen schreibe ich *Yoni* und *Zapfhahn* und verbinde die Wörter schwungvoll mit den Körpern.

Unvermittelt greift der Neue, immer noch kühl und distanziert, zu seinem Füller, zieht die Kappe ab und schreibt ein Wort: *X-Chromosom*. Er malt eine Linie zum Bauch. Ich schaue ihn an, er schaut mich an, ich verstehe nicht. Dann lächelt er, ich lächle zurück und drehe mich wieder zu Kelvin um. Kelvin versteht auch nicht.

»Dann sammle ich das jetzt ein, danke.«

Das Arbeitsblatt wird mir unter dem Füller weggezogen, Mr. Miller bleibt vor dem Tisch des Neuen stehen.

»Malachy, wie ich sehe, war es ein Fehler, dich neben die beiden zu setzen. Ihr bleibt nach der Stunde bitte noch da, alle drei.«

~

»Ich frage mich wirklich, wie Jef die pochierten Eier immer so perfekt hinbekommt«, sagt Sheila. »Wenn ich es zu Hause versuche, sehen sie irgendwie entstellt aus.«

»Entstellte Eier«, sage ich mit einem müden Lächeln.

Es ist nicht ironisch gemeint, ich spreche nur aus, was mein Gehirn denkt. Aber wahrscheinlich ist es lustig.

»Ha! Entstellte Eier! Könnte meine Spezialität werden, was?«

Ach, ich weiß nicht, ich will nichts essen. Eigentlich will ich es ihnen nicht so schwer machen, aber ich fühle mich wie innerlich versteinert.

Sheila hockt auf dem Besuchersessel und hat sich die Hände zwischen die Knie geschoben.

»Ich glaube, es wäre gut, wenn du es wenigstens mal probieren würdest. Nur einen Bissen. Wenn du nichts isst, wird es dir noch schlechter gehen. Ich kann verstehen, dass du keinen Appetit hast, ehrlich. Aber glaub mir, ich bin seit acht Jahren in diesem Haus unterwegs, und ich sage dir was: Es hilft immer. Zu essen hilft immer. Das bringt einen durch den Tag.«

Ich sollte. Das weiß ich selbst.

»Soll ich ihn zwingen, dir ein Spiegelei zu braten? Im Ernst, ich mache das. Und wenn er Nein sagt, brate ich es dir selbst.«

Die liebe Sheila, sie versucht, mich zum Lachen zu bringen.

Oder zu dem, was derzeit als Lachen durchgeht, ein Pfeifen und Husten.

»Oder ich setze mich aufs Bett, und wir spielen Brumm-Brumm-Laster, wenn du möchtest«, sagt sie, löst die Hände voneinander und tastet geistesabwesend nach der kleinen Taschenuhr, die ihr an einer Kette um den Hals hängt, kopfüber.

Ich spüre, dass ich ihr entgegenkomme wie ein Boot, das von der Flut an den Strand gespült wird, der Bug hebt sich mit der Welle, scharrt über den nassen Sand und bleibt stecken, scharrt und bleibt stecken.

Dich brauche ich jetzt.

Wenn ich es richtig anstelle, kann ich dich sehen, du bist begeistert und rufst: *Klar, du schaffst das!*

Ich schaffe das.

Natürlich schaffst du das!

Natürlich. Wenn ich mich bloß ... wenn ich mich bloß richtig an dich erinnern könnte ... Ich sehe dein Gesicht, wie du es verzogen hast, wenn du fest entschlossen warst.

Es wird passieren.

Da ist es, ich liebe es. Ich liebe diese Kopie von dir, hier in meinem Kopf.

Es wird passieren.

Es fühlt sich an, als wärst du hier. Ich höre deine Stimme, sie will mich beruhigen. Ich kann sie tatsächlich hören, als Geräusch. Oder als eine Geräuscherinnerung. Sie ist in meinem Kopf. Ich lasse mich überreden.

Wie nennt man das, wenn man eine Stimme hört, ohne dass sie durch die Ohren hereinkommt? Ich kann dich nicht hören, aber *hieren*. Ich H – I – E – R – e dich. Du erleuchtest mein graues Gehirn. Erleuchte mich. Sei der Zündfunke meines Lebens.

Wenn du jetzt etwas isst, wirst du dir später dafür dankbar sein.

Ich hebe meine schwere Hand und strecke sie nach der Gabel aus.

Ich weiß, ich weiß, ich muss versuchen zu essen.

Kauen, kauen. Kauen und kauen und auf dich vertrauen.

Allerwertester

Zählen auch Geschichten, in denen es um den Allerwertesten einer anderen Person geht, nicht um meinen?

Ich kenne die beste Arschgeschichte aller Zeiten, aber leider gehört sie meiner Schwester Laura. Mit ihrem Hintern ging Laura in die Familiengeschichte ein. Ich kann nicht glauben, wie genial die Geschichte ist, und genauso wenig kann ich glauben, wie niederträchtig ich damals war.

Wie alt war ich? Zwölf? Dann wäre Laura siebzehn gewesen. Ich glaube, ich sagte ihr – wirklich? –, ja, ich sagte ihr, ihr damaliger Freund – wie hieß er noch? –, ihr Freund hätte behauptet, ihr Hintern wäre zu dick.

Das hat er nie gesagt, nicht einmal angedeutet. Wie bin ich nur auf einen so grausamen Gedanken gekommen? Damals fühlte es sich aber nicht grausam an, es sollte ein Witz sein.

Ihr Freund schaffte es jedoch, sie von seiner Unschuld zu überzeugen, denn später an dem Tag stürzte sie sich auf mich, sie kochte vor Wut und nannte mich einen kleinen Wichser.

Mum ergriff Partei für mich, wie üblich. Sie sagte zu Laura, so etwas hätte ich bestimmt niemals gesagt, nicht absichtlich, es müsse sich um ein Missverständnis handeln. Und dann sagte sie – die arme Laura! –, meine Mum sagte: »Aber es würde mich gar nicht wundern, wenn tatsächlich irgendwer deinen üppigen Hintern kommentiert, wenn du in so kurzen Shorts durch die Gegend läufst.«

Laura rannte weinend in ihr Zimmer hinauf. Und die Ironie, die wunderbare Ironie war, dass sie sich zum Schmollen mit solch bleierner Wucht auf ihr Bett fallen ließ, dass sie sich den Knöchel brach, zwischen Arsch und Bettkante.

Ich denke oft daran, wie vollkommen gedemütigt sie sich an dem Tag gefühlt haben muss. Auf dem Hintern kam sie die schmale Treppe unseres Reihenhäuschens heruntergerutscht und heulte, sie müsse sofort ins Krankenhaus.

Kein Wunder, dass sie zu der wurde, die sie heute ist.

»Lass mich das machen.« Sheila nimmt mir den verwaisten Teller ab.

Ich habe ein paar Bissen geschafft.

»So, das hast du doch prima gemacht, findest du nicht? Wie geht es dir jetzt? Hast du überhaupt gelegen?«

Ich schüttele den Kopf.

»Weil du dann husten musst, richtig? Hast du die ganze Nacht gesessen?«

Angedeutetes Nicken.

Den Kopf schütteln heißt Nein. Nicken heißt Ja. Warum eigentlich? Ich werde es mir merken, für das K in meinem Alphabet-Spiel.

»Das ist ein Problem, oder? Du frierst und möchtest dich kurz ausruhen, aber sobald du dich hinlegst, läuft deine Lunge voll. Das ist ziemlich gemein, nicht wahr?« Sie beugt sich interessiert vor, verlagert das Gewicht auf ein Bein, als wäre sie fasziniert von meinem Problem.

»Es geht schon«, sage ich.

Umsichtig schiebt Sheila Messer und Gabel in die Tellermitte. Sie überlegt.

»Auf jeden Fall solltest du mich rufen, wenn du eine Decke oder etwas anderes brauchst. Oder ein schönes Heißgetränk. Obwohl ich glaube, dass wir schon wieder keine Becher mehr haben.« Sie dämpft ihre Stimme. »Ich verstehe nicht, warum die Leute das Schild ignorieren und die Becher nicht in die Teeküche zurückbringen. Das Schild hängt direkt neben der Kaffeemaschine. Ist doch nicht zu viel verlangt, oder?«

Sie nimmt den Teller mit und stellt ihn im Flur auf einem Rollwagen ab, dann kommt sie noch mal zurück in mein Zimmer.

»Ich meine, es macht mir wirklich nichts aus, einen benutzten Becher zu spülen, aber ich habe nicht die Zeit, alle zwanzig Minuten durch die Zimmer zu laufen und Geschirr einzusammeln. Hast du die Mittagessenskarte schon ausgefüllt?«

»Nein. Ob er mir eine Hühnerbrühe macht? Meine Mum hat früher immer Hühnerbrühe für mich gekocht, wenn ich krank war.«

Sie lächelt ihr inniges Lächeln.

Sie versteht und geht hinaus, um sich zu erkundigen.

Nicht aufgeben. Selbstgenügsam sein. Ich schaffe das.

Was denn?

Ich werfe einen Blick aus dem Fenster. An die Wand. Auf die Bettdecke. Auf meine Arme.

Mein Gott, wie sie da auf der Decke liegen. Wie die riesigen Vorderläufe eines lahmen Pferds. Was sind Arme? Die Verbindung zwischen Schulter und Hand. Zwischen Hals und Hand. Zwischen Herz und Hand. Ja, was sonst? Es sind eben Arme.

Sieh sie dir an. Die Superschnellstraße des Körpers. Sie sind Geschichte. Eine hoffnungslos veraltete Landkarte aus Beulen und Kratern, gezeichnet von unzähligen Versuchen, mich kurzfristig zum Leben zu erwecken. Es sind die Arme eines anderen. Die Arme eines alten Mannes, nicht die eines Vierzigjährigen. Lila und gelb, braun und zerschrammt. Jede einzelne Vene vielfach durchlöchert, jeder Zugangspunkt blockiert. Knotige, vernarbte Fisteln, da ist kein Durchkommen mehr. Mein Inneres ist für immer von der Außenwelt abgeschnitten.

Sie sind taub und kalt, meine Arme. Kalte Arme sind der Preis, den ich zahlen muss. Unter der Decke ertrage ich sie nicht. Es ist, als wären sie jetzt schon tot.

Arme

Mit zittrigen Fingern schüttele ich die Spritze, die Luftblase löst sich vom Kolben und steigt missmutig in der Flüssigkeit aufwärts, immer auf die Nadel zu.

»Ach, komm, die kleinen sind egal.«

»Ja, aber das ist keine kleine, oder?«

Die Blase setzt sich abermals fest, ich schüttele die Spritze aus dem Handgelenk, kräftiger diesmal.

»Vorsicht, Mann, du verschüttest was!«

»Ich spritze mir keine Luftblasen.«

»Die ist doch klein.«

»Also echt, jetzt halt mal die Klappe. Ich entscheide das, okay?«

Mal lässt sich verblüfft zurücksinken. In diesem Ton rede ich sonst nie mit ihm.

Es gefällt mir nicht.

Es fühlt sich falsch an. Das bin ich nicht.

Ich kann nur an dich denken. Was, wenn es schiefgeht? Was, wenn es mich … für immer verändert? Was, wenn du es herausfindest? Ich würde dich verlieren.

Nein, nein. Das ist doch Quatsch. Es ist genau so wie vor meinem ersten Trip. Ich hatte Angst, es könnte eine Reise ohne Wiederkehr sein. Aber es gibt immer eine Wiederkehr. Außerdem mache ich es zum ersten und letzten Mal.

Man sollte alles einmal ausprobieren. Ein einziges Mal.

~

Sheilas Kopf versperrt mir kurz die Sicht auf den Fernseher. Sie geht im Zimmer herum und führt die Abschlusskontrolle durch.

»Ivo, ich muss jetzt los«, sagt sie. »Ich muss nach Hause und nachsehen, was mein nichtsnutziger Ehemann wieder angestellt hat.«

»Du solltest … du solltest ihn hier unterbringen. Frag ihn.«

»Wie bitte? Wie soll ich mich, wenn er hier ist, um die anderen kümmern? Aber eigentlich ist die Idee nicht schlecht. Würde mir täglich ein paar Wege sparen, hmm? Und, wie fühlst du dich? Du siehst frischer aus als heute Morgen. Weiter so! Brauchst du irgendetwas, bevor ich verschwinde?«

Ich möchte nicht, dass sie geht. *Geh nicht, Sheila.*

»Nein.«

»Liegst du bequem?«

Ich nicke.

»Was machen deine Arme und deine Schultern?«

Ungefragt legt sie mir eine olivbraune Hand auf den Arm. Es macht mir nichts aus. Inzwischen gehen alle so mit mir um, keiner bittet mehr um Erlaubnis – aber kaum einer ist dabei so zärtlich wie Sheila.

»Sind die nicht ein bisschen kalt? Soll ich dir eine Decke holen?«

Ich nicke. »Sie sind kalt. Sie tun weh.«

»Das ist immer ein Problem«, sagt sie, zieht eine Schublade auf und wühlt darin herum. »Die meisten Patienten hängen am Tropf, ihre Arme müssen immer freiliegen. Es ist immer das Gleiche. Wo sind die Ersatzdecken? Ehrlich, die Leute liegen und …« Sie richtet sich auf und blickt sich um.

Ich weiß, was jetzt kommt.

»Ach, da ist sie ja«, sagt sie, greift in meine Tasche und holt die Häkeldecke heraus.

Nein, nein, nicht fragen.

»Ich lege sie dir um die Schultern, dann hast du es schön warm, okay?«

Nein, tu es nicht.

Sie legt mir die Decke um die Schultern, und schlagartig umfängt mich dein Duft. Er flutet meine Sinne, ist praktisch unverändert.

Sie soll es nicht sehen, sie soll es nicht sehen, aber sie schaut mir ins Gesicht und erkennt, dass etwas nicht stimmt. Meine Kehle schnürt sich zu. Sie brennt, ist eng, zu eng und zu trocken. Bei mir geht es als Weinen durch, einen trockenen Hals zu bekommen und keine Luft mehr zu kriegen.

Aber jetzt kommen wohltuende Tränen, zum ersten Mal.

»Ach, mein Lieber …«, sagt sie leise.

Sie nimmt es hin. Sie ist es gewohnt, dass aus ihren Patienten alle möglichen Flüssigkeiten austreten.

Tränen sind etwas Seltsames. Ich vergieße Salzwasser, für dich.

Sheila setzt sich auf die Bettkante, nimmt meine Hand und streichelt über den Handrücken.

»Kann ich irgendwas für dich tun, mein Lieber?«, fragt sie mit sanfter, leiser Stimme.

Mein Hals schmerzt und brennt. »Sorry. Tut mir leid. Blöd.«

»Nein, überhaupt nicht.«

»Die Decke«, sage ich. »Viele Erinnerungen.«

»Wirklich?«

»Die ist von meiner Freundin.«

»Oh. Ich war mir nicht sicher, ob du eine Freundin hast.«

»Ex.«

»Ach so. Verstehe.«

Natürlich versteht sie es nicht.

»Hm.« Ich schniefe. »Sie hat sie extra für mich gehäkelt.«

»Unglaublich! Das ganze Ding? Wunderschön.«

»In letzter Zeit habe ich viel an sie gedacht. Ich habe mit ihr geredet. In Gedanken.«

»Sie war wohl etwas ganz Besonderes? Trennungen sind immer schlimm. Na ja, meistens.«

»Wie dem auch sei. Du musst los«, sage ich.

»Schon gut. Keine Eile.«

»Nein, wirklich. Mir geht es prima. Und so ein Ehemann pflegt sich nicht von selbst, oder?«

»Nein, da hast du recht. Bist du sicher, dass alles okay ist? Ich kann gern noch bleiben.«

»Nein, nein. Danke.«

Sie steht von der Bettkante auf und legt meine Hand auf die Decke zurück. »Ich komme heute Abend wieder, in Ordnung? Drück auf den Knopf, wenn du was von Jackie brauchst. Keine falsche Scham.«

Sie lächelt bedauernd und lässt mich allein. Ich stecke bis zum Hals in Häkelei, bis zum Hals in dir.

Ich würde alles dafür geben, alles, was ich je hatte und je haben werde, nur um dich noch ein Mal umarmen zu können, nur um deine Arme um mich zu spüren.

Unsere Körper passen nahtlos zusammen, deiner und meiner.

Daran sollte ich jetzt denken. Das wird mich einschlafen lassen. Deine Arme, die mich fest, ganz fest umschlungen halten.

Bauch

ICH LIEGE AUF dem Rücken, auf deinem Bett, habe den Kopf zur Seite gedreht und die Augen geschlossen. Meine Sinne sind wach, hellwach. In nüchternem Zustand habe ich so etwas nie, niemals erlebt. Mein Gehör ist glasklar, alle Aromen, die ich einatme, blühen und gedeihen in meinem Kopf. Der saubere, frische Duft deiner Haare auf dem Kissen, der harzige Geruch des hölzernen Bettgestells.

Zum ersten Mal liege ich ohne T-Shirt neben dir, es ist überwältigend, das Laken auf der nackten Haut zu spüren.

In Gedanken sehe ich deine Lippen, wie sie an meinem Hals entlang abwärtswandern, zwischen den Schlüsselbeinen durch, abwärts, immer weiter abwärts. Und deine Finger wandern auch, sie zeichnen meine Rippen nach, auswärts und wieder zurück zur Mitte, zart, ganz zart, deine Haare hängen jetzt herab und streichen als kribbelnder Hauch auf meiner Haut hin und her.

Du bist bei der letzten Rippe angekommen, ich zucke zusammen und winde mich, schubse dich fast herunter.

»Nein«, sage ich, »das kitzelt zu sehr!«

Du streckst dich neben mir aus und flüsterst mir ins Ohr – »Genau die Stelle habe ich gesucht!« –, und dann setzt du dich wieder auf und beugst dich herunter und küsst mich wieder, *auf dieselbe Stelle*. Mein Bauch hält es nicht mehr aus, ich rolle mich auf die Seite, ich kann dein Gesicht sehen, du lächelst verschlagen.

»Ich liebe das«, sagst du. »Es ist Folter.«

~

Jetzt bin ich wach.

Ich bin wach.

Was?

Draußen vor dem Fenster sehe ich die grüngraue Rasenfläche unter dem Magnolienbaum. Ist das Licht eben angesprungen, oder hat es die ganze Zeit gebrannt? Oder bin ich hier derjenige, der eben angesprungen ist?

Ich bin verwirrt.

Was hat mich denn geweckt? Ich bin mir sicher, da war ein …

(((Uuuuuh)))

Oh. Oh nein.

Es kommt von nebenan. Die stöhnende Frau mit ihrem Stöhnen. Das Geräusch scheint in der Wand zu stecken. Muss eine dünne Wand sein, mit Hohlräumen.

(((Uuuuuh)))

Ich lege mir eine Hand an die Stirn, und für einen Moment bin ich nur noch das. Eine Stirn und eine Hand, die drückt und knetet und wischt und ihre Knöchel in meine Augenhöhlen bohrt. Kratz, kratz, *kratz*, nur damit das Geräusch aus meinem Kopf verschwindet.

((Uuuuuh))

Aber es verschwindet natürlich nicht. Ich kann es nicht aufhalten. Ich kann nicht glauben, dass sie immer genau dann anfängt, wenn ich kurz vorm Einschlafen bin. Kaum bin ich endlich friedlich eingedöst, geht es los …

(Uuuuuh)

Zu spät. Und es wird natürlich noch schlimmer. Es wird jedes Mal schlimmer. Würde das Stöhnen in gleichmäßiger Lautstärke weitergehen, könnte ich es irgendwann ausblenden, doch das Stöhnen verändert sich ständig. Es wird lauter und leiser. Zwingt mich zum Zuhören. Es ist eine Qual.

Das Licht draußen erlischt.

(Uuuuuh)

Blut

Denk an Blut. Was habe ich über Blut zu erzählen? Eine ganze Geschichte, von Anfang bis Ende.

Uuuuuh

Am Anfang bestand ich aus ein paar Blutzellen und aus … woraus Babys auch immer bestehen, bevor sie zu richtigen Menschen werden. Die abtreibungsfähige Matsche. Wie ist es möglich, dass schon Embryonen und Föten ein kompliziertes Geflecht aus Venen und Adern und Kapillaren durchzieht, inklusive Herzklappen und allem? Wirklich erstaunlich.

Uuuuuh

Also dann: die Geburt, jede Menge Blut, allerdings nicht meins, oder nicht so viel davon. Die Auseinanderdividierung von mir und meiner Mum. Was außen an mir klebte, gehörte ihr, was drinnen steckte, mir. Und was machen wir mit dem Ding hier? Durchschneiden, schnipp-schnapp, Krankenhausabfall. Reden wir nicht mehr drüber.

Manche Leute bewahren sie auf, um sie zu braten und zu essen, nicht wahr? Die Kannibalen.

Uuuuuh

Ich erlebte eine unspektakuläre Kindheit, nur gelegentlich gelangte mein Blut ans Tageslicht, durch aufgeschürfte Knie und Löcher im Kopf, zur Gerinnungsprüfung sozusagen (ich war kein Bluter), später dann durch übel abgebissene Fingernägel. Bis zu dem großen Ereignis von – von wann? 1982? –, als meine Schwester mein Handgelenk mit einem alten Springseil an den Gepäckträger ihres Fahrrades fesselte, in der Absicht, mich auf meinem Bobbycar durch die Straße zu ziehen. Ich weiß noch genau, wie ich mir vorstellte, der Fahrtwind würde mein Haar zerwühlen und die Häuser unserer Straße mit mindestens sechzig Sachen an uns vorbeirauschen, sobald Laura in die Pedalen treten würde. Es würde fantastisch werden. Nach den spannenden ersten drei Metern wurde ich vom Bobbycar gerissen und fünf weitere Meter mit dem Gesicht nach unten mitgeschleift. Dann erst drehte Laura sich um, um nachzusehen, warum das Treten plötzlich so anstrengend war.

Sie ließ ihr Fahrrad umkippen und rannte weg.

Für mein Blut war es der erste richtig große Auftritt, es lief mir über das brüllende Gesicht, als ich zu meiner Mutter rannte. Die Holzgriffe des Springseils hüpften und tanzten von Stufe zu Stufe, als ich die Treppe hinaufstolperte. Mum saß auf der Bettkante und war gerade dabei, sich zu schminken.

Sie sagte, ich sei ins Zimmer hereingetaumelt wie ein Mordopfer.

Ich bekam eine Spritze.

Dr. Rhys trug eine Lesebrille, er war sehr freundlich und bewahrte in einer Dose auf seinem Schreibtisch Lutscher auf.

»Junger Mann, hier steht, deine Blutgruppe ist AB positiv.«

Mit dieser Information konnte ich etwas anfangen, denn ich war gerade dabei, das Alphabet zu lernen. AB klang gut. ABC hätte noch besser geklungen, aber was sollte es. Vielleicht könnte das auf meinem Grabstein stehen: AB positiv, dazu Körper- und Schuhgröße. Für die Nachwelt, du verstehst schon.

Das Bobbycar hatte einen Totalschaden erlitten, die Geschichte machte in der Familie die Runde. Am darauffolgenden Sonntag fuhren wir zu meinen Großeltern, damit ich meine Schürfwunden vorzeigen konnte. Wir gingen jeden Sonntag nach der Kirche dort vorbei, auch nach dem Tod meines Vaters noch. Meine Großeltern wollten uns regelmäßig sehen.

»Hör auf zu *kratzen*.«

Genüsslich breitete meine Mum die Begebenheit mit dem Bobbycar vor meiner Großmutter aus, wobei sie jedes Detail ausschmückte, um Laura böswilliger aussehen zu lassen, als sie gewesen war. Ich fühlte mich schuldig und schämte mich und hörte nach einer Weile nicht mehr zu. Ich sah fern. Der Fernseher lief nicht, aber ich sah trotzdem fern. Laura saß neben mir und qualmte vor Wut.

»Er hat geblutet wie ein abgestochenes Schwein. Er hat ausgesehen wie ein Mordopfer. Dabei hatte er nur zwei kleine Platzwunden. Ich kann nicht glauben, wie viel Blut ... Na ja, wie dem auch sei, Dr. Rhys hat ihm gesagt, er wäre AB positiv, nicht wahr, Schätzchen? Kommt ziemlich selten vor, hat er gesagt.«

Mein Großvater beugte sich zu mir hinunter und raunte mir ketzerisch ins Ohr: »Welche Blutgruppe hatte Jesus?«

Ich wusste die Antwort nicht, da nahm er die Weinflasche und übergoss mich mit Rotwein.

»Zehn Volumenprozent!« Er schnaufte, statt zu lachen. »Schlückchen Beaujolais gefällig?« *Schnauf.* »Dann würd ich sonntags auch wieder in die Kirche gehen!« *Schnauf.*

Im Alter von vierzehn fing ich an, meinem Blut andere Ingredienzien beizumischen. 1989. Unglaublich, sechsundzwanzig Jahre ist das jetzt her. Über ein Vierteljahrhundert.

Das ist vermutlich der nächste Meilenstein, nachdem Laura Unfallflucht begangen und ich auf dem Bobbycar meinen Schadenfreiheitsrabatt verloren hatte. So eine kurze Zeit, von 1982 bis 1989. Gar keine Zeit eigentlich.

Ehrlich gesagt schockiert mich das jetzt ein bisschen.

Wodka-O in unseren Trinkflaschen für die Schule. Ich und Kelvin. Wir hatten die Hausbar von Kelvins Dad geplündert und Wodka und frisch gepressten Orangensaft in Kelvins *Transformers*-Trinkflasche gefüllt. Wir hatten mehr Glück als Verstand. Wodka riecht nach nichts, und so kamen wir mit einem blauen Auge davon. Ich war vorsichtiger als Kelvin, aber die Geografiestunde nahm ich wie durch einen Nebel wahr. In Mathe wurde Kelvin wegen seines vorlauten Betragens aus dem Klassenraum geschickt. Keine Ahnung, ob der Lehrer etwas gemerkt hat. Wahrscheinlich. Angeblich merken die ja alles.

Wie gesagt, ein blaues Auge. Kelvins Mum hat uns später zur Schnecke gemacht, weil wir den frisch gepressten Orangensaft ausgetrunken hatten. In den Achtzigern galt so etwas als ein Luxus.

Ich meine, Blut ist wirklich eine erstaunliche Flüssigkeit. Die Blutqualität bestimmt über die Lebensqualität.

Ich habe mein Blut mit ausgewählten Kräutern und Gewürzen aufgepeppt. Das war in Ordnung. Jeder tut es, in der einen oder anderen Form. Die Leute trinken das Blut Christi oder fermentierte Flüssigkeiten, oder sie atmen Dämpfe oder Qualm oder was auch immer ein.

Und das Blut transportiert es durch den Körper und aromatisiert das Hirn.

Und das Herz.

Und die Lunge.

Und die Leber.

Und die Nieren.

»Nun, hier steht, du hast die Blutgruppe AB positiv?«

Ich nicke. Dr. Rhys trägt immer noch dieselbe Lesebrille, nach all den Jahren, er sieht aus wie ein Halbgott in Weiß. Wie lange ist die Sache mit dem Bobbycar her, elf, zwölf Jahre? Fast dreizehn eigentlich. Auf dem Schreibtisch steht immer noch der Becher mit den Lutschern. Ob ich heute einen kriege? Ich mag sie immer noch. Wir nehmen sie mit in die Clubs, Riesenschnuller, an denen wir nuckeln wie Babys. Zucker und E, zurück ins Paradies, zurück in die Kindheit. Es ist das reinste Vergnügen.

»Ich sollte deine Akte auf den neuesten Stand bringen. Du bist … ähm … Du rauchst?«

Ich nicke.

»Wie viele ungefähr? Am Tag? Zehn?«

»Zwan… ähm … zwanzig.«

Manchmal ist es ganz schön anstrengend, leise zu reden. Ich muss mich räuspern.

»Alkohol?«

Ich nicke.

»Wie viele Einheiten pro Woche?«

Ich weiß nicht genau, wie viel eine Einheit ist. Ich kenne nur Halbe.

»Pff …« Ich starre an die Zimmerdecke. »Vielleicht zwanzig Einheiten?«

Zwanzig klingt realistisch.

Dr. Rhys schreibt mit und rümpft die Nase. »Drogen …?« Er schüttelt kaum merklich – und ohne es zu merken – den Kopf, bevor er mich fragend ansieht.

Das ist der Moment. Wir sind hier. Wir müssen die Wahrheit sagen. Es macht mir nichts aus, ihm die Wahrheit zu sagen.

»Äh. Gras.«

»Marihuana?«

Ich nicke.

»Und auch Speed.«

»Ecstasy?«

Ich nicke. Ich bin beeindruckt, dass er es kennt.

Er macht sich Notizen. Der Holzstuhl knarzt, der Arzt schiebt seine Füße in den Lederschuhen nebeneinander.

Ich bin dankbar für sein geduldiges Schweigen.

Jedenfalls erzähle ich ihm, dass ich immer Durst habe und ständig aufs Klo muss und dass ich immer weiter abnehme. Ich beobachte ihn aufmerksam. Er weiß, was ich denke. Er hat mitgeschrieben. Er wird dasselbe denken. Er wird sich erinnern, woran mein Dad gestorben ist. Er wird denken, *hm … erbliche Belastung, frühe Krebserkrankungen bei männlichen Angehörigen … wie stehen die Chancen … hmmm …*

»Ich mache mir Sorgen, es könnte Krebs sein«, sage ich. »Deswegen … na ja … Ich habe eine Weile gebraucht, mich an Sie zu wenden.«

»Aber du denkst nicht daran, mit dem Rauchen aufzuhören?«, fragt er, ohne den Blick vom Papier zu heben.

Irgendwann scheint er das Schweigen zu bemerken, sieht er mich über die Brillenränder an und hält bedeutungsvoll inne.

»Deine Symptome könnten eine Menge bedeuten«, sagt er und blickt wieder auf die Notizen. »Spekulieren bringt da wenig. Ich schicke dich jetzt erst einmal ins Labor, die sollen ein großes Blutbild machen. Und dann sehen wir weiter.«

Mein Herz klopft, als die Laborantin mir Blut abzapft. Ich sollte es ihr sagen. Aber ich muss stark sein. Ich sollte es ihr sagen. Mir geht es nicht so gut. Die Decke scheint sich herunterzuwölben, im Raum ist es zu warm. Das geht gleich vorbei, ganz bestimmt. Ich habe nicht gefrühstückt, ich fühle mich schwach und krank, im Krankenhaus ist es drückend heiß, ich musste ewig warten, bis ich aufgerufen wurde.

Und diese Röhrchen. Die Röhrchen füllen sich mit Blut. Es ist so *dunkel*. Weniger rot als schwarz, wenn man es im Glasröhrchen sieht. Und es stinkt. Es stinkt nach – wonach eigentlich? Nach Klettergerüst. Nach einem unlackierten, eisernen Klettergerüst. Ist das Eisen im Klettergerüst das Gleiche wie das im Blut? Ich könnte fragen, traue mich aber nicht. Albern.

Der Boden unter meinen Füßen verrutscht.

»Jean, schon wieder einer.«

»Immer die Männer, was?«

Die Resultate liegen vor. Vor ihm, auf Papier. Doch er sitzt da und legt in aller Seelenruhe eine Hand an die Maus, um ein

Fenster auf seinem Computerbildschirm zu öffnen. Er weiß genau, dass meine Gedanken sich überschlagen …

Krebs Krebs Krebs Krebs

… und sich mein Magen umdreht.

Er bestraft mich. Ich muss bezahlen, weil ich nicht auf mich geachtet und Drogen genommen habe, weil ich das staatliche Gesundheitssystem ausnehme und er bei der Arbeit keinen Stress will.

Krebs Krebs Krebs Krebs

»Nun«, sagt er und atmet durch haarige Nasenlöcher aus, »bei dir wurde ein sehr hoher Blutzuckerwert festgestellt …«

Und du hast Krebs.

»… was darauf hindeutet, dass deine Bauchspeicheldrüse, ein sehr wichtiges Organ, das ungefähr hier sitzt«, er streckt die Hand aus und beschreibt einen Kreis vor meinem Bauch, »… gleich hinter dem Bauchfell, nicht richtig arbeitet.«

Und du hast Krebs.

»Die Bauchspeicheldrüse produziert Insulin, das ins Blut abgegeben wird und bei der Verwertung des Zuckers hilft, verstehst du?«

Wie lange habe ich noch? Er schwadroniert immer weiter, doch ich will nur eine Antwort auf meine Frage. Ich hätte meine Mum bitten sollen, mich zu begleiten. Wirklich, ich will zu meiner Mum. Kein Witz.

»Tja, du musst dich auf große Veränderungen einstellen.«

Das war's.

Er hält inne, sieht mir in die Augen und wiederholt langsam: »Große Veränderungen.«

Ich nicke verständnisvoll. Was meint er mit Veränderungen?

»Die meisten Menschen brauchen eine gewisse Zeit, bis sie gut eingestellt sind. Eigentlich ist es größtenteils eine Frage der Selbstdisziplin. Irgendwann denkst du gar nicht mehr drüber nach. Ein kleiner Piks, und dein Alltag geht weiter wie bei allen anderen auch.«

»Dann muss ich mir Spritzen setzen?«

»Ja, aber mit den neuen Pens geht das schnell und unkompliziert, manche Leute spritzen sich sogar, ohne dass die anderen es merken. Und wenn dir die Situation mal zu unangenehm ist, verschwindest du kurz auf die Toilette und versorgst dich da.«

Ich soll mir Spritzen setzen? Ich sehe schon meine Grimasse, mit den Zähnen zurre ich die Armbinde fest und ramme mir eine Nadel in die pochende Vene.

»Und es gibt keinen Grund, warum du nicht ein ebenso langes, glückliches und erfülltes Leben führen solltest wie alle anderen auch. In Großbritannien leben Zehntausende Menschen mit Diabetes, und die meisten kommen prima zurecht. Hunderttausende.«

Und da hat er zum ersten Mal das Wort Diabetes ausgesprochen. Das weiß ich noch genau.

Dann ist es also kein Krebs.

Ich habe Kein-Krebs.

»Ich hab mir vor Angst fast in die Hose geschissen«, sage ich, mir ist immer noch schwach vor Erleichterung.

Ich sitze im *Queen's Head* und erzähle Mal und Kelvin von der Diagnose.

»Ich konnte immer nur an Krebs denken, wisst ihr? Krebs oder Aids. Ich sag euch was, wenn der mir gesagt hätte, dass ich Krebs habe, wäre ich sofort den Hephzibah's Rock hochgerannt und hätte mich mit Anlauf in den Fluss gestürzt. Diese Quälerei und diese Schmerzen tue ich mir nicht an. Oder ich warte auf einen sonnigen Tag und springe ins Blaue, in Zeitlupe, die Sommersonne wärmt mein Gesicht, ich falle in den Severn und lasse mich aufs Meer hinaustragen. Ich hätte keine Angst. Eher so: Hipp, hipp, hurra – *platsch*!«

»Sag so was nicht«, sagt Kelvin. »Über so was macht man keine Witze.«

»Du hättest die Hosen voll«, sagt Mal. »Es sei denn, du hättest vorher genug E oder so was eingeworfen.«

Mir wird unwohl. Zu wissen, dass Mal eine Handvoll E dabeihat, macht die Vorstellung ein bisschen realer. Ein bisschen gruseliger. Ein bisschen denkbarer.

»Nein«, sagt er, »da schneidest du dir doch besser die Pulsadern auf, oder?« Er rollt sich den Ärmel hoch, zeigt sein Handgelenk vor und zieht den Nagel des kleinen Fingers darüber. »Du musst einen Schnitt von hier nach da machen. Parallel zum Arm, siehst du? Die meisten Leute schneiden quer, aber dann verschließt sich alles wieder. Nicht *den Weg kreuzen*, sondern *die Schnellstraße nehmen*. Voilà!«

»Also echt, Mal«, sagt Kelvin, »das ist doch krank.«

»Wieso?« Mal zuckt mit den Schultern. »Ist doch besser, als an tausend Geräte angeschlossen zu sein.«

»Ja, Mann«, sage ich. »Wenn ich an tausend Geräte angeschlossen bin, solltet ihr mich einfach abschalten. Ich will es gar nicht merken.«

»Hey, Mann, ich würde dich sofort abschalten«, sagt Mal in gespieltem Ernst. »Ich würde dafür sorgen, dass du ordentlich abgeschaltet wirst.«

»Und danach würdest du mich vom Hephzibah's Rock schmeißen?«

»Klar, für dich tu ich alles.«

»Hipp, hipp, hurra ...«

»*Platsch*.«

~

Ein elektrisches Klicken von draußen, der Bewegungsmelder schaltet die Dunkelheit im Fenster aus. Krasse Elektroschatten zweigen sich vom Baum ab, irren über meine Bettdecke, erstarren plötzlich mitten im Flug. Bewegen sich minimal im Wind.

Uuuuuh

Die Frau nebenan fängt wieder zu stöhnen an, es liegt am Licht, keine Frage. In dieser Welt lebe ich jetzt.

Es ist mir fast egal.

So ist es eben.

Draußen auf dem Flur das Schmatzen und Saugen der Brandschutztür, Schritte nähern sich leise.

Sheila steht im Türrahmen, sie will nachsehen, ob ich wach bin.

Ich bin wach.

»Liegst du bequem?«, fragt sie mit leiser Nachtschichtstimme. »Brauchst du irgendetwas?«

»Ich bin wach«, sage ich, »aber ich würde lieber schlafen.«

»Na, da kann ich sicher etwas für dich tun. Lass mich nur schnell einen Blick auf deine Kurve werfen.«

»Nein, nein, ist schon gut.« Ich seufze. »Ignorier mich einfach. Ignorier mein Gejammer.«

»Ich bin kein bisschen überrascht«, sagt sie, »wer würde da nicht jammern, wenn ständig das Licht angeht?«

»Ich dachte, es wäre längst repariert.«

Uuuuuh

»Nicht mal das kriegen sie hin, was?« Sie tappt ans Fenster und wirft einen Blick hinaus.

»Es sei denn, jemand macht das nur so zum Spaß. Irgendwelche Jugendlichen vielleicht.«

»Das habe ich mich auch schon gefragt«, erwidert sie. »Ehrlich gesagt mache ich mir Sorgen. Unsere Schränke bieten die volle Auswahl, Medikamente, Spritzen ... Sicher gibt es Leute, die alles versuchen würden, um da ranzukommen.«

Uuuuuh

»Oh je, hör sie dir an. Man könnte die Uhr danach stellen, hm?«

»Es ist jede Nacht dasselbe. Sie merkt gar nicht, dass sie solche Geräusche macht, oder?«

»Nein. Weißt du, es liegt an ihren Medikamenten. Das sind die Nebenwirkungen. Manchmal können wir die Patienten umstellen, dann wird es besser.«

Uuuuuh

»Sie reißt mich jedes Mal neu aus dem Schlaf.«

»Ich stelle sie mir wie den Old Faithful vor, du weißt schon, dieser Geysir, aus dem es pünktlich einmal pro Stunde rausspritzt.«

»Alles in Ordnung mit ihr?«

Uuuuuh

»Der Dame geht es schlecht, leider. Sehr schlecht. Aber sie kämpft, die Gute, keine Frage. Sie hat immer tapfer durchgehalten.«

»Wirklich?«

»Wirklich«, antwortet Sheila. »Weißt du, manche Patienten können einem wirklich den Glauben an den Job zurückgeben. Sie ist so eine. Eine wirklich entzückende ältere Dame. Beschwert sich nie.«

»Anders als ich«, sage ich.

Es ist nur halb im Scherz gemeint.

»Ach was, du bist in Ordnung. Machst alles mit dir selber aus.«

»Ja. Kann sein.«

Sie nimmt ungebeten im Besuchersessel Platz. Ob mich das stört? Nein. Für Dreistigkeiten hatte ich immer schon eine Schwäche. Ist doch schön, wenn die Leute einfach mal voraussetzen, dass ich ein höflicher Mensch bin. Damit zwingen sie mich, höflich zu sein.

»Hör mal, es tut mir sehr leid, wenn ich dich gestern traurig gemacht habe. Ich meine, wegen der Decke.«

Ich senke den Kopf und sehe die Decke an, die nun dauerhaft auf meinen Schultern liegt.

»Nein, ist schon gut«, sage ich. »Mir tut es leid. Es war nur ein wenig unerwartet, mehr nicht.«

»Wie war ihr Name?«

»Mia«, sage ich, ohne nachzudenken, aber das Wort auf meiner Zunge, der Klang in meinen Ohren fühlen sich irgendwie … irgendwie seltsam an. Früher habe ich den Namen ständig gesagt, mehrfach jeden Tag, aber nun schon lange nicht mehr – seit Jahren nicht.

»Sie war bestimmt etwas ganz Besonderes.«

»Ja. Noch so ein Mensch, der einem den Glauben zurückgeben konnte. Sie war auch Krankenschwester.«

»Ach, wirklich? Wo denn?«

»Überall. Sie hatte gerade die Ausbildung hinter sich, sie hat nicht lange gearbeitet.«

»Ja, die meisten hören nach ein paar Jahren auf.«

»Hm.«

»Was hat sie an der Pflege interessiert?«

»Sie wollte den Dingen immer auf den Grund gehen. Sie war immer auf der Suche nach Alternativen.«

»Ach so … Holistische Medizin? Reiki, Hypnose, solche Sachen?«

»Ja. Sie wollte die Patienten individuell behandeln, je nachdem, was sie am nötigsten brauchen.«

»Oh, da wird sie es nicht leicht gehabt haben. Die öffentlichen Krankenhäuser stehen unter einem solchen Druck …«

»Hmm. Hintern abwischen und weiter zum nächsten. So läuft das doch, oder?«

»Ja. Wenn überhaupt. Deshalb gefällt es mir hier im Hospiz so gut. Man kann sich Zeit nehmen. Die Patienten kommen hier an und haben Angst – sie wissen ja nicht, was sie erwartet –, aber wir können ihnen diese Angst nehmen. Die meisten ändern ihre Meinung sehr schnell, obwohl sie sich ihr ganzes Leben vor dem Namen gefürchtet haben. *St. Leonard's*.«

»Das Haus, das alle mit den Füßen voran verlassen, in einer Holzkiste.«

»Siehst du?! Schlimm, dass Leute so etwas sagen!« Sie scheint sich fast ein bisschen aufzuregen. »Das macht mich wütend, weil es überhaupt nicht stimmt. Wir leisten hier so viel Gutes.«

»Ja, da hast du recht. Tut mir leid.«

»Ach, sei nicht albern, dich meinte ich doch gar nicht. Also. Was ist mit ihr passiert, mit deiner … Mia?«

»Oh. Es hat nicht funktioniert.«

»Jetzt sag nicht, sie ist mit einem Oberarzt durchgebrannt.«

»Nein, nein.«

»Das sind doch allesamt arrogante Typen. Die meisten hätten wirklich mal einen Dämpfer verdient.«

»Nein, nein, es war alles meine Schuld. Ich habe es verbockt.«

Sie verzieht das Gesicht vor lauter Mitgefühl. »Das sieht dir gar nicht ähnlich.«

»Ich habe ein paar Fehler gemacht. Ich ... ich hätte mir das wirklich gewünscht, aber irgendwie ... habe ich es nicht geschafft. Ich habe mich gehen lassen. Keine Ahnung, warum.«

»Oh, Ivo.«

Ich lächele zerknirscht. »Ich glaube, ich bin einfach ein Idiot.«

»Tja, mein Lieber, hier wirst du niemanden finden, der so über dich denkt. Wir wissen beide, dass unter diesem Dach sehr viele Menschen leben, die überhaupt nichts Falsches getan haben und doch übel bestraft werden. Und dann wiederum laufen da draußen Tausende von Leuten rum, die mit einfach allem durchkommen, diese ... arroganten Typen. Das ist ungerecht, aber so ist es. Was soll's, man darf sich kein Urteil anmaßen.« Sie stemmt sich aus dem Sessel hoch. »Hör mal. Ich sage das allen, aber bei dir meine ich es ehrlich, denn du bist einer meiner Lieblingspatienten. Ich bin immer für dich da, wenn du reden willst. Das weißt du doch?«

»Danke, Sheila.«

»Und wenn du lieber nicht reden willst, solltest du dir wenigstens den Gefallen tun und deine Gedanken beisammenhalten. Spiel das Alphabet-Spiel. Oder denk an was Schönes. An deine Ex vielleicht. Wenn ihr schöne Zeiten hattet, könntest du in Gedanken darin schwelgen, das kann dir niemand verbieten. Das könnte hilfreich sein. Ich meine ja nur.«

Ich ziehe die Decke enger um mich.

»Ich wollte dir nicht zu nahe treten«, sagt sie.

»Nein, nein. Ist schon gut.«

»Ich meine ja nur. Manchmal ist es hilfreich.« Sie seufzt, kratzt sich am Arm. »Klingt danach, als würde Old Faithful gleich wieder loslegen. Klingel nach mir, wenn du etwas brauchst.«

»Ja, das mache ich. Danke.«

Sie watschelt hinaus und durch den Flur, ich höre die Brandschutztür hinter ihr zufallen, die Außenbeleuchtung erlischt.

Wie schön, über dich zu sprechen, noch dazu mit einem Menschen, der so verständnisvoll ist.

Wie schön, noch stark genug zu sein, den Gedanken an dich überhaupt zuzulassen.

Brustata

»*Brustata?*«, fragst du.

»Ja«, sage ich. »So hat Becca sie früher genannt.«

Die Freude in deinem Gesicht erwischt mich unvorbereitet, und dann dein ansteckendes, hemmungsloses Lachen.

»Oh, das ist wunderbar!«, sagst du. »Tja, Becca muss es schließlich wissen. Ich werde das jetzt *ständig* sagen.«

Ich weiß nicht, wann ich jemanden das letzte Mal so herzlich habe lachen hören. In meiner Gegenwart.

Ich bin überrascht.

Und überfordert. Ich zucke bescheiden mit den Schultern, na ja, da ist doch nichts dabei.

Was für ein schönes Gefühl.

Die Kleinigkeiten, die setzen mir zu.

~

»Wenn ich eine Million Pfund hätte, würde ich mir sofort die Brüste machen lassen«, sagt Laura.

Kelvin und ich tauschen einen Blick und einigen uns mit einem knappen Augenbrauenhochziehen darauf zu schweigen. Ich schlage die Augen nieder und starre in mein fast leeres Bierglas. Da sind wir, zwei siebzehnjährige Normalos, wie Kinder hocken wir auf zwei niedrigen Hockern an dem verklebten dunklen Kneipentisch. Aber immerhin sitzen wir mit Lauras Freunden zusammen, die alle um die zweiundzwanzig sind und auf anständigen Stühlen sitzen, mit Lehne. Laura hat sich endlich dazu herabgelassen, mich abends mitzunehmen. Im Moment geht es ihr nicht gut, sie hat nach sechs Jahren mit ihrem Freund Schluss gemacht. Ich könnte mir fast einbilden, dass sie dankbar für meine Gesellschaft ist.

»Weil die Männer und die Gesellschaft doch wirklich ungerecht sind, oder? Alle reduzieren uns auf Beine, Busen und Hintern. Das ist ungerecht. Ich meine, als Frau kann man nicht einfach sagen: Ich stehe auf Brustmuskeln oder auf Sixpacks oder auf Knackärsche!«

»Ach, warum nicht?«, fragt Becca. »Nichts gegen Knackärsche!« Sie zupft demonstrativ an den Spitzen ihres Afros herum und lässt den Blick sehnsüchtig in die Ferne schweifen.

Oh Becca.

Wenn es irgendeinen Vorteil hat, das Gejammer meiner Schwester ertragen zu müssen, dann diesen: Wir dürfen am selben Tisch sitzen wie Becca, die Göttin. Augen wie glühende Kohlen, eine makellose Haut wie Ebenholz – sie ist ein richtiger Menschenmagnet. Wie lächerlich und klein Kelvin und ich neben ihr aussehen müssen. Aber wir sitzen neben ihr. Wenn auch auf Hockern.

»Die Männer machen alle Regeln. Und wir müssen uns an diese Regeln halten. Das ist doch großer Mist. Wisst ihr, ich finde, wenn man eine ordentliche Brustata hat«, Laura deutet mit beiden Händen ihre neu geplante Oberweite an, »ist man den anderen immer ein Stück voraus.«

»Und, was bist du?«, fragt Becca Kelvin. »Bist du ein Tittenmann? Magst du eine ordentliche Brustata?«

»Na ja«, sagt er, »weiß auch nicht. Vielleicht bin ich eher ein Beinmann?«

Auf einmal wird mir bewusst, wie scheiße Kelvins Haare aussehen. Er hat eine richtige Kinderfrisur. Mit Seitenscheitel. Ich fahre mir mit den Fingern durch meine Zotteln, nur zur Sicherheit. Wenigstens sind sie lang. Kelvin dagegen sieht aus wie ein Streber.

»Kein Tittenmann?«, fragt Laura.

Er wird rot, fährt dennoch kopfschüttelnd fort: »Diese Fixierung auf Brüste habe ich nie verstanden. Was soll daran so besonders sein? Das sind doch nur Fettsäckchen, oder? Fettsäckchen mit Kirsche drauf.«

Die Frauen zögern, brechen in Gelächter aus. Ich sehe Kelvin an, er wirkt zufrieden. Alle glauben, er hätte nur einen Witz gemacht.

»Und mehr als eine Handvoll braucht man sowieso nicht«, fügt er hinzu.

Mein Gott, ich will nichts damit zu tun haben. Ich gebe mir solche Mühe, die Mädchen – die *Frauen* – zu beeindrucken, und er sendet alle Signale der Unerfahrenheit aus. Ich rücke unwillkürlich von ihm ab, im wörtlichen Sinn.

»Und, was ist mit dir?«, fragt Becca, dreht den Kopf und schenkt mir ein Lächeln, das jeden Mann umhauen würde. »Verrat mir deinen Anforderungskatalog, damit wir dich verkuppeln können. Bist du ein Tittenmann oder ein Beinmann oder ein Arschmann?«

»Titten, jede Wette«, sagt Kelvin.

Die Sache ist die: Meiner Ansicht nach hat Becca die unglaublichsten Brüste der Welt. Kelvin und ich haben den ganzen Nachmittag geplant, wie wir uns strategisch günstig hinsetzen, mit einem möglichst guten Blick auf Beccas Brüste. Wir wissen es beide, und wir wissen, dass der andere es weiß. Ich schaue ihr fest in die Augen, dann lasse ich den Blick an die Zimmerdecke schweifen und lehne mich zurück, bis mein Hocker auf zwei Beinen kippelt.

»Tja, ich weiß nicht«, antworte ich. »Man nimmt halt, was man kriegen kann.«

»Autsch«, sagt Laura. »Wie bist du denn drauf?«

»Du musst doch eine Vorliebe haben!«, stellt Becca fest. »Wo guckst du zuerst hin? Im Ernst. Stell dir vor, du hast richtig Bock. Vergiss mal das Gerede über Charakter und dass man ein Gentleman sein soll und so. Du willst einfach nur, du weißt schon, *whoooba*! Also, worauf achtest du zuerst?«

Ich denke, *Titten*. Ich denke, *Beccas Titten*. Eigentlich sollte ich jetzt sagen: *Titten*. Und tatsächlich, schon fließt das Wort auf meiner Zunge zusammen. Aber ich beiße mir auf die Unterlippe.

»Titten, absolut«, wirft Kelvin entschieden ein.

Doch ich kann es Becca gegenüber nicht zugeben. Ich rutsche auf dem Hocker herum, um ihre Brüste aus einem neuen Blickwinkel zu betrachten, als Teil der Gesamtkomposition sozusagen.

»Ehrlich … wirklich … da könnte ich mich nicht entscheiden. Ich würde alles nehmen. Ich bin alles. Ich glaube eigentlich nicht, dass es in dem Sinne Tittenmänner oder Beinmänner gibt.«

Glücklicherweise kommt Mal gerade in diesem Moment von der Bar zurück, drei Biergläser in der Hand, ein Weinglas in der Brusttasche und eine Tüte mit Scampi-Chips zwischen den Zähnen.

»Was ist mit dir, bad boy?«, fragt Becca und wendet sich von mir, dem zappelnden Verräter, ab. »Bist du ein Tittenmann, ein Arschmann oder ein Beinmann?«

Mal knirscht mit den Zähnen, sodass die Chipstüte schaukelt. Er knallt die Gläser auf den Tisch.

»Ich bin ein Fotzenmann.«

Er lässt sich auf einen Stuhl fallen und reißt die Chipstüte auf.

»Meine Güte, Mal«, sage ich.

»Was?«, fragt er.

Becca lacht, laut und herzhaft.

»Ich hasse dieses Wort«, sagt Kelvin.

»Fotze?«, fragt meine Schwester fröhlich. »Oh, ich mag das. Ich finde es lustig. Fotze, Fotze, Fotze.« Sie lässt das tz extra laut zischen.

Sie nimmt zwei Zigaretten aus der Schachtel, eine für Mal und eine für sich.

Da ist es. Zum ersten Mal ergreift mich eine leise Ahnung, dass zwischen Mal und Laura etwas laufen könnte. Sie lacht noch lauter, Mal scheint in sich hineinzuschmunzeln, er verzieht den Mund zu einem breiten Grinsen und schlägt die Augen nieder. Wie selbstzufrieden er wirkt. Ich bin überrascht, normalerweise lässt Mal sich rein gar nichts anmerken.

Wie ist das möglich? Wie kann der Typ sich so unmöglich aufführen und am Ende trotzdem wie der größte Charmeur dastehen? Das ist Mals Magie, nicht wahr? Die Leute fühlen sich einfach zu ihm hingezogen. Sie tun, was er sagt. Und sie kämen nie auf die Idee, ihn von irgendetwas abzuhalten.

»Du bist der Einzige, der noch nicht die Hosen runtergelassen hat«, sagt Becca und sieht mich an. »Titten, Arsch oder Beine?«

»Ich weiß nicht«, sage ich und versuche, so aufrichtig wie möglich rüberzukommen.

»Oh, süß!«, ruft Laura.

»Nein, ehrlich. Ich bin alles.«

»Ein aufmerksamer Liebhaber?«, fragt Becca mit einem neckischen Lächeln.

»Na ja, ich bin siebzehn, ich hatte erst eine richtige Freundin«, sage ich. »Was meinst du?«

Becca lacht dröhnend. »Im Ernst? Du wirst es weit bringen.«

»Was sagst du, Mal? Soll ich mir die Brüste machen lassen?«, fragt Laura.

»Klar, trau dich.« Plötzlich ist Mal ein Experte für die Vor- und Nachteile von Schönheitsoperationen. »Die Leute regen sich zu sehr darüber auf. Machen eine große Moralfrage draus. Ganz besonders für Frauen. Dieser riesige Druck, dass man mit seinem Körper nicht machen darf, was man will. Ist doch albern.«

»Ja!« Laura ist begeistert.

»Das ist doch heutzutage wie Haarefärben und Ohrlöcherstechen, oder? Das ist das neue Make-up, ein bisschen aufpolstern hier, ein bisschen absaugen da.«

»So sehe ich das auch«, sagt Laura. »Alle Mädchen kriegen zum achtzehnten Geburtstag eine Brust-OP, das gehört zu unserer Kultur dazu. Das ist wie ein Tattoo.«

»Ich bin mir sicher, Mum wäre begeistert«, sage ich. »Sie fand ja auch dein Tattoo schon ganz toll. Wie hat sie es genannt? Schlampenstempel?«

»Die alte Hexe«, sagt Laura. »Die plappert doch nur nach, was die aus ihrem Gebetskreis sagen. Ich glaube, mit der Geschichte ist sie zwei Monate lang hausieren gegangen. Die verlorene Tochter.«

»Vielleicht bestellt sie einen Exorzisten für dich.«

»Wollt ihr wissen, wie man das im neunzehnten Jahrhundert geregelt hat?« Mal schnippt die Asche von seiner Zigarette und atmet beim Sprechen den Qualm aus. »Als es noch Korsetts gab, wurden den Frauen zwei Rippen wegoperiert, hier«, er packt Lauras Handgelenk, hebt ihren Arm in die Höhe und klopft mit der anderen Hand auf ihre beiden untersten Rippen, »da unten, die wurden rausoperiert, damit das Korsett noch enger sitzt.«

»Iiihh! Mal!«

»Und dann wurde das Korsett so fest zugeschnürt, dass alle Organe in den Brustkorb raufgerutscht sind.«

»Wirklich?«

»Mich würde es also nicht stören, wenn du dir deine Minimöpse durch ein paar Wespenstiche vergrößern lässt.«

Ich sehe ein Zögern in Lauras Augen, bevor sie in lautes, wenig überzeugendes Gelächter ausbricht.

Wahrscheinlich denkt sie: *Was für ein lustiger Typ.*

Wahrscheinlich denkt sie: *Zum Glück bin ich mit mir zufrieden, da kann er so was ruhig sagen.*

Aber ich weiß, was er weiß.

Er weiß, dass sie gar nicht so zufrieden mit sich ist. Er weiß es genau.

~

Die Gummireifen quietschen, als ich von Kelvin durch den auf Hochglanz polierten Flur geschoben werde. Wie nett von ihm, mich zu besuchen. Mann, wieso habe ich mich in den Rollstuhl reinquatschen lassen? Ist das nicht demütigend? Die Strecke könnte ich zu Fuß locker schaffen. Andererseits war ich immer schon gern Passagier. Es ist nett, sich durch die Gegend kutschieren zu lassen. Neue Perspektiven schieben sich wie von allein vor meine Augen, ein leichter Wind bewegt die Luftschichten, unterschiedliche Temperaturen werden durcheinandergewirbelt und vermischen sich mit den Geräuschen, die aus den Nachbarzimmern herauswehen.

Gibt es ein noch simpleres Vergnügen?

»Wahrscheinlich kannst du es nicht mehr hören«, sagt Kelvin hinter mir, »aber wenn ich irgendwas für dich tun kann, sagst du es mir, ja? Auch wenn es nur ganz praktische Sachen sind. Ja?«

»Danke. Mir geht es gut. Ist besser so, dass ich jetzt hier bin.«

»Du musst es nur sagen.«

»Ja, danke.«

»Zum Haupteingang, oder?«

»Kann sein.«

Die Automatiktüren schieben sich auf, ich spüre den ersten Hauch von naturbelassener Luft an meinen Knien und Oberschenkeln. Sie umfängt mich ganz, als wir das Haus verlassen, schmiegt sich an Nase und Lippen, legt sich um Kopf und Hals und fährt mir durchs Haar. Wir sind im Freien, ich muss blinzeln. Die magische Natur. Auf einmal fühle ich mich noch toter und verstaubter und künstlicher. Ich bin ein Höhlentier, ich gehöre nicht nach draußen. Die unkontrollierte, unregulierte Natur stürzt auf mich ein und fegt mich um.

Wir rollen einen gepflasterten Weg hinunter, der Rollstuhl ruckelt in einem leichten, regelmäßigen Rhythmus über die Ritzen zwischen den Gehwegplatten. Das Pulsieren ist tröstlich. Ich schließe die Augen, wegen der Helligkeit, und spüre das Sonnenlicht auf den Lidern. Natürliche Wärme.

Die Rollstuhlreifen knirschen leise und stetig über mikroskopisch kleinen Schotter. Ich spüre jedes Steinchen so klar, deutlich und scharf. Mein Gehör ist immer noch auf das Piepen der Maschinen eingestellt, auf die Akustik von Putz und Glas, auf Kühlschrankrappeln und das Rauschen des verdorbenen Blutes in meinen Ohren. Durch den Wind eröffnet sich mir die Weite, er weckt die Bäume auf, die Blätter rauschen in der Wellenbewegung. Es ist wunderschön. Es ist überwältigend. Ich möchte das alles inhalieren, einatmen, absorbieren. Aber es geht nicht, ich kann nicht besonders tief Luft holen. Ich schaffe nur ein Keuchen.

Eine Kurve, ein Hang, ein kleiner Torbogen, dann geht es in den Hospizgarten. Auch der ist wunderschön. Eine große Wiese, gesäumt und durchkreuzt von Pfaden, die mit der Landschaft sanft steigen und fallen. Ringsum eine alte, hohe

Mauer aus blassrosa Ziegelsteinen mit bröckeligen Kanten. Zurechtgestutzte, gezähmte Natur.

Ausgerechnet diesen Moment sucht die Sonne sich aus, um auf mich zu scheinen und durch mich hindurch. Es fühlt sich an wie … *leben*. Mein verdorbenes Blut sprudelt und schäumt unter der angewärmten Oberfläche. Alles erinnert mich an dich: Wir beide an unserem Lieblingsort, hoch oben über dem Tal, wie wir hinunterschauen.

»Schön«, sage ich laut zu mir, zu dir. »Schön.«

»Ja«, sagt Kelv, dessen Ohren die einzigen weit und breit sind.

Wir rollen friedlich weiter, vorbei an Blumenrabatten mit sorgfältig ausgewählten Arten. Unglaublich, dass diese zarten Blätter sich aus der Erde geschoben haben sollen, in lebhaften Farben rufen sie die Natur an, die Menschen, *kommt, kommt und gärtnert*.

»Sieh dir das an«, sage ich, »die Zitronenverbenen haben überlebt. Haben die ein Glück.«

»Ja?«

»In den letzten Wintern sind die meisten abgestorben. Zu harter Frost. Diese hier werden wahrscheinlich durch die Mauer geschützt.«

»Ja.«

»Und Bärlauch«, sage ich und schnalze zufrieden mit der Zunge.

Ich denke dabei natürlich an dich; ich rede mit dir, nicht mit Kelvin. Dich sehe ich auf die Stauden zeigen, du siehst mich an, freust dich über die vielen Blütenstände, die im Wind nicken. Du sagst etwas, ich höre verzerrte, begeisterte Töne, und dann höre ich dich sagen:

Wahnsinn!

Du lächelst, wendest dich ab.

»Es gibt Rosen, und es gibt die Nicht-Rosen«, sagt Kelvin. »Ich sehe hier nur Nicht-Rosen.«

»Die großen runden Blüten da hinten. Das ist Bärlauch. Und guck mal, daneben wachsen Knopfblumen. Wenn die Bienen da landen und den Nektar trinken, schlafen sie ein. Komplett weggetreten.«

»Ja, stimmt, sieh mal! Wie bekifft.«

»Ja.«

Beim letzten Schlussverkauf im Gartencenter habe ich Zehntausende kleine Bärlauchtöpfchen über den Kassenscanner gezogen. *Pflanzzeit Frühherbst.* Ich frage mich, wie viele von denen jetzt in den Gärten dieser Gegend herumstehen und sich der warmen Sonne entgegenrecken. Ob ich diese Pflanzen hier verkauft habe? Das wäre doch eine Lebensleistung. Damit wäre ich zufrieden.

Wir setzen unsere Reise fort und umrunden ein Beet mit hohen Gräsern, die im Wind flüstern und zittern. Ich sehe Mohn. Die Sonne brennt sich durch die hauchdünne Wolkendecke und drängt meinen Knien ihre Wärme auf.

Später hätten du und ich bestimmt einen eigenen Garten gehabt. Wir hätten ein kleines Grundstück gepachtet und es gut gepflegt. Wir hätten ein paar Knopfblumen gehabt, den Bienen zuliebe, und einen kleinen Teich mit hohem, flüsterndem Gras am Ufer.

Später.

Ich weiß noch, wie oft du versucht hast, mich zu einer Bewerbung fürs Gartenbaustudium zu überreden. Wie oft du mich gebeten hast, meinen Lebenslauf auf den neuesten Stand zu bringen.

Ich sehe dich, du schlüpfst in deinen Mantel, greifst nach

den Schlüsseln, zeigst auf den Schreibtisch und sagst: »Liegt alles da drüben auf dem Papierstapel. Drei Studiengänge, die für dich infrage kämen. Bewerbungsschluss ist im Juli, du hast noch Zeit.«

Ich weiß nicht, warum ich es nicht einfach gemacht habe. Ich hatte noch Zeit, so viel Zeit. Bis zum Juli war es ewig hin. Aber wer hat schon Spaß daran, seinen Lebenslauf zu schreiben? Ein mickriger Schulabschluss, nicht mal die Hochschulreife. Wer sollte mich schon wollen?

»Sieh es dir nur einmal an«, sagtest du, »du kennst dich doch wirklich gut aus. Komm, so eine kleine Entscheidung kann das ganze Leben verändern. Wenn du jetzt dieses eine Formular ausfüllst, wirst du dir irgendwann dafür dankbar sein. Wenn du dir nur die schönsten Jobs rauspickst und den ganzen Sommer in deinem eigenen Garten Champagner schlürfst.«

Eine schöne Vorstellung.

Kelvin und ich erreichen eine kleine Hügelkuppe, folgen einer sanften Kurve und rollen wieder hinunter, bis vor eine Bank. Kelvin stellt die Bremsen des Rollstuhls fest und setzt sich neben mich. Wir sehen uns an, lächeln kurz, betrachten den Garten und schweigen dem Sonnenuntergang entgegen. Kelvin nimmt seine Brille ab und macht sich daran, sie mit seinem T-Shirt zu putzen.

»Tut mir leid, dass ich dich nicht früher besucht habe«, sagt er und haucht ein Brillenglas an. »Ich dachte, vielleicht brauchst du ein wenig Zeit, dich einzuleben. Wie war der Auszug aus der Wohnung?«

»Alles schon verpackt. Ich habe Leute, die kommen und alles ausräumen, wenn es so weit ist.«

»Ich könnte das machen. Du brauchst bloß zu fragen.«

»Nein, nein, alles in Ordnung. St. Leonard's bekommt den Erlös, ich will das so. Die haben so viel für meine Familie getan, es ist nur gerecht, wenn sie ein bisschen was an mir verdienen.«

»Und dein Dad war auch hier?«

»Ja, ganz zum Schluss.«

Er setzt sich die Brille wieder auf, schiebt sie sich mit dem Mittelfinger über den Nasenrücken, bis sie richtig sitzt.

»Die ganzen Krebsfälle landen hier. Ich bin ja froh, dass sie mich als Nierenpatienten überhaupt aufgenommen haben. Aber ich musste aus der Wohnung raus, also …«

Kelvin sitzt schweigend da, und ich meine, einen erstickten Laut zu hören, aber ich möchte nicht hinsehen.

»Tja«, er schnieft und seufzt, »wenn ich irgendwas für dich tun kann, lass es mich wissen. Falls es noch was zu tun gibt. Falls dein Vermögen verwaltet werden muss.«

Ich lächele ihn an.

Wir sitzen da und schauen zu, wie ein kastanienbrauner Transporter mit den vorgeschriebenen acht Stundenkilometern den Hang hinaufkriecht. Auf den Seitentüren steht *NRG Electrical* in gelben Buchstaben. Ich höre die Stoßdämpfer ächzen, als der Transporter die viel zu hohen Rüttelschwellen überwindet. Die Handwerker kommen zweifellos wegen der Außenbeleuchtung. Darüber könnte ich mit Kelvin reden, wir könnten die heiklen Themen aussparen. Aber ich fühle mich zu schwer, innerlich.

»Gestern … gestern habe ich Laura gesehen«, sagt er schließlich mit heiserer Stimme.

»Ach ja?«, frage ich unbefangen.

»Ja. Sie denkt an dich. Ich soll dir liebe Grüße ausrichten. Sie macht sich natürlich große Sorgen. Um dich.«

»Ach so.«

»Sie hat gesagt, sie würde gern vorbeischauen und sich davon überzeugen, dass es dir hier gut geht. Aber sie hat Angst, es könnte dir zu viel sein, weißt du.«

Der Transporter verschwindet hinter der Mauer.

Ich kann förmlich spüren, wie Kelvin seinen ganzen Mut zusammennimmt.

»Okay, ich muss das jetzt sagen. Ich weiß, du möchtest eigentlich nicht drüber reden, aber es muss sein.«

»Bitte.«

Ich weiß, was jetzt kommt.

»Na ja, wann hast du sie das letzte Mal gesehen? Vor fünf Jahren?«

»Sieben.«

»Vor sieben Jahren. Und wir wissen beide, warum.«

»Wissen wir das?«

»Ach, komm schon!«

»Ich will es gar nicht wissen. Was sagt sie denn, warum sie sich nicht gemeldet hat?«

»Na ja, ich glaube, sie hat Angst. Sie denkt wohl, du wolltest nichts mehr mit ihr zu tun haben.«

»Verstehe.«

»Dabei würde sie dich sehr gern besuchen, ehrlich.«

»Hm.«

»Also ... wäre es dir recht?«

Ich zucke mit den Schultern.

Jetzt weiß er nicht, was er noch sagen soll. Kelvin hat nie gewusst, was er sagen soll. Ich könnte ihn den ganzen Tag schmoren lassen.

Du würdest mich jetzt auffordern, ein bisschen netter zu sein. *Sei nett.* Du hast ja recht. Das ist kein Spiel. Ich sollte ihm einen Grund zum Weiterreden geben, auch wenn ich nicht weiß, was mir das bringen soll.

»Und warum möchte sie mich besuchen?«

Er lacht leise. »Weil du ihr Bruder bist. Und weil du im Hospiz bist und sie sich Sorgen macht, weil sie denkt, sie könnte dich verlieren, ohne vorher ...«

»Ohne was?«

»Na ja, ohne vorher ...«

»Ihr Gewissen erleichtert zu haben?«

»Wenn du willst.«

Ich muss lachen. »Sag ihr, sie soll sich keine Gedanken machen. Alles in Ordnung.«

Kelvin schweigt, nimmt sich einen Moment, diese Lösung zu überdenken.

»Ich ... ich glaube, das reicht nicht, Kumpel.«

»Kelv, hör mal, reicht es ihr nicht, dass ich alles vergessen habe, nur damit es ihr besser geht? Sie hat nicht mal den Mumm, selbst herzukommen. Sie hat dich vorgeschickt, oder? Meinst du, das wäre gut genug? Findest du, ich sollte mit ihr sprechen?«

»Ja, finde ich.«

»Hör mal, als es wirklich wichtig gewesen wäre, als sie zu mir hätte halten sollen, hat sie es nicht getan, oder?«

»Nein.«

»Sie wollte bei Mal bleiben. Also gut. Und wenn sie von mir hören will, dass es in Ordnung ist, sage ich, klar, ist in Ordnung. Das muss ich akzeptieren. Sag ihr, sie soll sich keine Gedanken mehr machen. Sie hat sich so entschieden, fertig. Aber tu nicht so, als wäre es anders gelaufen.«

»Es geht um mehr, Mann.«

»Um mehr? Zum letzten Mal habe ich sie vor sieben Jahren gesehen, bei Mums Beerdigung. Eine lange Zeit, dafür, dass es um mehr geht, findest du nicht? Manchmal ist alles ganz einfach. Das muss man nicht komplizierter machen, als es ist.«

Kelvin seufzt niedergeschlagen. »Es ist nur … Es macht die Leute fertig. Immer noch. Es macht Laura fertig und Mals Eltern. Und ja, weißt du, Mal auch. Und du bist derjenige, der es aus der Welt schaffen könnte. Wenn du einfach nur mal mit ihr reden würdest. Das ist doch keine normale Situation.«

»Das ist nicht meine Schuld, Kelv. Da kannst du jeden fragen. Was er getan hat …«

»Niemand hat vergessen, was er getan hat. Niemand. Aber wenn du einfach nur mal mit ihr reden würdest, das wäre schön.«

»Ich frage mich echt, wieso du ihr nachläufst, Kelv.«

»Tue ich doch gar nicht«, sagt er.

»Die wickelt dich doch um den kleinen Finger, wenn du nicht aufpasst.«

»Ich wollte nur mal sagen, was gesagt werden muss, okay?«

»Hör mal«, antworte ich. »Ich habe kein Problem mit dir. Du weißt, wie schwer es mir fällt, darüber zu reden.«

»Ja, ja. Absolut. Aber soll ich dich anlügen? Wäre dir das lieber? Du hältst das aus. Du weißt, dass ich immer ehrlich zu dir war.«

»Ehrlich gesagt wäre es mir manchmal lieber, du würdest mich anlügen, Mann.«

~

Scheiße, Scheiße. Das ist schlimm, echt schlimm.

Ich kann nicht. Ich kann nicht atmen. Ich …

Ich kann nicht. Ich kann meinen Brustkorb nicht weit genug aufdrücken, ich kann nicht genug einatmen.

Brustfell

Einatmen, Brust raus. Ausatmen, Brust rein.

Nun komm schon. Ruhe bewahren, locker bleiben.

Brust raus, Brust rein.

Ja, ich atme, ich selbst, ganz bewusst.

Das Brustfell zieht meine Lunge auseinander.

Aus ein aus ein auseinaus …

Mein klopfendes Herz.

Ich möchte … ich möchte seufzen.

Ist das zu viel verlangt? Einmal ordentlich zu seufzen?

Alles nur noch mini. Mini. Mini-Atemzüge.

Ist es schlimm? So schlimm? Sollte ich …?

Auf den Knopf drücken, Sheila rufen?

Keine Besucher, ich will keine Besucher mehr.

Man könnte ja annehmen, dass die ganze Scheiße eines Tages aufhören würde. Dass einen die verdammte Vergangenheit irgendwann in Ruhe lassen würde.

Ich brauche niemandem mehr zu verzeihen, nein.

So bin ich.

Ich kann nicht fassen, dass sie wirklich geglaubt haben, es wäre okay. Ich kann nicht fassen, dass Kelvin einfach hier reinspaziert und mich bittet, sie zu sehen. Was versteht er schon? Nichts. Er versucht einfach bloß, an Laura ranzukommen, immer noch, immer noch vergeblich.

Die kennen mich überhaupt nicht. Kein bisschen. Das habe ich herausgehört, als Kelvin hier war. Niemand weiß, was ich durchgemacht habe. *Jeden Tag* lebe ich damit. Jeden Tag. Seit zehn Jahren. Seither versuche ich, mein Leben wieder auf die Reihe zu kriegen. Und Mum habe ich auch noch verloren, damit musste ich ganz allein klarkommen. Scheiß-Dialyse, dreimal pro Woche. Das ist doch was, hm, wenn der beste Freund ein Dialysegerät ist. Mein alter Kumpel.

Niemand kann hier reinspazieren und alles wiedergutmachen. Und es geht ihnen nicht einmal um mich, oder? Kein bisschen. Es geht ihnen nur um sich selbst.

~

Mir reicht es. Wenn ich ein richtiges Alphabet anlegen will, sollte ich mich auf die ausgefallenen Bezeichnungen verlegen, auf die, mit denen ich eigentlich nichts anfangen kann. Ich hätte im Biologieunterricht einfach besser aufpassen müssen.

Ich hätte auf meinen ganzen Körper besser aufpassen müssen.

Ich habe meinen Körper nicht im Griff. Ich verstehe ihn nicht.

Ich weiß nicht, wie das blöde Ding funktioniert.

Als Dr. Sood angefangen hat, mir etwas von Kreatininspiegeln und Dialyse zu erzählen, wusste ich nicht einmal, was ein Dialysegerät ist. Okay, einmal hatte ich für ein Dialysegerät Spenden gesammelt, nachdem ich einen Appell im Kinderfernsehen gesehen hatte. Das war wahrscheinlich etwa 1984. Ich habe mir damals eingebildet, ein Dialysegerät hätte blinkende Lämpchen und Zahlen, wahrscheinlich habe ich es mit der großen Rechenmaschine aus der Kindersendung verwechselt. Wann immer ein bestimmtes Spendenlevel erreicht war, fing eine Reihe von Glühbirnen zu leuchten an, und die Zahl schnellte in die Höhe.

Mein Dialysegerät war in einem nüchternen Cremeweiß gehalten. Vielleicht wurde ich an genau die Maschine gehängt, für die ich dreißig Jahre zuvor Spenden gesammelt hatte. Zumindest sah sie so aus, als wäre sie von 1984.

Wie lange hält so ein Dialysegerät? Das Blut wie vieler Menschen war durch meins geflossen? Und nun floss mein eigenes Blut hindurch, und die Maschine filterte das Kreatinin heraus.

Glaube ich jedenfalls.

Das Schlechte, das Überschüssige.

Ich habe es mir so vorgestellt wie die überflüssige Säure, die man nach dem Rennen in den Beinen hat.

Oooh. Oh Gott. Da ist es.

Jetzt habe ich mich fast zum Weinen gebracht.

Ich habe nicht mehr geweint seit …

Manche Sachen kann man nicht … Sie kommen unerwartet. Ich habe jahrelang nicht mehr daran gedacht. Eine der deutlichsten Erinnerungen an meinen Dad.

Krämpfe in den Beinen.

Und das war so:

Ich liege weinend auf dem Wohnzimmerboden unseres Hauses, auf diesem furchtbar hässlichen braun-weiß gemusterten Teppich. Ich liege auf dem Rücken, mein Dad hält eins meiner Beine, er massiert meine Wade mit den Daumen, streicht mit der Hand sanft darüber.

Auf, ab, auf.

Einfach wegreiben, junger Mann. Das sind Wachstumsschmerzen.

Diese Schmerzen. Bis dahin hatte ich noch nie solche Schmerzen gespürt. Und ich konnte ihnen nicht entkommen. Sie steckten in meinen Beinen, und ich wusste nicht, was sie verursachte.

Das geht vorbei, keine Sorge. Gleich ist es vorbei.

Ich wünschte mir, er würde meine Beine nie mehr loslassen.

Ich hielt die Tränen zurück, so lange ich konnte, er merkte von ganz allein, wann der Schmerz nachließ. Doch er schickte mich noch nicht weg, er klopfte neben sich aufs Sofa und ich sprang hinauf.

~

Ha, ha, ha.

Verdammte Scheiße, das ist … das ist mein Herz. Ein Herzinfarkt? Nein, nur Schmerzen in der Brust.

Aber was, wenn doch?

Soll ich auf den Knopf drücken?

Sie hätte zu mir halten müssen. Laura.

Verdammt … *Mich* hätte sie unterstützen sollen, ihren Bruder.

Sie hat sich entschieden.

Und jetzt will sie auf allen Hochzeiten tanzen.

Nein.

Scheiße, Scheiße, das war es dann wohl mit mir. Verdammt.

Drück den Knopf. Wo ist der Knopf?

Da. Reicht der Druck aus?

Hat es *klick* gemacht?

Da. Ich habe den Alarm am Ende des Flurs ausgelöst. Ich glaube, ich war das, mit meinem Knopf. Jetzt ist es zu spät. Ich kann das Geräusch nicht wieder ausschalten.

Wie viele Menschen müssen sterben, weil sie zu höflich sind?

C. Kommt jetzt das C?
Kein Körperteil mit C.
C wie Charon, der Fährmann?
Dieser Körper. Mein Körper.
Nein.

»Hallo, alles in Ordnung?«

Sheila.

»Ich bin … ich kann nicht …«

»Du kriegst schlecht Luft? Okay, warte mal. Ich bin sofort wieder da, ja?«

Sie weiß Bescheid. Ich habe alles richtig gemacht. Ich habe auf den Knopf gedrückt. Nicht lange gefackelt.

»So.« Sie schiebt eine Sauerstoffflasche vor sich her, an der eine Maske hängt.

Jetzt wird es ernst. Das ist eine große Sache.

»Okay, jetzt setzen wir uns mal ein bisschen auf, und dann bekommst du etwas Sauerstoff.«

»Ich …«

»Nicht sprechen. Jetzt setzen wir dich erst mal auf. So, und jetzt halt mal die Maske fest.« Ihre kleinen Hände drehen an den Ventilen herum. »Okay … Ich glaube, das war's … Darf ich mal?« Sie nimmt mir die Maske weg, wirft einen Blick hinein. »Nein, das war die falsche.« Sie zupft daran herum. »Sorry … Warte kurz. Ich hole Jef, der soll uns helfen.«

Sie läuft hinaus, kommt zurück, um den Summton auszuschalten. Läuft wieder los.

Keine Panik jetzt. Sheila ist unterwegs. Sie hat eine Ausbildung, sie weiß, was zu tun ist.

Komm schon, komm schon.

Deine Hand in meiner, meine Hand in deiner. Fest, ganz fest.

Du bist begeistert.

Ja, du schaffst das.

Ich schaffe das.

Natürlich schaffst du das.

Natürlich schaffe ich das.

Es wird klappen.

Sheila ist wieder da, mit Jef im Schlepptau.

»… diese hier macht ständig Schwierigkeiten, ich glaube, es liegt am oberen Ventil. Denn sie funktioniert nicht mehr, seit …«

Sie fummeln am Gerät herum, halten sich abwechselnd die Maske vors Gesicht.

Sheila sieht auf mich hinunter. »Tut mir leid. Wie geht es dir? Verschleimte Lunge?«

Ich nicke.

»Ist schon gut, ich gehe die andere holen, wenn … Oh, warte mal, es klappt!«

Jef reicht mir die Maske. Das Plastikteil mit Gummilitze legt sich über meine Nase und meinen Mund.

»Bitte sehr«, sagt Sheila. »Festhalten, okay? Keine Sorge, das geht vorbei, gleich wird es besser. Du musst dich jetzt auf deine Atmung konzentrieren, atme ganz langsam, dann geht es dir besser. Ganz normal weiteratmen, keine großen Züge, einfach nur den Sauerstoff einatmen. Das wird dir guttun.«

Jef lächelt mich kurz an und verschwindet wieder.

»Bitte sehr«, sagt Sheila, »immer schön auf Mund und Nase pressen, okay? Du musst jetzt dafür sorgen, dass du wieder genug Sauerstoff in die Blutbahn bekommst.«

Die Tür ist offen, ich höre, wie die Frau im Nebenzimmer zu stöhnen anfängt.

Uuuuuh

»Oh, hallo!«, sagt Sheila. »Old Faithful legt wieder los.« Sie lächelt mich an.

»Es … es tut mir leid«, krächze ich. »Dir so viel Arbeit zu machen.«

»Das ist schon in Ordnung«, sagt sie, steckt sich die Hände in die Kitteltaschen und verlagert das Gewicht auf ein Bein, wie ein junges Mädchen. »Ich muss doch was tun für mein Geld, oder? Okay, dann gehe ich mal nachsehen, was nebenan los ist. Behalte die Maske auf, bis es dir besser geht. Ich habe den Knopf wieder aktiviert, drück einfach, wenn etwas ist, ja? Nicht zweimal überlegen. Dafür ist er da.«

Komm schon, Baby.

Was hast du mir zu sagen?

Was würdest du jetzt sagen?

Denk nach. Beruhige dich, dann fällt dir etwas ein. Ganz ruhig. Ruhig. Ruhig.

Diaphragma

»DA GIBT ES nichts zu kichern. In der Biologie bezeichnet Diaphragma das Zwerchfell. Also gut, wenn ihr darauf besteht, euch wie Grundschüler zu benehmen, werde ich euch wie Grundschüler behandeln. Wer kann das Wort buchstabieren?«

Mr. Miller steht vor der Klasse, in einem seltsamen blauen Blazer mit sechs Goldknöpfen und der obligatorischen senfgelben Hose.

»Was soll das für eine Jacke sein?«, murmelt Mal mir und Kelvin zu. »Die ist doch aus dem neunzehnten Jahrhundert oder so. Für wen hält er sich? König Arschgesicht von Kackwurstland?«

Kelvin und ich fangen zu kichern an. *Arschgesicht von Kackwurstland.*

»Kelvin!«, sagt Mr. Miller. »Schön, dass du dich freiwillig meldest. Bitte komm nach vorn an die Tafel.«

Kelvin rutscht zögerlich vom Laborhocker herunter, das Holz knackt. Er schlurft nach vorn.

Ich drehe mich zu Mal um und verdrehe die Augen. Warum hat Miller es immer nur auf Kelvin abgesehen?

»Okay«, sagt Mr. Miller und drückt Kelvin die Kreide in die Hand. »Bitte sehr. Ach, ich vergaß. Jeder, der das falsch buchstabiert, muss nachsitzen.«

Eine Welle des unterdrückten Unmuts geht durch die Klasse.

»Kelvin?«

Kelvin hat sich seinem Schicksal ergeben. Er spielt mit dem Kreidestück herum, lässt es fallen, hebt es auf, versucht, es wie einen Stift zu halten.

D.

Miller setzt den Schwamm kurz vor Kelvins zittrigem, hässlichem D an. Kelvin sieht ihn fragend an.

»Schreib weiter«, sagt Miller. »Bis jetzt ist es doch prima gelaufen.«

Alle kichern.

I.

»Super!«, ruft Miller sarkastisch.

A.

Kelvin hält inne, Millers Arm zuckt, er spürt das Ende nahen.

R.

»Nein!« Miller fährt mit dem Schwamm über Kelvins Versuch, schlägt seine Hand herunter, wirft die Kreide durch das Klassenzimmer.

Sie landet auf einem Mädchentisch.

»Kelvin muss nachsitzen, die Kreide hat dich getroffen, los geht's.« Mit einem knochigen Finger zeigt er auf eines der Mädchen.

Sie nimmt die Kreide, wischt sich weiße Schlieren vom Pullover und geht nach vorn, um Kelvins Platz an der Tafel einzunehmen.

Kelvin lässt sich wieder auf den Hocker neben mir fallen.

D, schreibt sie.

»Gut ...«

Y.

Miller hält kurz inne, bevor er sich zur Klasse umdreht und eine Grimasse schneidet. Er wischt den Versuch weg und greift selbst zur Kreide.

»Dee – I – A – Pee – Haa – Err – A – Gee – Emm – A. Wer das jetzt, nachdem ich es für alle buchstabiert habe, noch mal falsch schreibt, hat sich das Nachsitzen redlich verdient. Okay?«

Niedergeschlagenes, zustimmendes Murmeln.

»Also schön, wie ihr vom letzten Schuljahr hoffentlich noch wisst, handelt es sich beim Diaphragma, auch Zwerchfell genannt, um eine Zwischenschicht hier in der Brust. Bei der Atmung wird Muskelkraft auf das Zwerchfell ausgeübt, und wenn es nach unten gezogen wird, strömt durch Nase und Hals Luft bis in die *Lunge* ein, und das nennt man *atmen*.«

Miller kritzelt das Wort gereizt an die Tafel und unterstreicht das *m* ungefähr acht Mal.

»So. Und genau das«, er greift zu einem dicken Buch, das die ganze Zeit vor ihm auf dem Pult gelegen hat, »ist unmöglich«, er hat Mühe, die richtige Seite zu finden, die ganz Mutigen fangen zu kichern an, »wenn die Lunge *so* aussieht.«

Er drückt die Doppelseite auf, bis der Buchrücken knackt, und hält uns das Foto einer schwarz geäderten Lunge entgegen. Wie verbrannter Käsetoast sieht sie aus.

Ein Mädchen ruft: »Igitt, das ist ja eklig.«

»Und das«, schließt Miller zufrieden, »passiert gerade mit *eurer* Lunge.«

Totenstille. Er schreitet den Laborraum ab, schwenkt theatralisch den Schwamm, genießt den Moment. Er kostet ihn voll aus.

Aber wie meint er das? Wie ist das nur gemeint?

»Die Frage ist nur: Wer von euch hat so eine Lunge?«

Aus der linken Tasche seines blauen Blazers zieht er eine Packung Zigaretten, die er zwischen Daumen und Zeigefinger hin und her dreht.

»Wer hat das heute Morgen hier liegen lassen?«

Wir erstarren vor Schreck. Ich schiele zu Mal rüber.

Eine Packung Embassy No. 1.

Mal zuckt nicht mal mit der Wimper, als seine Zigaretten mit einem sanften Ploppen aufs Lehrerpult fallen. Miller kehrt an seinen Lieblingsplatz zurück und lehnt sich an die Tafelkante.

»Tja, da sind sie nun«, sagt er. »Der Eigentümer darf sich gern melden und sie abholen.« Sein Blick wandert durchs Labor, scheint an Mal hängen zu bleiben, als die Pausenglocke ertönt.

Niemand rührt sich.

Eine unnatürliche Stille legt sich über den Raum, und das Spiel beginnt. Draußen vor der Tür füllt sich der Korridor mit Schülern, die sich bei größtmöglicher Lautstärke zum nächsten Kursraum schleppen.

»Ich weiß«, sagt Miller, »dass ihr denkt, ich würde euch gleich gehen lassen.«

In der drahtverstärkten Milchglasscheibe der Tür tauchen die verschwommenen Silhouetten von Schülerköpfen auf.

»Ihr denkt, ich müsste jetzt den nachfolgenden Kurs reinlassen. Aber ich muss gar nichts.«

Mal sieht mich an, ich sehe Mal an, wir haben eine Idee.

Miller schlendert an die Tür und öffnet sie. Bei seinem Anblick verstummen alle im Flur. Er macht die Tür ganz langsam wieder zu und dreht sich zu uns um.

»Schon in der Vergangenheit habe ich Klassen draußen

warten lassen, geschlagene fünfzig Minuten, und notfalls werde ich das auch heute wieder tun. So.« Er setzt sich ans Lehrerpult, hält die Zigaretten in die Höhe. »Und?«

Miller liebt es, sich auf einzelne Schüler einzuschießen, und sein Triumph wird umso größer sein, weil es den Neuen trifft. Er hat Mal im Visier, seit der neben mir sitzt. Dabei scheint Mal ganz in Ordnung zu sein. Interessanter als die anderen. Miller ist nur ein gemeiner, verbitterter, uralter Mann. Alle hassen ihn, und er weiß es.

Ich vermeide es, in Mals Richtung zu gucken. Ich hebe die Hand. Miller braucht eine Weile, bis er mich bemerkt. Die Mädchen haben es gesehen, aber sie trauen sich nicht, Miller auf mich aufmerksam zu machen.

»Sir«, sage ich.

Miller dreht erst die Augen, dann den ganzen Kopf in meine Richtung. »Ja?«

Ich möchte klingen, als hätte ich keine Angst. »Das sind meine.«

Die Klasse strömt auf den Flur hinaus, Mal schnappt sich meine schwere Tasche und schleppt sie mit in den nächsten Kursraum.

Aha.

Schon schiebt Miller sich zwischen den leeren Tischen und Hockern zu mir durch. Ich weiß, wie seine Reaktion ausfallen wird. Kein Zorn, nur Mitgefühl. Leichte Verärgerung, ja, zweifellos muss ich nachsitzen, aber er hat Mitleid, wegen meiner familiären Situation; er weiß, er darf es nicht übertreiben.

Die Tür fällt leise ins Schloss, er fängt leise zu sprechen an. »Ich muss schon sagen, ich bin sehr enttäuscht …«

»Was hat er eigentlich gesagt?«, fragt Mal und klebt vorsichtig zwei Blättchen aneinander, während die Zipper seiner Lederjackenärmel leise klimpern.

Er legt die Blättchen auf seiner Schultasche ab und kramt nach dem Tabakbeutel.

Ich sitze am Fußende seines Bettes in einem Sitzsack und nuckle an dem Bier, das er mir zum Dank gekauft hat. Ich bin ein bisschen beschwipst.

»Na ja, zuerst dachte ich, er will mir was über meinen Dad erzählen und über Krebs und so. Hat er aber gar nicht. Er hat erzählt, wie er als Jugendlicher an die falsche Clique geraten ist, die ihm eine Zigarette gegeben hat, und dass er es ein eiziges Mal probiert hat und ihm schlecht davon wurde und er nicht verstehen kann, wieso überhaupt jemand raucht.«

Mal schickt seine dreckige Lache in Richtung Zimmerdecke. »Das sagt doch alles über ihn, oder? Ihm wurde *schlecht*? Ich wette, der geht nach der Arbeit nach Hause und geißelt sich erst mal eine Runde.«

»Ha, ha. Genau«, sage ich und schlage mir eine unsichtbare Peitsche auf den Rücken. »*Ich darf nicht zulassen, dass irgendjemand irgendwas falsch buchstabiert.*«

Mal kichert zufrieden. »*Ich darf den Mädchen nicht in den Ausschnitt gucken, um mir in der Pause auf dem Lehrerklo einen runterzuholen.*«

»*Regenpause*«, sage ich.

Mal lacht und zeigt auf mich. »Du hast echt Humor«, sagt er.

Ich lache auch und sonne mich in seinem Lob. Ich überlege verzweifelt, wie ich seine gute Meinung von mir noch festigen könnte, aber mir fällt nichts ein.

Kelvin hat sich nicht hingesetzt, er lehnt im Türrahmen und hält eine Coladose in der Hand.

Er gluckst vor Lachen. »*Ich muss allen alles verbieten*!«

Das Gelächter verstummt. Mal macht sich daran, eine Zigarette über den Blättchen zu zerbröseln, zuletzt verteilt er den Stoff darauf.

»Was ist denn mit deinem Dad?«, fragt er.

»Ach, der ist an Krebs gestorben, als ich sechs war.«

»Oh Mann, wirklich?«

»Ja. Ich habe mich nur deswegen gemeldet, ich wusste, dass er mich nicht hart rannehmen wird.«

»Mann, das ist doch echt schäbig«, sagt Kelvin und runzelt die Stirn.

»Was?«

»Deinen Dad für so was zu benutzen.«

»Findest du?«

»Nein, ist es gar nicht, es ist genial«, sagt Mal, schiebt den Tabak zusammen und rollt die gefüllten Blättchen vorsichtig zusammen.

»Also nein, das wäre nicht mein Stil«, sagt Kelvin, geht in die Hocke und beäugt den Joint misstrauisch.

»Das macht einen unangreifbar. Weißt du, ist doch schlimm genug, wenn einem so was passiert, da kann man es ruhig zu seinem Vorteil einsetzen. Ist doch clever. Man hat es sich verdient, oder?«

Mal schiebt ein zusammengerolltes Stückchen Zigarettenschachtel in den Joint, als Mundstück.

»Was ist mit dir?«, fragt Kelvin Mal. »Warum sind deine Eltern hergezogen?«

»Mein Alter hat eine neue Gemeinde zugeteilt bekommen.«

»Dein Alter ist Pfarrer?«

Mal sagt nichts, sondern verzieht gequält das Gesicht, als wäre eine Antwort unter seiner Würde.

»Wow, das ist ja bestimmt interessant«, sagt Kelvin.

»Ja? Wieso?«

»Weiß auch nicht«, sagt Kelvin verunsichert. »Wegen der vielen Beichten, die er zu hören kriegt oder so.«

»Klingt so, als wärst du ein echter Experte auf dem Gebiet.«

»Wie meinst du das?«

»Ich glaube, nur die Katholiken beichten«, sage ich leise.

»Ach, ist das was anderes?«, murmelt Kelvin.

»Dann bist du wohl schon oft umgezogen?«, frage ich.

»Ja, wir sind immer auf dem Kreuzzug«, sagt Mal mürrisch. Er sieht mich an. »Wollen wir Väter tauschen?«

Ich schaue kurz zu ihm rüber.

Typisch Mal. Er hat vor nichts Respekt.

Ich lache kläglich. »Nein, danke, geht schon.«

»Vom herrlichen Norden in dieses Dreckskaff.« Mal gähnt und streckt sich.

»Vermisst du ihn sehr?«, fragt Kelvin.

Und ich hatte schon gedacht, eine noch dümmere Frage könnte ihm nicht einfallen.

Ich bin definitiv ein bisschen betrunken.

»Ich vermisse die Partys«, sagt Mal.

»Wie war dein letztes Zeugnis?«, fragt Kelvin.

»Elf Einsen.«

»Blödsinn.«

»Im Ernst.«

»*Elf*?«

»Klar.«

»Scheiße!« Kelvins Gesicht ist von einfältiger Bewunderung verzerrt. »Ich habe nur eine, und ich hab insgesamt nicht mal zehn Kurse belegt.«

Mal zuckt mit den Schultern, seine Lederjacke knarzt. »Wenn man nur Einsen haben will, ist es ganz einfach, überall Einsen zu kriegen ... Man lernt, was man lernen soll, stellt sich auf die Art der Fragen ein. Das ist doch keine Kunst. Aber jetzt habe ich die Schnauze voll. Keine Lust mehr auf Prüfungen.«

»Aber du willst doch einen Schulabschluss machen?«

»Keine Prüfungen mehr.«

»Willst du abbrechen?«

»Ich habe mich noch nicht entschieden. Ich überlege, mir eine Wohnung in London zu suchen und von hier zu verschwinden. Irgendein Geschäft gründen. Ich habe schon ein paar Ideen.«

Mal fährt mit der Zungenspitze über das Blättchen und verschließt es. Mal, der Meisterdreher. Nie zu stramm. Makellose Mischung.

Er zieht ein Zippo aus der Jeanstasche.

Schnapp, schnapp, Flamme.

»Also schön, wer will mal?«

Er reicht Kelvin den Joint. Kelvin zögert gerade lange genug, um unsicher zu wirken, dann nimmt er ihn mit spitzen Fingern an. Er zieht daran. Nimmt den Mund voll, bläst den Qualm hastig wieder aus.

»Nein, Mann, stell dich nicht so an«, sagt Mal.

»Was denn?«

»So geht das nicht.« Er nimmt Kelvin den Joint weg. »Also schön«, sagt er in einer tadellosen Imitation von Mr. Miller, »erinnert euch an das Zwerchfell, die Zwischenschicht unterhalb der Lunge, genau hier«, er stochert Kelvin in den Bauch, »durch kräftige Bewegungen des Zwerchfells wird der Rauch«, er zieht, hält die Luft an, atmet aus, »in die Lunge gezogen und wieder ausgestoßen. Ein und aus.«

Der arme Kelvin. Man sieht ihm an, dass er noch nie gekifft hat. Ich verfolge aufmerksam, wie Mal es ihm erklärt. Ich habe erst ein paar Mal geraucht, Lauras Zigaretten, aber ich glaube, ich kriege es überzeugend hin.

Wir bewegen uns im Gletschertempo.

Im Ernst, ich glaube, ich sitze nicht mehr im Sitzsack. Ich liege ausgestreckt auf dem Teppich, nur mein Kopf ist noch da, wo ich eben saß. Ich höre, wie sich die Styroporkugeln leise knisternd durch den Sack wälzen, ganz zart und leicht.

Ich schaue zu Mal hinüber und muss blinzeln. Vielleicht kann ich mehr erkennen, es irgendwie besser verstehen, wenn ich blinzle.

Kelvin ist wieder aufgestanden, er steht im Türrahmen und schaut auf uns herunter. »Hört mal«, sagt er, »ich geh jetzt, okay? Ich muss …«

»Willst du nicht noch mal?«, fragt Mal und hält ihm den zweiten Joint hin.

»Nee, Mann, danke. Ich habe zu Hause selbst einen, ich muss jetzt los und … Sachen erledigen.« Er sieht mich an. »Kommst du auch?«

»Nein. Ich will nicht«, sage ich. »Ist doch nett hier.«

So nett. Ich liege so bequem.

»Ich werde mich nie wieder bewegen«, sagt Mal. »Ich lasse mich jetzt vom Sofa einsaugen.«

Er kichert albern, ich verschlucke mich vor Lachen.

Wir bleiben eine gefühlte Ewigkeit vor dem ausgeschalteten Fernseher sitzen. Auch egal. Der Fernseher ist einfach zu weit weg.

»Tja, ich bin dann mal weg«, sagt Kelvin.

Ich drehe den Kopf zum Türrahmen, er steht *immer noch* da. Ich dachte, er wäre vor *Ewigkeiten* gegangen.

Niemand wird ihn zum Bleiben überreden. Niemand sollte einen anderen zu irgendwas überreden.

Jetzt sind wir an einem Punkt angelangt, an dem ich … ich weiß auch nicht … nichts mehr zu ihm sage, damit er nicht weiterredet. Ich will nichts sagen, höchstens *psssst*. Doch mein Schweigen scheint ihn nervös zu machen, geradezu hibbelig.

»Bis dann«, sagt er.

»Mach's gut, Kelv.«

Drei sind einer zu viel, immer. Immer werden sich zwei gegen einen verbünden, das ist unweigerlich so. Zwei sind ein Team, drei sind eine Gruppe. Man sollte bloß zusehen, dass man einer von den zweien ist.

Gut, dass er weg ist.

Ich habe ganz kurz ein schlechtes Gewissen, aber es ist besser so, für alle.

~

»Klopf, klopf«, sagt Sheila und pocht an den Türrahmen. »Wie geht's? Oh, das ist schön, klingt so, als würdest du viel besser Luft bekommen. Komm, wir nehmen die Maske runter und schauen mal, wie es ohne geht.«

Sie nimmt mir die Maske aus der Hand. Ich fahre mit Fingerspitzen über mein feuchtes Gesicht, taste nach Druckspuren auf meinen Wangen.

»Bitte sehr. Ich lasse dir die Maske da, okay?«

»Okay.«

»Ich werde Dr. Sood bitten, morgen früh vorbeizukommen. Mal sehen, ob wir es dir noch ein bisschen leichter machen können.«

»Okay.«

Sie entfernt das Klemmbrett mit der Patientenkurve vom Fußende meines Bettes, zückt einen Kugelschreiber und kaut unhygienischerweise auf dem Ende herum. »Was sollen wir bloß mit dir machen, hm?«

»Keine Ahnung. Sheila … Wäre es vielleicht möglich, dass ich keinen Besuch mehr bekomme? Ich … ich will niemanden sehen.«

Sie sieht mich an, über den Rand des Klemmbretts hinweg. »Willst du mir nicht endlich erzählen, was los ist?«

»Wie bitte?«

»Na ja, wenn einer meiner Schützlinge nach so einem harmlosen kleinen Ausflug in den Garten die Nerven verliert, versuche ich natürlich rauszufinden, wo das Problem liegt.«

Sie richtet ihre schwarzen Augen auf mich.

»Bloß … eine uralte Familiengeschichte.«

»War das dein Bruder?«

»Kelvin? Oh nein. Das war der Fußabtreter meiner Schwester.«

»Dann ist es bei dir zu Hause gerade ein bisschen kompliziert?«

»Ein bisschen.«

Sie runzelt die Stirn, betrachtet wieder meine Kurve. »Mit deiner Schwester?«

»Ein bisschen.«

Sie drückt sich das Klemmbrett an die Brust. »So kompliziert, dass du den Kontakt abbrechen willst?«

Ich schließe die Augen und seufze. »Ich weiß, was du jetzt sagen willst. Aber es ist besser so. Wir haben uns alles gesagt, was es zu sagen gab.«

»Das kann ich nicht beurteilen, Ivo. Das weißt du besser als ich.« Sie hängt das Klemmbrett zurück an seinen Platz, steckt den Kugelschreiber wieder ein, kommt ums Bett herum und kauert sich auf die Matratzenkante. »Darf ich dir erklären, wie ich das sehe?«, fragt sie. »Ich sehe das so: Da liegt ein Mann, es geht ihm nicht gut, und er ist ganz offensichtlich sehr unglücklich. Nun, es geht mich nichts an, aber ich bin ja nicht zum Spaß hier. Wenn du niemanden sehen willst, ist das deine Sache. Ich werde umsetzen, was du dir wünschst.«

»Okay.«

»Aber eins musst du wissen. Wenn du dich weigerst, Besuch zu empfangen, wird das hier als Symptom gedeutet. Es hat etwas zu bedeuten. Dr. Sood wird morgen vorbeikommen und alle Patienten mit mir durchgehen, und dann wird er deine Unterlagen sehen und sagen: *Oho, er will also keine Besucher mehr?*, und seine Schlüsse daraus ziehen.«

»Ja, ich weiß.«

»Es ist meine Pflicht, dich darauf hinzuweisen. Wir geben den Leuten hier alle möglichen Hilfestellungen, um düstere Gedanken abzuwehren. Wenn du möchtest, bitte ich eine unserer Seelsorgerinnen um ein Gespräch.«

»Nein. Nein, danke.«

»Nur damit du es weißt, ich bin hier, um dir zu helfen. Ich kann dafür sorgen, dass du alles bekommst, was du brauchst.«

»Habe ich doch. Ich habe alles.«

Sie lächelt mich an, hebt beide Hände. »Okay«, sagt sie, »okay. Mal sehen, was sich machen lässt. Aber tu mir bitte einen Gefallen: Verschließ dich nicht vollkommen. Unglücklich sein kann jeder. Sich von den anderen abzuwenden – ich weiß, wie verführerisch der Gedanke erscheint –, aber manchmal ist es nicht das Beste. Manchmal muss man sich überwinden, wenn es einem besser gehen soll.«

Ich versuche ein Stirnrunzeln, für die Wand. So etwas hätte aus deinem Mund kommen können. Ich kann dich förmlich hören.

»Ich möchte niemanden sehen«, sage ich in ruhigem Tonfall.

»Okay, wunderbar. Ich werde den Empfang informieren.«

Ich sehe sie an, nicke. »Danke.«

»Dein Wunsch ist mir Befehl«, sagt sie lächelnd, steht auf und wischt sich unsichtbare Krümel von der Hose. »Ivo, hör mal. Was mich betrifft, kannst du so mürrisch sein, wie du willst. Ich komme immer wieder. Aber mit den Leuten, die dir etwas bedeuten, solltest du anders umgehen. Manchmal braucht es nur ein paar Worte, um die Welt zu verändern.«

Heute ist es ruhig. Irgendetwas stimmt nicht, der Rhythmus ist ein anderer. Sheila war nicht so oft da wie sonst, und wenn sie da war, wirkte sie verändert. Der Stress, der Stress. Ich glaube, sie will mir aus dem Weg gehen, weil ich so kurz angebunden war. Sie tut beschäftigt.

Aber dann merke ich, dass es hier nicht um mich geht. Ich empfange Signale von hinter der Tür, von jenseits des Flurs, und sie werden immer klarer.

Die Atemzüge von Old Faithful nebenan klingen immer angestrengter. Weniger volltönend. Klingt ein bisschen nach einem Kazoo, leer und missgestimmt:

Hzzzzzzzz, hzzzzzzzz, hzzzzzzzz

Pausenlos, aber müde. Der müde Clown.

Ist das ein Röcheln? Ist es das, was man *sein Leben aushauchen* nennt?

Hzzzzzzzz

Sein Leben auszuhauchen, auf dem Sterbebett … All diese Begriffe sind irgendwo entstanden, irgendwann. Gesammelte Erfahrungen von unzähligen Abschieden an unzähligen Krankenbetten, seit Jahrhunderten. Alles läuft auf diesen einen Moment zu, auf diese Geräusche, diese Gefühle, diese Signale, die ich von draußen empfange.

Sheila gibt sich höflich und professionell. Sie beschränkt das Plaudern auf ein Minimum, schaut regelmäßig, aber mit ernstem Gesicht vorbei, und das auch nur, um mir Medikamente zu bringen oder die Jalousien zu verstellen. Statt freundlich und ziellos in meinem Zimmer umherzustreifen, wählt sie die kürzesten Wege. Alles ist so still wie an einem gedämpften Sonntag. Ich höre nichts als das Rascheln ihres Hosenstoffs, gelegentlich das Quietschen ihrer Gummisohlen, wenn sie im Anmarsch ist.

Hzzzzzzzz

Der Ehemann von Old Faithful hat die ganze Nacht draußen im Wartezimmer kampiert. Ein gedrungener, unmodisch gekleideter Japaner im Rentenalter, der ein zerknittertes Hemd mit Krawatte trägt. Er streift ruhelos herum, wartet, schlägt die Zeit tot. So wie jemand, der auf dem Bahnsteig herumläuft, wenn der Zug noch nicht da ist. Warten, warten. Ein Ein-Mann-Trauermarsch.

Hzzzzzzzz

Er kommt schon wieder an meinem Zimmer vorbei, riskiert einen Blick hinein. Ich versuche, Blickkontakt herzustellen und ihn aufmunternd anzulächeln. Warum, weiß ich selbst nicht. Ich kann nichts tun, um ihn aufzumuntern. Vielleicht möchte ich ihm nur sagen: *Ja, es wird jetzt passieren, aber alles wird gut.*

Er nickt und lächelt zurück. Gut, das ist gut.

Er geht weiter.

Ich schaue wieder aus dem Fenster, in den Magnolienbaum. Kein Rotkehlchen heute. Aber dennoch, ich könnte ewig hineinstarren, die letzten Blüten betrachten. Am liebsten mag ich sie, wenn sie noch geschlossen sind, kurz vorm Aufplatzen. Eigentlich würde der Baum mit seinen klaren Linien viel besser in einen japanischen Garten passen. Aber er ist schön, so schön.

Hzzzzzzzz

»Die Schwestern hier sind alle so freundlich.«

Ich drehe den Kopf. Mr. Old Faithful ist vor meiner Tür stehen geblieben.

»Wie bitte?«

»Das Pflegepersonal ist sehr freundlich.« Er betritt das Zimmer.

»Ja, ja«, sage ich. »Das stimmt.«

»Meine Tochter und ich werden wirklich gut betreut. Sie verstehen, wie belastend das ist. Sie unterstützen uns sehr.«

Ich nicke und lächle.

»Kümmert man sich gut um Sie?«, fragt er.

»Ja, ja. Sehr gut. Die lesen mir jeden Wunsch von den Augen ab.«

»Ja«, sagt er, »ja.«

Dann schrumpelt sein Gesicht auf beinahe komische Weise zusammen, seine Nasenflügel blähen sich, und die Lippen verziehen sich zu einem Strich.

Ich weiß nicht, was ich tun soll.

»Tut mir leid«, sagt er. Er will gehen, aber er weiß nicht, wohin, also bleibt er stehen und ringt um Fassung. »Verzeihung, Verzeihung. Es ist schwer. Wissen Sie, ich bin mit meiner Tochter hier, wir müssen zuschauen, wie ihre Mutter von uns geht. Ich weiß nicht, was ich tun soll. Ein Vater kann die Mutter nicht ersetzen.«

»Das ist sehr traurig«, erwidere ich. »Tut mir wirklich leid.«

»Verzeihung, Verzeihung«, sagt er. »Sie wissen ja, wie das ist.«

»Ja«, sage ich.

»Der Krebs ist eine schlimme Krankheit«, sagt er. »Er ist

bösartig. Kaum zu glauben, dass man nichts mehr für sie tun konnte. Wir dachten schon, es würde ihr besser gehen. Die Ärzte haben uns Hoffnung gemacht. Sie hatte sogar schon etwas zugenommen. Sie sah fast wieder aus wie früher. Aber dann ist der Krebs zurückgekehrt. Man muss immer auf der Hut sein. Ich habe zu viel gearbeitet. Wir hatten nicht genug Zeit für die schönen Dinge. Als ich es gemerkt habe, ging es ihr schon zu schlecht, um das Schöne noch zu genießen. Ich habe zu viel gearbeitet.«

Ich möchte dem Mann helfen, aber ich weiß ehrlich gesagt nicht, was ich sagen soll.

Seine Tochter taucht mit zwei Teebechern im Türrahmen auf.

»Papa?«, murmelt sie leicht gereizt. Sie sieht, dass er geweint hat, und kommt herein. Sie bietet ihm einen Becher an und wirft einen schüchternen Blick in meine Richtung.

Ich nicke und schürze die Lippen, um ihr zu signalisieren, dass … um ihr etwas zu signalisieren.

Er nimmt den Becher entgegen und braucht mehrere Anläufe, die richtige Anzahl von Fingern durch den Henkel zu fädeln. Er ist ein Teetassenmann. »Verzeihung, ich war nur …« Er sieht mich an. »Das ist meine Tochter Amber.«

»Hallo«, sage ich.

»Hi«, sagt sie.

Sie ist wunderschön. Glattes schwarzes Haar mit einer dunkelblauen Strähne darin. Ihren Eyeliner hat sie so aufgetragen wie du früher. Mit Schwung. Ich bemühe mich, ihr die richtige Art von Blick zuzuwerfen. Schöne, klare, lebendige Augen. Halb japanisch, halb nicht. Erstaunlich.

Was tue ich da? Flirten?

Ich kann nicht anders. Es ist ein Reflex. Sie erinnert mich

an dich. Sie ist so selbstbewusst. Selbstbewusst genug, um »Hi« zu sagen und mir in die Augen zu sehen.

Sie ist höchstens achtzehn. Halb so alt wie ich.

»Kommst du zurecht?«, frage ich. »Ich meine, unter den Umständen.«

»Sobald man weiß, was man zu erwarten hat, wird es einfacher«, sagt Amber mit einem Blick auf ihren Vater. »Man gewöhnt sich dran.«

»Ja. Die Gewöhnung tut gut. Das Schlimmste ist die Ungewissheit«, sage ich.

»Unsinn«, antwortet sie. »Aber die Schwestern hier ... die sind wirklich toll. Wir haben Glück gehabt. Sie könnte jetzt auch im Krankenhaus liegen, aber das wollten wir nicht. Hier ist es viel schöner als im Krankenhaus. Wir vertrauen ihnen ... Wir haben ihnen meine Mum anvertraut.«

Sie hat hier das Sagen, das merke ich allein schon daran, wie sie dasteht. Sie ist fast noch ein Teenager, aber sie ist ihrem Vater eine Stütze. Während sie spricht, schaut er untröstlich zum Fenster hinaus, in den Baum und auf den Rasen.

»Aber wie es uns geht, sollte nicht deine Sorge sein«, sagt sie. »Wie geht es dir?«

»Ach, ist doch einfacher, sich Gedanken um die anderen zu machen«, sage ich. »Wenn ich einen Arzt sehe, ist meine erste Frage immer: Wie geht es Ihnen? Ich mache mir Sorgen, die Leute hier könnten sich überarbeiten. Ich mache mir Gedanken um Sheila. Kennst du Sheila?«

»Ich liebe Sheila«, sagt Amber. »Sie ist die Beste. Ist immer da. Sie weiß immer genau, was sie sagen muss. Wenn sie da war, sind wir alle ein bisschen fröhlicher.«

Amber wirkt ziemlich reif für ihr Alter. Okay, das schwarzblaue Haar, die kunstvoll umrahmten Augen, die sorgfältig drapierten Klamotten. Als wolle sie ein Statement setzen. Wie jeder Teenager. Aber sie denkt wie eine Erwachsene.

Ich möchte sagen: *Hör mal, du bist zu jung für einen Ort wie diesen.* Aber das kann ich ja schlecht. *Du bist zu jung, um deine Mum zu verlieren.* Die Gesellschaft wird ihr Urteil fällen: *Sie ist zu jung*. Die Gesellschaft wird tuschelnd im Wohnzimmer stehen: *Es ist eine Schande.*

Ich möchte sie trösten.

Aber das würde sie sich nicht gefallen lassen.

Lass gut sein.

Lass sie ziehen.

Elektro-Augen

»WAS TUST DU da?«, fragt Dad.

»Nichts«, sage ich.

Ich bin erst vier Jahre alt, aber ich weiß, es ist peinlich, so zu tun, als hätte man Scheinwerferaugen.

Elends-Augen

Ich halte das Ochsenauge mit spitzen Latexfingern, spüre die Kühlschrankkälte, das Glitschige, Tote, das droht, jeden Moment zu neuem Leben zu erwachen. Ich lehne mich so weit zurück wie möglich und setze das Skalpell an, doch es schneidet nicht, ein Skalpell, verdammt noch mal, ein blödes, stumpfes Schulskalpell, das sich weigert, in die kalte, glitschige Oberfläche einzudringen, und Kelvin sagt, *gib mal her, du musst fester drücken*, er nimmt mir das Skalpell ab, und ich zucke zurück, als er hineinsticht und es quietscht, er stochert darin herum, und das Ding platzt und spritzt ihm schwarzen Tintensaft ins Gesicht. Er blinzelt und windet sich und versucht, sich mit dem Handgelenk über das linke Auge zu wischen, kommt dem rechten mit dem Skalpell gefährlich nah.

»Oh nein, mein … verdammte *Scheiße*, was sind das für elendige Augen!«

Aber das … nein, das stimmt nicht. Das sind nicht meine Augen, oder? Das sind nur Augen.

Was soll das sein? Ist das etwas, das meine Augen gesehen haben, oder handelt es sich um eine Ansicht meiner Augen?

»Was macht mein Starpatient heute?«

Sheila steht in der Tür, ich hebe den Kopf, lächle.

»Oh je«, sagt sie. »Deine Augen lächeln nicht, mein Lieber.«

Sie kommt herein.

»Nicht?«

»Nein. Du wirst dich ein wenig mehr anstrengen müssen, um mich glücklich zu machen. Tut mir leid.«

Ich grinse zynisch. Sie lacht. Heute wirkt sie viel entspannter. Hat mehr Zeit für mich. Vielleicht hat sich Old Faithfuls Zustand verbessert.

»Netter Versuch. Wie geht es?«

»Gut.«

»Ist das Alphabet schon fertig?«

»Nein. Es ist hoffnungslos.«

»Hoffnungslos? Tja, das klingt nicht gut. Erzähl mir, wo das Problem liegt.«

»Augen. Ich muss immer an Augen denken.«

»Na ja, an den Augen kann man sehen, ob ein Lächeln echt ist oder nicht.«

»Wirklich?«

»Ja. Die Augen lügen nie«, sagt sie und tippt sich an die Nase und zwinkert.

»Meine Mum hat mir früher in die Augen gestarrt, um zu überprüfen, ob ich lüge.«

»Ha! Wirklich? *Sieh mich an und sag die Wahrheit!* Das habe ich ständig zu meinen Jungs gesagt.«

Ich spüre eine Welle der Zuneigung für diese Frau, die jetzt meine Füße zudeckt und sich liebevoll und geduldig und ohne zu fragen um mich kümmert. Sie ist die geborene Mutter. Vielleicht ist das das Geheimnis der Pflegerinnen hier. Sie alle sind geborene Mütter. Und unschuldig, irgendwie. Sie haben sich ihre Unschuld bewahrt und doch alles gesehen, was es zu sehen gibt.

»Und gibt es nicht Kulturen, wo es verpönt ist, anderen in die Augen zu sehen?«, fragt sie. »Also, den Königen und den Königinnen. Wer die ansieht, wird geköpft.«

»Ja.«

»Vielleicht wollen die nur verhindern, dass ihre Lügen auffliegen«, sagt Sheila und geht kurz hinaus.

In der Stille hallt ihr Satz umso bedeutungsschwerer nach.

Sie kehrt mit einem dampfenden Teebecher zurück.

»Früher hatten wir eine Regel«, erklärt sie zufrieden, »eine Flirtregel, wenn wir in den Clubs unterwegs waren. Ich konnte das so gut! Man hat einen Jungen vier Sekunden lang angesehen, und dann guckt man vier Sekunden lang weg. Und wenn man ihn dann wieder ansieht und er immer noch guckt, heißt das, er hat angebissen. Ich war so gut darin!«

Ich schüttle den Kopf und lächle, und ich bin mir sicher, diesmal lächeln auch die Augen. Auf ihrer Wange zeigt sich ein süßes Grübchen, ich sehe es zum ersten Mal. Ich sehe sie als junges, freches Mädchen vor mir, so lebhaft und freundlich wie jetzt, noch nicht ganz so forsch.

»Ich weiß«, sagt sie, »schrecklich, nicht wahr?«

»Na ja, man soll sein Licht nicht unter den Scheffel stellen.«

»Genau! Man muss zeigen, was man hat. Auch wenn es nicht allzu viel ist.«

Sie zögert einen Moment, macht sich bewusst, wie das klingen muss. Sie schlägt sich eine Hand vor den Mund und geht hinaus. Auf dem Flur höre ich sie murren: »Was für ein unmögliches Benehmen, den Gästen gegenüber!«

~

Ich riskiere einen Blick zur Bühne, deine leuchtend blauen Augen sind auf mich gerichtet. Ich schaue gerade lange genug hin, um zu sehen, wie du dich abwendest.

Habe ich es mir nur eingebildet? Deine Augen leuchten im Dunkeln, beobachten mich beim Singen über das Mikro hinweg. Dein Blick schweift durch das Hinterzimmer des *Queen's Head* und bleibt an mir hängen.

Nun siehst du mich an, ich schaue weg.

Wie peinlich.

Am Ende denkst du noch, ich würde auf dich stehen. So habe ich nicht geguckt.

Ich riskiere noch einen Blick.

Der Schwung am äußeren Lidrand, deine Eyelinerkalligrafie. Mit Eyeliner wirkt das Augenweiß noch weißer. Du weißt, wie man Augen malt.

Du schaust weg, zu Boden, ein Hauch von Schüchternheit, das Haar fällt dir in die Stirn, du musst nachsehen, ob deine Fingerspitzen die richtigen Saiten hinunterdrücken, während deine Hand über den Hals der elektrischen Gitarre wandert. Du überprüfst auch, ob dein Fuß, der in einem Turnschuh steckt, richtig auf dem Pedal steht, und dann pulsiert ein Akkord durch den Raum, von denselben Fingern erzeugt, die so sorgfältig die Eyelinerlinie gezogen haben.

Ich spüre es. So deutlich kann ich es spüren.

Ich bin ein Augenmann.

Ja, das ist es. Das hätte ich sagen sollen, als Becca mich vor Ewigkeiten damit aufgezogen hat, ob ich nun ein Arschmann oder ein Tittenmann oder was auch immer sei. Ich hätte ihr einfach in die Augen blicken und ganz gelassen sagen sollen: »Ich bin ein Augenmann.«

War es Liebe auf den ersten Blick?

Das haben die Leute uns immer gefragt, weißt du noch?

Du hast geantwortet: »Na ja, so halb.«

Dann war ich immer ein bisschen enttäuscht.

Wie dem auch sei. Ist die Liebe denn schlechter, nur weil sie nur halb auf den ersten Blick war?

Ich drehe mich zu Becca und Laura um, die von der begeisterten Menge – ungewöhnlich begeistert für einen Donnerstagabend im *Queen's Head* – hin und her geschubst werden. Becca klatscht lächelnd mit, sieht mich an.

»Ist das deine neue Mitbewohnerin?«, frage ich.

Becca ist tief in ihren Tanz versunken, aber sie nickt und lächelt, ohne den Blick von der Bühne abzuwenden. »Ist kurz nach Weihnachten eingezogen.«

»Sie studiert?«

»Schwesternschülerin.«

Ich drehe mich wieder zu dir um, du drehst dich zu deinem Verstärker um und wieder zurück, wirfst dem halbwegs desinteressierten Tontechniker einen knappen Blick zu, bevor du wieder ans Mikro trittst und weitersingst, mit geschlossenen Augen. Deine Stimme legt eine satte Harmonie über die schlichten, verzerrten Akkorde. Ich verstehe nicht alles, aber ich bin wie hypnotisiert.

Du schlägst die Augen auf, und wieder siehst du mich an, und als die Melodie verklingt, zieht ein Lächeln über dein ernstes Gesicht, und ich denke, oh mein Gott, du lächelst mich an.

Du bist zu gut, um mich anzulächeln.

Dabei wird mir jetzt klar, dass ich mich geirrt habe. Nein, nein, du hast natürlich die ganze Zeit Becca angelächelt, denn du wohnst mit Becca zusammen. Ja, das ist doch offensichtlich. Mich kennst du doch gar nicht.

Becca beugt sich vor und ruft: »Ist ihre Stimme nicht wunderschön?«

Ich lächle, nicke. Als ich dachte, du würdest mich anlächeln – was gar nicht stimmte –, war es ein erster Vorgeschmack auf das Gute, Schöne, ein echter Hoffnungsschimmer. Ich weiß auch nicht.

Mein Handy vibriert, ich schiebe eine Hand in meine Hosentasche und hole es heraus. Mal, wieder mal. Will sich später mit uns treffen. Ich spiele mit dem Gedanken, ihn wegzudrücken, aber ich möchte ihn nicht so offensichtlich abweisen. Ich halte das Handy in der Hand und lese seinen Namen, bis es zu vibrieren aufhört und das Display wieder schwarz wird.

Ich schiebe das Handy zurück in meine Hosentasche. Immer in die rechte.

In der linken stecken zehn zusammengefaltete Zwanziger. Zweihundert Pfund, um auszugehen und sich volllaufen zu lassen.

Sicher hat Mal den Stoff jetzt schon. Die Zweihundert sind so gut wie ausgegeben.

Dann wiederum will ich eigentlich nicht. Ich meine, ich werde es tun, aber so toll finde ich es gar nicht.

Du singst das nächste Lied, ich runzle die Stirn und frage mich, ob ich mich aufgegeben habe. Es war mir nicht bewusst, aber ich habe den Gedanken aufgegeben, dass irgendjemand mich auch nur ansatzweise attraktiv finden könnte.

Was könnte ich sagen, wenn du etwas über mich wissen möchtest? Tja, ich könnte sagen, dass ich kurz davor bin, meinen Job beim Gartencenter zu verlieren, weil ich immer zwei Stunden zu spät zur Arbeit komme und sonntagmorgens zu besoffen bin, das Wort *Chrysantheme* auszusprechen. Morgen werde ich mich krankmelden. Was? Ja, ich wohne noch bei meiner Mutter, gewissermaßen, abgesehen von den Nächten, die ich bei meiner Schwester verbringe, wo mein Kumpel und ich uns bekiffen.

Das bin ich nicht. So wollte ich nie sein. Wie bin ich zu dem Idioten geworden, den ich hier spiele?

Nur ganz selten fallen alle Äußerlichkeiten weg, und man erkennt sich als das, was man ist. Genau so fühle ich mich jetzt. Der glühende Klang aus deinem Verstärker setzt das Gestrüpp in meinem Kopf in Brand, und ich denke: Ich schaffe das. Wenn ich nur … Wenn ich mich nur von Mal lossage, von allem, was mich am anderen Ende der Leitung erwartet … Wenn ich nur das Selbstvertrauen hätte, Nein zu Mal zu sagen – ja, ich weiß, ich habe versprochen, dass wir zusammen saufen gehen, aber heute will ich nicht. Denn es ergibt keinen Sinn. Alles, was wir tun – seit Jahren –, ergibt keinen Sinn.

Ich möchte den Reset-Schalter in meinem Kopf finden. Ich will das nicht mehr.

Wäre das in Ordnung?

Ich weiß es nicht.

Mein schwammiges Gehirn blüht angesichts so vieler Möglichkeiten auf. Was immer es ist, das du hast, das dich auf die Bühne treibt, ist genau das, wonach ich mich sehne.

Du beendest das letzte Stück, legst die Gitarre vorsichtig in den Koffer zurück und bahnst dir einen Weg durch die Menge. Die Leute gratulieren, du bedankst dich höflich.

»Oh, hi!«, rufst du. »Wie schön, dass ihr gekommen seid!«

»Ich habe ein paar Freunde mitgebracht«, sagt Becca. »Leute, das ist Mia.«

Du begrüßt alle und nickst freundlich, und ich bringe ein mühsames *gut gemacht* zustande, was du mit einem bescheidenen Nicken quittierst.

Becca lädt dich ein, dich zu uns zu setzen, ich zähle blitzschnell die Stühle durch und weiß, wir haben einen zu wenig. Ich bleibe stehen, wäge die Optionen ab. Wenn ich jetzt einfach an die Bar gehe, hast du einen Sitzplatz.

»Ich gehe die nächste Runde holen«, sage ich. »Bitte, setz dich doch.«

»Nein, danke«, erwiderst du mit deinem weichen Akzent aus dem Norden, der mich kalt erwischt, »ist schon gut, ich kann mir sicher irgendwo einen Hocker holen.« Du siehst dich nach einer freien Sitzgelegenheit um.

Ich biete dir an, auf dem Rückweg von der Bar einen Stuhl mitzubringen. Du lächelst zu mir herauf, ich weiß nicht, wie ich reagieren soll, deswegen schaue ich beiseite. Als ich dich wieder ansehe, guckst du weg.

»Was wollt ihr trinken?«

Ich sehe dich an, um dir zu signalisieren, dass du eingeschlossen bist.

»Einen Orangensaft, bitte. Wenn ich dich später einladen darf.«

»Orangensaft? Nichts Stärkeres? Ich habe eben Geld bekommen.«

Oh, deine Augen. Diese killermäßige Katzenform. Sind sie überhaupt blau? Ich dachte, sie wären blau, aber sie könnten auch grün sein. Eine Mischung vielleicht? Es ist erstaunlich, ich bin definitiv ein Augenmann.

Becca möchte einen Snakebite mit Cassis, der guten alten Zeiten willen, und Laura entscheidet sich für Weißwein, weil Rotwein aufgehellte Zähne verfärbt.

Ich mache mich auf den Weg und stürze mich in das Gedränge vor dem Tresen. Ich falte meinen Zwanziger der Länge nach zusammen, das ist merkwürdig, aber so lässt sich dem Barkeeper besser winken.

Was war es noch? Orangensaft, Snakebite, Weißwein und ein Beamish.

Ich werfe einen Blick über meine Schulter, aber du hast mich nicht im Visier. Du schaust Becca zu, wie sie wild gestikulierend etwas erklärt, Laura sitzt schmollend daneben. Oh Gott, wahrscheinlich hat Laura wieder irgendwelche Verlustängste wegen Mal. Sie redet endlos darüber, ohne dass sich jemals irgendwas ändert.

In meiner Tasche vibriert es wieder, und wieder ist es Mal. Es ist immer Mal.

Ich könnte es ihm jetzt sagen. Ich könnte ihm sagen, dass ich nicht mitkommen möchte. Ich möchte nicht …

Die zweihundert Pfund, nein, die verbliebenen hundertachtzig brennen mir ein Loch in die Tasche. Ich habe keine Wahl.

O-Saft, Snakebite, Weißwein, Beamish.

Schneller, mach schneller.

»Ja?«

»Einen Orangensaft, ein Beamish, einen Snakebite mit Cassis, einen Weißwein, bitte.«

Vier Getränke. Ganz schön viele, wenn man sie alle auf einmal transportieren muss. Der Barkeeper stellt die Gläser in einer Reihe auf, ich bezahle und vergleiche Form und Größe der Gläser. Ich schiebe sie probehalber zusammen, versuche, alle auf einmal zu heben. Nein, keine Chance.

Zuletzt entscheide ich mich, meine Finger in meinen, Beccas und Lauras Drink zu stecken, nur dein Glas trage ich ganz normal in der anderen Hand.

Laura ist nicht begeistert. »Igitt!«

»Sorry für die Finger«, sage ich.

»Gab es kein Tablett?«, fragst du.

»Ja, das wäre eine Möglichkeit gewesen«, sage ich und ärgere mich, nicht daran gedacht zu haben.

Immer noch fehlt ein Stuhl. Ich nehme mein Glas in die Hand und gehe zwischen dir und Becca in die Hocke. Du machst Anstalten aufzustehen, aber ich bedeute dir, sitzen zu bleiben.

»Okay, dann müssen wir teilen«, sagst du und klopfst neben deinem Oberschenkel auf die Sitzfläche. »Eine Arschbacke passt da noch hin.«

Wir sitzen dicht beieinander, irgendwie Rücken an Rücken, haben Dauerkontakt.

»Was machst du so?«, fragst du. »Offensichtlich bist du hier der Großverdiener?«

»Tja, ab jetzt bin ich blank«, sage ich, obwohl die hundertachtzig sich als säuberliches Rechteck auf meinem Oberschenkel abzeichnen.

»Wirklich? Aber keine Sorge, die nächste Runde geht auf mich«, sagst du. »Und woher kennst du Becca?«

Ich erkläre es ihr.

»Ach so. Sicher seid ihr alle total verliebt in sie, oder?«

»Oh ja, sie ist toll«, sage ich und achte peinlich genau auf meinen Tonfall. »Aber nicht mein Typ.«

»Nicht? Ich dachte, sie ist jedermanns Typ.«

Ich zucke mit den Schultern. »Dann bin ich wohl nicht jedermann.«

Siehst du mir eine Sekunde länger als nötig in die Augen? Ich bin mir sicher, du …

Becca beugt sich vor. »Hoch die Tassen!«

»Prost«, sage ich und wende mich wieder dir zu. »Auf einen richtig guten Auftritt.«

Wir stoßen an, aber du ziehst dein Glas zurück.

»Nein, nein, so geht das nicht. Beim Anstoßen muss man sich in die Augen sehen«, sagst du.

»Ach, wirklich?«, fragt Becca.

»Habe ich das denn nicht?«, frage ich.

»Nein. Los, noch mal«, antwortest du. »Prost!«

»Prost«, sage ich und stoße mein Glas ungeschickt an deins. »Das ist schwer, ich muss doch auf das Glas achten.«

»Nein, dann gilt es nicht«, sagst du. »Versuch es noch mal. Prost!«

»Proooost.«

Unsere Gläser schlagen aneinander. *Plonk.*

»Okay?«, frage ich.

Du rümpfst die Nase. »Na ja, das Klirren sollte heller sein.«

Ich versuche es noch einmal, sehe dir tief in die Augen. »Prost.«

Pling.

»Perfekt!«, rufst du und lachst mich an.

»Ich glaube, das liegt daran, dass es so spontan war«, sage ich.

Jetzt siehst du mich definitiv länger als nötig an. Definitiv.

Das Handy in meiner Tasche, es klemmt zwischen uns, fängt wieder zu vibrieren an.

Du zuckst zusammen. »Was war das?«

»Oh, sorry«, sage ich und stehe auf. »Das … das klingelt schon den ganzen Abend.« Ich sehe Mals Namen und schreie das Display an: »Lass mich in Ruhe!«

Schwache Vorstellung. Ganz schwach.

Du betrachtest mich amüsiert.

»Du bist wohl sehr beliebt.«

Du wendest die Augen nicht ab.

Ich weiß auch nicht, wie du es gemacht hast, aber zum ersten Mal – seit Jahren? – lässt meine Angespanntheit nach. Ich schaffe es, den Blickkontakt zu halten. Jetzt erst merke ich, wie unsicher ich geworden bin.

Das Handy vibriert nicht mehr.

Ich sage: »Du hast schöne Augen.«

Da war's. Ich habe es ausgesprochen, ganz sachlich und nüchtern.

»Oh, danke«, sagst du verblüfft. »Das ist sehr nett von dir.«

Nein! Das war schrecklich! Das hast du sicher schon tausendmal gehört!

Aber du lächelst.

Und ich auch.

»Ivo?«, fragt Laura.

»Was?«

Ich sehe sie an, sie hält mir ihr Handy entgegen.

»Mal will dich sprechen.«

Ich kann nicht bleiben, verdammt.

»Tut mir leid«, sage ich. »Es war nett, dich kennenzulernen, aber ich muss jetzt los …«

»Ivo …« Laura schüttelt ihr Handy.

»Sag ihm, ich weiß Bescheid«, gifte ich sie an.

»Oh, ach so«, sagst du enttäuscht.

Du wendest dich ab, die Verbindung ist gekappt.

»Kommst du?«, fragt Becca und rafft Jacke und Tasche zusammen.

»Ja, gleich«, sage ich und überlege krampfhaft, wie ich den Kontakt wieder herstellen kann. »Hör mal, ich weiß, wir kennen uns erst seit drei Minuten, aber möchtest du vielleicht mal was trinken gehen? Es sei denn …«

»Oh«, sagst du überrascht. »Ja. Ja, gern. Das wäre schön.«

»Super. Ich lasse mir deine Nummer von Becca geben, vielleicht …« Mein Handy klingelt schon wieder. »Ich muss jetzt los. Ich rufe dich an, okay?«

»Okay.«

Ich stolpere durch den Pub, halte mir das Handy ans Ohr und versuche, Laura und Becca einzuholen.

»Alles in Ordnung, Alter?«, fragt Mal. »Wo warst du? Ich habe dich hundertmal angerufen.«

Ich spüre, wie jemand an meinem Ärmel zupft. Ich drehe mich um, du hältst dich an meiner Jacke fest. Meine Lippen formen ein stummes *Was*?

»Sorry«, sagst du, »ich habe das ganz vergessen, aber morgen fahre ich wieder nach Hause. Zu meiner Mum in den Lake District, über Ostern.«

»Ach, Mist.«

»Wie bitte?«, fragt Mal.

»Aber vielleicht klappt es danach?«, sagst du.

»Ja, hoffentlich«, sage ich.

»Warte mal, ich schreibe dir die Festnetznummer von meiner Mum auf. Vielleicht kannst du mich da anrufen?«

Du wühlst in deiner Tasche, während Mal mir ins Ohr plärrt, er will wissen, was los ist.

»Warte mal kurz«, sage ich gereizt.

»Ach, da«, sagst du und holst einen Kuli heraus. »Hast du ein Stück Papier?«

»Schreib sie hier drauf«, sage ich und halte dir meinen Handrücken hin.

Du drehst meine Hand um und schreibst die Nummer fein säuberlich auf meinen Puls, mit einem sehr geübten Violinschlüssel dahinter.

»Damit du morgen früh noch weißt, wer das war«, sagst du lächelnd.

~

Du, schon wieder. Du bist es, kurz nach Ostern, du stehst auf dem Bahnsteig, umgeben von Fremden.

Während der Feiertage haben wir stundenlang telefoniert. Wir waren einander direkt vertraut, es schien so natürlich, sich über alles und nichts mit dir zu unterhalten. Dass du deine Mutter während der Ausbildung so vermisst und dich dennoch nach fünf Minuten mit ihr in die Haare kriegst. Die traurigen Vatergeschichten haben wir auch schnell hinter uns gebracht. Und mit dir fühlt es sich richtig an. Die Geschichte von meinem Dad habe ich tausendmal erzählt, und immer reagieren die Leute peinlich berührt. Immer wieder muss ich ihnen versichern, es sei schon okay und so weiter. Als du mir von deinem Dad erzählt hast, fand ich dich erstaunlich nüchtern.

»Ja, mein Dad ist abgehauen, als ich etwa fünfzehn war. Er war Alkoholiker. Ist er, glaube ich, immer noch. Er konnte es meiner Mum einfach nicht recht machen. Ich meine, sie haben es jahrelang versucht, aber es hat nicht funktioniert. Sie haben überhaupt nicht zusammengepasst.«

»Ach so.«

»Aber ich mache ihm keine Vorwürfe deswegen. Er hatte es nicht leicht, und er hat viel falsch gemacht. Aber das macht ihn nicht zu einem schlechten Menschen.«

»Nein, das kann sein.«

»Ich sehe ihn nicht oft, denn das wirft ihn jedes Mal aus der Bahn. Danach fühlt er sich schlecht, und das möchte ich nicht. Das ist schon traurig. Aber weißt du, ich werde mir davon nicht das Leben vermiesen lassen.«

Ich konnte spüren, wie du am Telefon mit den Schultern gezuckt hast. Also legte ich los mit der eintausendundersten Version *meiner* Vatergeschichte, und irgendwie hatte ich dabei deine nüchterne Tonlage übernommen. Zum ersten Mal hatte ich das Gefühl, es so zu erzählen, wie es erzählt werden wollte.

Heute weiß ich: Ich muss es nicht so machen wie Laura. Ich brauche nicht auf die Tränendrüse zu drücken, denn es ist einfach nur passiert. Es war und bleibt traurig. Niemand kann etwas daran ändern, im Guten wie im Schlechten.

Den Top-Trumpf vom traurigen Dad, so hast du es immer genannt. »Ach, gestorbener Dad schlägt nicht gewalttätigen Alkoholiker-Dad um Längen!«

Nachdem wir eine Woche lang jeden Abend und bis in die Nacht telefoniert haben, kann ich kaum noch glauben, dass wir uns erst ein Mal begegnet sind.

Du hast gefragt: »Wie willst du mich am Bahnhof wiedererkennen?«

»Natürlich erkenne ich dich wieder.«

»Ach ja, an meinen schönen Augen.« Du wolltest mich mit meinem Kompliment bei unserer einzigen Begegnung aufziehen. »Ich werde dich damit packen wie Medusa und dich über den Bahnsteig schleifen.«

»Nein, an deinen riesigen, deformierten Ohren.«

Du hast nach Luft geschnappt und den Hörer aufgeknallt. Aus Spaß. Glaube ich.

Ich habe herausgefunden, in welchem Zug du sitzt. Nach acht Minuten zusätzlichen Wartens kribbeln meine Glieder vor Vorfreude. *Angekommen*, blinkt es hinter deiner Zugnummer, und auf einmal mache ich mir Sorgen, ich könnte dich tatsächlich nicht erkennen. Und wenn ich dich nicht auf Anhieb erkenne, wirst du es mir vom Gesicht ablesen, und das ist dann der Anfang vom Ende.

Die Passagiere strömen mir entgegen, zuerst sind es nur wenige und dann ein unübersichtlicher Schwall. Mein Blick jagt hin und her, immer auf der Suche nach einem vertrauten Merkmal, nach irgendetwas, das ich an dem Abend vor drei Wochen schon einmal gesehen habe.

Ich frage mich, ob ich mich da in etwas hineingesteigert habe. Natürlich habe ich das. Am Ende ist da vielleicht gar nichts mehr, wenn wir einander ohne schummrige Kneipenbeleuchtung gegenüberstehen, keine Chemie, keine Anziehung. Nur platt getretene schwarze Kaugummis auf dem Bahnsteig und der triste Kaffeekiosk, der seit 1989 denselben ollen Kaffee anbietet, neuerdings im Pappbecher mit Plastikdeckel. Abgesehen davon hat er nichts mit den Produkten der angesagten Kaffeeketten zu tun.

Immer noch nichts. Ich drehe mich um, rechne fast damit, dich an einer Mauer lehnen und ungeduldig mit dem Fuß tappen zu sehen.

Im Grunde muss ich mich doch fragen, was zum Teufel ich mir dabei gedacht habe, mich so zum Affen zu machen?

Aber nein, halt: Da bist du. Mit einem fröhlichen Hopsschritt kommst du mir entgegen, du hast mich längst entdeckt, schon lächelst du, versteckst dich halb hinter einer orientierungslosen Studentengruppe. Du bist es. Ich hätte dich in jedem Fall erkannt. Und mit welcher Natürlichkeit du die rosa Hasenohren trägst! Sie wippen über deinem Kopf wie zwei Ausrufezeichen.

»Hallo!«, sagst du, lässt die Tasche fallen, um mich auf die Wange zu küssen und stürmisch zu umarmen.

»Hallo«, sage ich, und alles Zaudern schmilzt dahin in deiner warmen, lockeren Begrüßung.

»Wie schön, dich endlich wiederzusehen«, sagst du.

»Ja! Ich freu mich auch«, sage ich. »Was sind das für Ohren?«

Du runzelst die Stirn und siehst mich verständnislos an. »Ohren?«

Ach so. Verstehe.

»Ach, nichts«, sage ich.

»Nun«, sagst du beschwingt, »wollen wir mit dem Bus fahren?«

Du drehst dich um und bückst dich nach deiner Tasche.

Nein, ich werde das nicht kommentieren.

Auf dem Weg zum Busbahnhof muss ich das Lachen unterdrücken, die ganze Zeit.

~

Ein elektrisches Alarmgeheul dröhnt in meinen Ohren, fährt durch mein Hirn, reißt mich aus dem Schlaf, mein Herz rast, und der Schweiß bricht mir aus, durchbricht meine Poren, kribbelt auf der Haut.

Was ist denn?

Ich sehe mich um. Was soll ich tun? Was?

Der Alarm geht wieder los, schießt in meine Ohren, kleidet meinen Schädel von innen aus.

Zwischendrin höre ich hastige Schritte.

Ich sehe Sheila an meiner geöffneten Tür vorbeiflitzen, sie kommt nicht weit.

Eine Männerstimme, vom Geheul übertönt. Ich glaube, das ist Jef. Ich kann kein Wort verstehen.

»Nein«, antwortet Sheila, »ja, aber sie wurde geöffnet. Hast du den Schlüssel?«

Noch ein Jef-Geräusch aus dem Flur, Sheila kommt in mein Zimmer, ganz langsam jetzt.

Sie bemerkt mich, hält inne.

»Tut mir leid«, sagt sie, ohne den Flur aus den Augen zu lassen, »aber die Leute benutzen ständig den Notausgang, obwohl der alarmgesichert ist. Da steht ein Schild: *alarmgesichert*. Was glauben die denn, was passiert?«

»Ich habe niemanden gesehen«, sage ich.

»Nein«, seufzt sie resigniert. »Es ist einfach nur ärgerlich. Am Ende liegt es wieder nur an der Technik. Die sagen uns: Oh, warten Sie's ab, das wird eine enorme Verbesserung sein, aber ehe man sichs versieht, ist das ganze Haus kaputtverbessert.«

Sie behält den Flur im Blick, verdreht die Augen, als Jef vorbeikommt. Er lässt einen kleinen Schlüsselbund um seinen Mittelfinger kreisen. Die Tür wird geschlossen, das Echo wälzt sich durch den Flur, der Alarmton hört abrupt auf.

Mir bleiben ein Schallabdruck im Ohr und ein klopfendes Herz.

Hast du einen Windstoß geschickt, um die alarmgesicherte Tür aufzustoßen und meine Ohren anzugreifen?

Manchmal könnte ich es mir fast einreden.

Ruhig jetzt, ganz ruhig.

Hzzzzzzzz

Ah, da ist sie. Old Faithful.

»Danke, du bist ein Schatz«, sagt Sheila, als Jef an meiner Tür vorbeigeht.

»Schon okay«, sagt er.

»Bald hängen die Beatmungsgeräte am selben Stromkreis wie die Kaffeemaschinen«, sagt sie und kommt näher. »Dann gibt es Latte Macchiato mit Leichengeschmack.« Sie lässt sich auf den Besuchersessel fallen, wuchtet sich den linken Fuß aufs rechte Knie und schiebt einen Finger in den Schuh, um eine schmerzende Stelle zu massieren. »Tut mir leid«, sagt sie schlaff, »ich sollte nicht so reden, hm?«

Ich muss lächeln. Am meisten beunruhigt mich ihr Fuß.

»Keine Sorge. Ist doch gut, dass es dir nicht egal ist.«

»Das hier sollte ein Ort der Ruhe und des Friedens sein. Aber wir müssen uns mit demselben Spardruck und denselben bekloppten Ideen der Geschäftsführung auseinandersetzen wie jede andere Pflegeeinrichtung. Wenn man nicht mal hier vor den Bürokraten sicher ist, ist man es wohl nirgendwo.«

Ferse

ICH LIEGE AUF dem Sofa und bringe kein Wort heraus.

Mum kommt, hebt meine Beine an, setzt sich und nimmt meine Beine auf den Schoß.

Im Fernseher läuft ein Zeichentrickfilm, der Ton ist leise gestellt, aber ich schaue ohnehin nicht zu.

Wie ich sehe, hat sie meine Glückwunschkarte entdeckt. Besser gesagt, die klapprige Mischung aus Makkaroni, Tonpapier und Klebstoff, mit der die Vertretungslehrerin uns nach Hause geschickt hat.

Alles Gute zum Vatertag.

Mum knetet meine Füße, wobei sie die kitzligen Stellen ausspart. Manchmal wirft sie mir einen Blick zu.

»Wollen wir heute was zum Abendessen bestellen?«

Ich kann nicht antworten.

Sie betrachtet meinen Fuß und sagt: »Tja, Fuß, dann sind wir jetzt wohl ganz allein. Wie geht es dir? Bist du traurig?«

Nach einer Weile nickt mein Fuß bekümmert.

»Und was ist mit dir?«, fragt Mum meinen anderen Fuß. »Bist du auch traurig?«

Ja, auch der andere Fuß ist traurig.

»Oh je«, sagt sie. »Oh je.«

Sie sitzt da und überlegt, während ich mir ein Kissen auf den Bauch drücke und in den Fernseher starre.

Langes Schweigen. Langes Schweigen mit leisen Zeichentrickgeräuschen. *Peng* und *boing*.

»Ich weiß was«, sagt sie zu meinem großen Zeh, »lass uns über den heutigen Tag reden. Über deine Schuhe. In welchem Schuh hast du heute gesteckt?«

Mein Fuß denkt kurz nach und nickt dann in Richtung Tür.

»Die Hi-Tec Silver Shadows?«, fragt sie. »Das sind deine Lieblingsschuhe?«

Der Fuß nickt.

»Und was ist mit dir«, sagt sie zum anderen Fuß. »Hast du auch einen silbernen Hi-Tec-Schuh getragen?«

Der andere Fuß nickt.

»Ja, natürlich. Es wäre ja dumm, etwas anderes zu tragen, nicht wahr? Dann wären es zwei verschiedene Schuhe. Hat es dir in den Hi-Tecs gefallen?«

Der linke Fuß nickt, der rechte wackelt hin und her.

»Hm …«

Ich sage: »Sie mögen sie, aber der eine hat gescheuert. Meine rechte Ferse tut weh.«

Mum beugt sich zu den Füßen hinunter. »Wer ist das?«, flüstert sie.

Beide Füße sind ratlos.

~

»Bist du kitzlig an den Fußsohlen?«, fragt Dr. Rhys. »Hier?«

»Hm. Manchmal. Vielleicht.«

»Ja, weißt du, das ist normal. Bei Diabetespatienten kann das ein erster Hinweis auf Nervenschäden sein. Was bedeutet, dass man sich wunde Stellen zuzieht, ohne es zu merken, und wenn die sich entzünden, kann sogar eine Amputation erforderlich werden. Ich kenne allein hier im Viertel vier Patienten, die einen Schrank voller überflüssiger linker Schuhe haben.«

~

Das ist es. Das ist gut.

Ich gehe. Ich habe mein Bett verlassen und gehe durch den Flur, und es war allein meine Idee.

Ich bin so stolz, ganz allein drauf gekommen zu sein. Ich weiß, was du jetzt sagen würdest. Du würdest sagen:

Stell es dir einfach vor. Du erkennst es, wenn du da bist.

Ich gehe. Ich gehe.

Ich mache etwas aus meinem Leben.

Und es ist gut. Es fühlt sich gut an, sich die Füße zu vertreten.

Deine Decke um die Schultern, deine Arme um mich.

Das ist schön. Ganz langsam.

Einen Fuß vor den anderen.

Drücken, durch die Brandschutztür schlüpfen. Sie fällt hinter mir zu.

Das bringt den Kreislauf in Schwung. Das regt das Hirn an, die Gedanken, die Ideen. Das ist gut und positiv. Es gibt so viel zu sehen, so viel Neues. Da bekommt man gleich einen wohlwollenderen Blick auf die Welt.

Ich wünschte, ich hätte das schon früher versucht.

Da ist die Kaffeemaschine. Eine Matic 2. Daneben stapeln sich die Becher. Keiner gleicht dem anderen. Die Pfleger bringen sie von zu Hause mit. *I Love London. Phantom der Oper. Virginia Woolf: Ein eigenes Zimmer.*

Aufgepasst jetzt. Wie angenehm, sich im Gletschertempo voranzuschieben. Immer schön an der Wand lang.

Ich werfe einen Blick in das Zimmer links von mir. Auf dem Bett sitzt eine alte Lady. Sie hat Besuch, eine junge Frau, der Besuch hebt den Kopf, ich gehe weiter.

Um die Ecke jetzt. Rechts das Schwarze Brett, jeder Zentimeter davon ist mit Zetteln und Flugblättern bedeckt. Die untersten Zettel flattern im warmen Luftstrom der Heizung darunter.

Konvektionsströmung. Auch das haben wir bei Mr. Miller gelernt. Werde ich den Einfluss dieses Menschen denn nie los?

St. Leonard's Kirchenfest – 430 Pfund für das Hospiz gesammelt. Nicht übel. Oder doch? Schwer zu sagen. *Wir danken Ihnen!* Ja, danke.

Palliative Pflege zu Haus: Wir alle wollen dort sein, wo wir uns geborgen fühlen. In einer vertrauten Umgebung. Ich nicht. *Bei Angehörigen und Freunden.* Nein, ich nicht.

Krebs, Sex und Sexualität. Jeder Mensch ist anders. So etwas wie normale Sexualität gibt es nicht. Selbst schwer kranke Menschen haben Wünsche und Bedürfnisse.

Massage. Karen Eklund, schwedische Masseurin. Zweimal pro Woche im Baurice-Hartson-Zimmer. Dauer ca. 50 Min. Bei Interesse hier eintragen. Da hängt kein Stift.

Reflexzonenmassage, Bowen-Therapie und Reiki. Heile dich selbst.

Zeit zum Weitergehen.

Gelächter aus einem Zimmer am hinteren Ende überflutet den Flur. Publikumsgelächter und eine Stimme, eine vertraute Stimme. Bis die Worte mich erreichen, saugen sie den Schimmer von den Wänden und vom Boden, verschwinden in einer Lawine aus Klang, Lackfarbe, Linoleum. Sie erzählen nur noch von diesem Flur. Sie erzählen von pastellfarbigen Tapeten und Desinfektionsmitteln. Die glänzenden Böden sind einfach sauber zu halten. Allzeit bereit für den Besuch vom Gesundheitsamt.

Ich schiebe mich auf die Tür zu, einzelne Worte kristallisieren sich heraus.

Und haben Sie das mit dem Staatshaushalt mitbekommen? Das war schlimm, was?

Der Staatshaushalt. Oh, ein Wort. Wörter von draußen. Wörter aus einer Welt, die sich ohne mich weiterdreht.

Aber man möchte nicht Finanzminister sein, was? Nein. Man möchte nicht Finanzminister sein.

Alles in mir möchte umkehren und zurück in mein Zimmer, zurück ins Bett.

Können Sie das glauben? Diese vielen Kürzungen beim Nationalen Gesundheitsdienst? Ab jetzt sollten Sie lieber nicht mehr krank werden.

Nein, komm, geh weiter.

... tja, tut mir leid, Herr Finanzminister, aber Sie wissen ja, wir müssen sparen. Ich kann Ihnen leider nichts gegen Ihre Verstopfung verschreiben. Ja, ich weiß, Sie sitzen in der Scheiße ...

Der Fernseher im Aufenthaltsraum beschallt nur unbesetzte Stuhlreihen. Je nach Bild schimmern die Polster blau, gelb, weiß, wieder blau. Nun bin ich so weit gekommen, da kann ich mich auch hinsetzen und ein bisschen zugucken. Ich wähle den Platz neben der Spielzeugtruhe, nehme einen Zauberwürfel heraus, drehe planlos daran herum.

Wie lautet also Ihre Antwort? Sie sind doch so gut im Rechnen, ich schlage vor, Sie gehen nach Hause und kürzen erst mal Ihren eigenen Haushalt. Ja?

Das Gelächter lässt mich zusammenzucken. Heutzutage ist alles viel zu laut.

Amber taucht im Türrahmen auf, sie hat zwei leere Kaffeebecher in der Hand.

Ich lächle sie an. »Hi!«

Sie scheint sich hinter den dichten Haaren zu verstecken, ich weiß gar nicht, ob sie zurückgrüßen wird, aber dann tut sie es doch, kommt zögerlich herein, betrachtet den Fernseher.

»Kaffeedienst?«

Sie antwortet nicht, wirft einen Blick auf die Kaffeebecher in ihrer Hand.

»Ich dachte, ich bilde mich ein bisschen weiter.«

»Ach ja, der. Den mag ich nicht.«

»Die drehen das Konservenlachen immer so laut auf.«

Sie lächelt höflich.

Oh je, was für ein Altmännerspruch.

Dabei trennen uns gar nicht so viele Jahre. Zwanzig vielleicht. Zweiundzwanzig, höchstens dreiundzwanzig. Ich möchte ihr sagen: *Ich kann dich verstehen. Ich weiß, was du mir sagen willst. Mit dem blau-schwarzen Haar und den Klamotten.* Am liebsten würde ich sagen: *Wollen wir Freunde sein, du und ich?*

Aber nein, das geht nicht.

So etwas kann man nicht erzwingen.

»Tut mir leid, ich möchte nicht stören«, sage ich, »aber könntest du mir einen Tee mitbringen, wenn du sowieso gerade in die Küche gehst? Ich würde ihn mir ja selbst holen, aber …«

Sie räuspert sich. »Klar«, sagt sie. »Mit Milch und Zucker?«

Und dann ist sie wieder weg.

Ich zappe mich durch das Programm. Ich bin auf der Suche nach etwas weniger Anstrengendem. Nachrichten,

Nachrichten, Gameshow. Was würde Amber wohl gern sehen? Ich erwische einen Musikkanal und belasse es dabei. Dimme den Ton auf Hintergrundniveau.

Sie kehrt mit zwei Bechern zurück, dunkelrot und dunkelblau. Auf dem einen steht *Grmpf*, auf dem anderen *Albert*.

»Grmpf«, sagt sie.

»Vielen Dank«, sage ich und nehme den Becher entgegen.

Sie nimmt ein paar Stühle weiter Platz, im Schneidersitz, stützt die Ellenbogen auf die Knie und führt sich den Becher an die Lippen.

»Hast du denn genug zu tun, um dich ein bisschen abzulenken?«, frage ich. »Diese Warterei ist sehr zermürbend.«

»Ich habe ein paar Bücher dabei. Aber ich kann hier nicht lesen. Ich kann mich nicht konzentrieren.«

»Na ja, kein Wunder. Vielleicht solltest du es mal mit Sheilas Spiel versuchen.«

»Was ist das?«

»Na ja, es ist ganz einfach, man geht das Alphabet durch und muss zu jedem Buchstaben ein Körperteil finden. Und dann muss man sich zu dem Körperteil eine Geschichte ausdenken, wie zum Beispiel, was ist das Beste, was ich je mit meinen Fingern getan habe? Man versucht, sich an den Moment im Leben zu erinnern, an dem die Finger am nützlichsten waren.«

Ich halte inne. Ob sie sich jetzt fragt, wovon zum Teufel ich spreche?

»Adrenalin«, sagt sie munter. »Ich würde mit A für Adrenalin anfangen.«

»Warum?«

»Weil es einen motiviert und beschützt. Unter Adrenalin bringen die Leute Erstaunliches zustande, sie werden zu

Übermenschen. Wusstest du, dass eine Frau einmal ein Auto hochgestemmt hat, damit es ihr Kind nicht zerquetscht?«

»Nein, im Ernst?«

»Ja, in Amerika. Ich habe einen Artikel darüber gelesen. Es war das Adrenalin in ihren Adern.«

»Jetzt hört sich meine Adamsapfelgeschichte aber ziemlich langweilig an«, sage ich. »Aber das hat man davon, wenn man sein ganzes Leben im Gartencenter gearbeitet hat.« Ich sehe sie an und merke, dass sie nicht versteht. »Der Garten Eden?«, frage ich. »Adamsapfel?«

»In welchem Gartencenter warst du?«

»Kennst du das an der großen Kreuzung, kurz vor der Autobahnauffahrt?«

»Ja. Wir gehen da manchmal in die Cafeteria.«

»Ja, die ist gut. Die machen guten Kuchen.«

»Ja! Echt guten Kuchen.«

Wir schauen eine Weile fern, lassen uns von der gesprächsabtötenden Musik einlullen. Ich möchte irgendwas über Adrenalin sagen. Mir fällt nur ein, dass es bei einer Überdosis als Gegengift gespritzt wird.

»Eine schöne Decke hast du da«, sagt sie. Sie streckt die Hand danach aus.

»Oh, danke«, sage ich. »Die wurde extra für mich gehäkelt.«

»Wow. Die ist wunderbar. Darf ich mal sehen?« Sie wendet eine Ecke um. »Wie gleichmäßig und fest die Maschen sind! Ich habe mich für Textildesign beworben. Hat mich immer schon interessiert.«

»Bitte«, sage ich und reiche ihr die Decke. »Sie ist sehr schwer.«

Ich kann meinen Stolz nicht verhehlen.

Amber untersucht die Decke zielstrebig und selbstbewusst. Wie seltsam, dass man aus den winzigsten Gesten das Talent eines Menschen herauslesen kann.

»Sieh dir das an«, sie hält sich die Decke vors Gesicht, scheint ein Selbstgespräch zu führen, »Sechsecke. Wie ungewöhnlich. Muss ja ewig gedauert haben.«

»Sie hat sich für Sechsecke entschieden, weil sie weicher rüberkommen als Quadrate. Glaube ich.«

»Wer hat die gemacht?«

Ich zögere kurz, möchte nicht zugeben, dass ich überhaupt je eine Freundin hatte, nur für den Fall, dass ... was? Dass Amber Interesse an mir hat?

Du meine Güte.

»Meine Freundin«, sage ich. »Exfreundin.«

Amber sieht mich mitfühlend an.

»Sie hat was Besseres als mich verdient«, sage ich hastig, um alle Fragen abzuwehren.

»Was für eine hochwertige Wolle. Die muss ein Vermögen gekostet haben.«

»Ja?«

»Ja, absolut. Du musst ihr auf jeden Fall etwas wert gewesen sein.«

»Hm, ja.« Ich lächle, und dann lächle ich wohl nicht mehr, denn Amber wirkt besorgt.

»Ist alles in Ordnung? Sorry, ich wollte nicht ...«

»Ich hab mich immer von ihren großen Plänen mitreißen lassen. Sie hatte immer irgendeine Idee für willkürliche Kreativaktionen. Sie hat Garnbomben gelegt. Ist das in der Textilbranche bekannt, Garnbomben?«

»Nein ... Was ist das?«

»Sie ist um vier Uhr morgens irgendwo hingegangen und

hat die Stadt dekoriert, mit gehäkelten Herzen oder Gänseblümchen oder was immer sie gerade gemacht hat.«

»Wow, klingt aufregend.«

»Ja, Weihnachten hat sie Schneeflocken gehäkelt und im Frühling kleine Küken. Willkürliche Schöpfungsakte auf irrsinnig hohem Niveau. Sie hat immer sehr penibel gearbeitet.«

»Und du musstest mit?«

»Na ja, so habe ich das nie gesehen. Die Leute haben immer gesagt, *Mensch, das fällt dir bestimmt schwer, mitten in der Nacht aufzustehen, was?* Aber ich wollte nie einer von denen sein, die nicht aus dem Bett kommen. Es war anstrengend, aber es war nie schlecht. Es war sogar sehr gut. Vielleicht sollte man alle Projekte mit so viel Energie angehen.«

»Wurden die Arbeiten nicht geklaut?«

»Oh ja, doch, die Leute waren verrückt danach. Aber das war für sie kein Grund, damit aufzuhören. Die Menschen lassen sich nicht ändern. Das hat man nie unter Kontrolle.«

»Ja ...« Amber wirkt wenig überzeugt.

Sie gibt mir die Decke zurück, ich streiche über das dicke Paket. Jetzt sieht sie aus wie eine Flagge, die für ein Militärbegräbnis zusammengefaltet wurde.

»Kommt sie dich hier besuchen? Deine Ex?«

Die Frage überrascht mich.

»Nein«, sage ich. »Nie.«

Finger

»Was ist das? Sieht aus wie ein Arschloch.«

Mal schiebt einen Finger durch eins der Löcher in der Decke, sein Fingernagel trifft das Holz des Kneipentischs darunter. Von der heruntergebrannten Kippe zwischen seinen Fingern fällt eine Ascheflocke auf das Garn.

»Mal! Pass doch auf!«

Ich sehe es sofort. Die Stelle ist nun schmuddelig. Ich sehe dich verstohlen an, aber du hast nichts gemerkt. Du bist damit beschäftigt, die Tüten und Pakete, die neben dir auf der Bank stehen, vom Herunterrutschen abzuhalten.

Ich werde es dir nicht sagen. Es ist mein Geburtstag und mein Geschenk, das werde ich mir auf keinen Fall vermiesen lassen. Wahrscheinlich lässt der Fleck sich ohnehin auswaschen. Ich werde es so bald wie möglich probieren.

»Oh, seht mal, die ist ja fantastisch!«, sagt Laura, streckt die Hand aus und hebt die Decke an, um auch die Rückseite zu bewundern. »Die hast du selbst gemacht?«

»Ja«, sagst du und bändigst das Geschenkpapier mit einem energischen Karateschlag.

»Für den?«

Du siehst mich an und lächelst begeistert. »Ja.«

»Weißt du was?«, frage ich. »Ich glaube, ich habe noch nie ein selbst gemachtes Geschenk bekommen.«

»Deswegen wollte ich dir etwas häkeln«, sagst du. »Mit Liebe.«

Ich schäme mich dafür, aber ich blicke mich verstohlen um, um zu sehen, ob irgendjemand sich über das Wort *Liebe* lustig macht. Becca flüstert Mal etwas ins Ohr und lacht. Er lacht auch. Ein Witz hinter meinem Rücken.

»Ach, Ivo, immer kriegst du die besten Geschenke«, jammert Laura. »Wie schaffst du das? Wie viele Maschen sind das?«

»Ach, weiß nicht«, antwortest du. »So um die fünfzig-, sechzigtausend?«

»Du bist ja verrückt«, sagt Laura. »Sechzigtausend Maschen? Für den Spinner?«

»Ist das verrückt?«, fragst du, streichst die Decke glatt, suchst nach Fehlern, schüttelst den Kopf, als du einen losen Faden findest.

»Ich weiß nicht, wo du immer die Zeit hernimmst. Du unterhältst eine eigene kleine Handwerksindustrie. Du spielst Gitarre, schreibst Lieder, häkelst, und nebenbei machst du noch eine Ausbildung ...«

»Ach, für die richtigen Leute hat man immer Zeit«, antwortest du. »Er ist es wert.«

»Schön, dass du so denkst«, sagt Laura ungläubig. »Ich glaube, ich kenne niemanden auf diesem Planeten, für den ich so etwas tun würde. Oder ich habe ihn noch nicht getroffen.«

Ich bemerke ganz kurz eine Schattenwolke auf Mals Gesicht.

»Es hat mir Spaß gemacht. Ich fahre mit dem Bus zur Arbeit, außerdem habe ich während der Nachtschicht oft nichts zu tun. Wenn ich dann häkeln kann, habe ich das Gefühl, dass wir zusammen sind.« Du siehst mich an. »Nimm es als Entschuldigung dafür, dass ich nachts so oft nicht da bin. In dieser Decke stecken die vielen Stunden, in denen wir getrennt waren und ich an dich gedacht habe und bei dir sein wollte.«

»Oooooh«, sagt Laura und dreht sich zu mir um. »Wie süß!«

»Und wann immer ich ein Problem hatte, konnte ich die älteren Patientinnen fragen. Die können alle häkeln. Ich habe Hunderte Tricks gelernt!«

»Gefällt sie dir?«, fragt Laura.

»Ja, sie ist echt … echt prima.« Nun, da ich nach den passenden Worten suchen muss, scheint mich der ganze Pub zu beobachten. »Sie ist … ganz schön schwer.« Ich gebe mich beeindruckt, wiege die Decke mit beiden Händen.

»Es ist nur eine Decke. Die Frage ist doch bloß, ob sie warm hält«, sagt Mal. »Ob sie deine knochigen Knie davor schützt, ständig gegeneinanderzuschlagen.«

Möglicherweise ist meine DNA plötzlich mutiert, oder in mir wurde ein Schalter umgelegt, jedenfalls sehe ich auf einmal, wie jung Mal noch ist. Wie kindisch. Das muss doch nicht sein.

Ich kann es besser.

»Sie ist toll«, sage ich entschieden. »Ich *liebe* sie.«

Und du, Mal, kannst mich mal.

»Tja«, sagst du zu mir, »was mich betrifft, soll sie nur beweisen, dass ich gern und oft an dich denke und Zeit in dein Geschenk investieren wollte. Alles Gute zum Geburtstag!«

Ich bin gerührt. Ich bin aufrichtig gerührt.

»Was soll's, weiter geht's«, sagt Mal und greift in eine Plastiktüte. »Alles Gute, okay?«

Er wirft einen Beutel mit vierundzwanzig KitKats auf die Decke und dazu eine Stange Benson & Hedges.

Ich sehe ihn an, er wartet auf einen Heiterkeitsausbruch.

»Oh, wie toll«, sagst du halblaut, »das perfekte Mitbringsel für einen Diabetiker.«

»Prost, Kumpel«, sagt Mal, hebt sein Glas und will mit den anderen anstoßen. Dann sagt er: »Sorry, Mia, ich vergaß. Du trinkst ja nichts.«

»Ich trinke sehr wohl«, sagt Mia, »nur keinen Alkohol.«

»Ach so. Bestimmt wegen deinem Dad.«

»Was ist mit meinem Dad?«

»Na, der ist doch – sorry, durfte ich das nicht ansprechen? –, der ist doch Alkoholiker.«

»Mal!«, ruft Laura.

»Was denn?«, sagt Mal und hebt in gespielter Unschuld beide Hände.

Du siehst mich an, und ich schüttle den Kopf, als wüsste ich nicht, wie er darauf kommt.

»Was ist das?«, fragst du.

Ach Mist, du hast den Fleck gefunden.

Du funkelst ihn böse an.

»Acht Monate habe ich dafür gebraucht. Denk dran, wenn du sie anfasst, okay?«

»Ich verstehe das nicht«, sagst du. Dein Schreibtisch und die Bücherstapel zittern, während du auf dem Teppich in deinem Zimmer hin und her läufst. »Ich verstehe nicht, welche Prüfung ich bestehen muss, um in deine kleine Clique aufgenommen zu werden.«

»Würdest du dich bitte mal hinsetzen?«, frage ich. Ich liege quer auf deinem Bett, den Kopf auf ein großes Kissen gebettet. »Du machst mich nervös.«

Du setzt dich auf die Bettkante, beugst dich vor.

»Es ist schwer zu erklären«, sage ich. »Wir kennen uns seit Jahren. Ich glaube, die … die lassen sich einfach nur gehen, wenn jemand Neues dazukommt.«

»Seit neun Monaten sind wir zusammen. Das hat doch mit Gehenlassen nichts zu tun. Was ist denn mit Mal nur los? Er hat absichtlich einen Fleck auf die Decke gemacht.«

»Nein, das war keine Absicht. Ich habe es selbst gesehen, es war ein Versehen.«

»Na und, er hat sich nicht entschuldigt, oder? Er hat sich

ganz offen drüber lustig gemacht. Warum gibst du dich mit solchen Versagern ab?«

»Keine Ahnung.«

»Im Ernst, die hocken die ganze Zeit aufeinander, und alles, was nicht in ihre kleine Welt passt, wird gnadenlos runtergemacht.«

»So bin ich nicht.«

Du lässt dich seufzend zurückfallen. »Nein, du bist anders. Ich weiß nicht, wie du da rausgekommen bist.«

»Die kennen dich nicht. Die wissen nicht, wie du wirklich bist. Gib ihnen ein bisschen Zeit.«

»Becca sollte mich doch kennen? Aber die ist zu beschäftigt damit, sich bewundern zu lassen.«

»Ach, komm, Becca ist in Ordnung.«

»Oh, sie sieht gut aus, aber sie hat sich noch nie für dich eingesetzt. Was ist da eigentlich los zwischen ihr und Mal, warum tuscheln sie die ganze Zeit?«

»Da ist gar nichts, sie kennen sich bloß schon ewig.«

»Ja, klar. Mich würde es kein bisschen verwundern, wenn da was läuft. Ich verstehe sowieso nicht, was Laura an ihm findet.«

»Ich verstehe nicht, was du an mir findest«, sage ich und biete dir ein KitKat an.

~

Übrigens können Finger auch eine bestimmte Farbe haben. Das hat meine Mum mir erklärt. Einmal sagte sie: »Du wirst auch später einen grünen Daumen haben.«

Sie war gerade dabei, unseren alten Elektrorasenmäher über den Rasen zu schieben. Es war Samstagnachmittag.

Samstags wurde sie immer traurig. *Samstrauer*. Am Samstag erledigte sie, was sonst mein Dad erledigt hätte.

Sie sagte: »Wir sollten dir im Garten eine eigene kleine Ecke abtrennen. Sicher hast du einen grünen Daumen, so wie dein Dad.«

Sorgenvoll verzog ich das Gesicht. Ich stellte mir grünlich verfaulte Daumen vor, tief unter der Erde.

Vielleicht hatte sie es bemerkt, denn sie sagte hastig: »So nennt man das, wenn jemand ein guter Gärtner ist. Dann hat er einen grünen Daumen. Hast du das noch nie gehört?«

Ich schüttelte den Kopf.

Sie überließ mir eine kleine Gartenecke, die ich ganz allein pflegen durfte. Im ersten Jahr züchtete ich Sonnenblumen, im zweiten war meine Ecke zu einem stattlichen Beet vergrößert, auf dem sich eine bunte Mischung aus Stauden, einjährigen Pflanzen, Kräutern und Gemüsen ausbreitete. Nach ein paar Jahren gehörte der ganze Garten mir, meine Mum besuchte ihn nur noch zum Faulenzen an warmen Sommerabenden.

Es war das Mindeste.

Manchmal sind es Kleinigkeiten, die über unseren Lebensweg entscheiden.

~

Mein Gott, sieh dir mein Gesicht an.

Da ist ein Dreieck, wo eben noch die Sauerstoffmaske saß.

Ich stütze mich mit beiden Händen am Waschbecken ab und versuche, trotz des Dämmerlichts mein Gesicht im Spiegel zu erkennen.

Mein Gesicht ist *gelb*. Unter den Augen dunkelgrau.

Langsam drehe ich den Kopf, betrachte mich aus verschiedenen Winkeln. Nur die Pupillen sind reglos, gleichen die Kopfbewegung aus.

Das habe ich immer schon getan, schon als kleiner Junge. Immer schon hat mich die Vorstellung irritiert, dass man sein Gesicht ausschließlich aus einer einzigen Perspektive betrachten kann, durch die eigenen Augen. Ich werde mich niemals dabei beobachten, wie ich den Blick abwende.

Nicht ohne Kamera.

Aber, du meine Güte: Ich sehe meinem Dad immer ähnlicher.

In meine Erinnerung hat sich ein Gesicht eingeprägt. Das Gesicht von Dad. Die Mimik ist hängen geblieben, sein Lachen, sein Lächeln.

Es ist so viele Jahre her, aber der Eindruck ist noch klar und deutlich.

Gesicht

»ALLES IN ORDNUNG, junger Mann?«

Da ist es, das vertraute Gesicht. Das vertraute Vaterlächeln.

»Was ist?«

Ich sehe ihn an, nestle an der Tagesdecke herum. Fahre mit den Fingern durch die Fransen.

»Komm schon«, sagt er, »erzähl deinem alten Dad, was los ist.«

Ich linse zu ihm hoch. »Ich darf mich nicht *aufspielen*.«

Er überlegt, lacht dann leise. Anders als sonst.

»Wer hat das gesagt? Deine Mum?«

Ich nicke.

»Ach, sie ist nur sehr müde«, sagt er. »Ich sag dir, was du jetzt machst. Du bist ganz brav, ihr zuliebe, okay?«

Ich nicke.

»Aber um mich brauchst du dir keine Gedanken zu machen. Bei mir darfst du dich aufspielen, wie du willst.«

Ich sehe ihn neugierig an.

»Wirst du sterben?«

Er runzelt die Stirn, wieder sehe ich ein vertrautes Gesicht, diesmal mit einer tiefen Senkrechtfalte zwischen den Augenbrauen. Nach einer Weile streckt er die Hand nach mir aus. Ich lasse mich dankbar in seinen Arm einrollen, schaue in die andere Richtung. Weg vom Stirnrunzeln. Er streicht mir über den Kopf.

Ich kann ihn hören, jetzt noch.

»Sieht danach aus, kleiner Mann. Es tut mir leid.«

Ich sage: »Ist schon okay.«

Ich möchte unbedingt vermeiden, dass er sich Sorgen um mich macht.

»Wirst du dich um Mum kümmern?«

»Ja.«

»Und um deine Schwester?«

»Ja.«

»Und ich werde mich immer um dich kümmern, okay?«

»Ja.«

»Tut mir leid, dass du immer noch keinen Gartenteich hast.«

»Ist schon okay. Das macht nichts.«

»Nun, irgendwann kriegst du einen. Bald bist du alt genug, ihn selbst anzulegen. Sobald Mum es dir erlaubt, okay?«

»Okay.«

»Und immer schön langsam und gründlich arbeiten. Das Ganze ist ja kein Wettrennen. Falls dir mal etwas misslingt, musst du einfach nur die Ruhe bewahren und es noch einmal versuchen, okay?«

»Ja.«

»Was immer dir misslungen ist, lässt sich reparieren. Hab keine Angst davor, deine Meinung zu ändern.«

Seine Worte bedeuten mir nicht viel, aber ich sehe vor mir, wie sich seine Lippen hinter meinem Kopf zu dem vertrauten Lächeln verziehen. Er ist froh, mir das gesagt zu haben. Das macht mich froh.

Was immer dir misslungen ist, lässt sich reparieren.

Aber ich habe es nicht geschafft, Dad.

Ich habe versucht, es besser zu machen, aber ich habe es immer wieder versaut.

Jeden Abend habe ich mir gesagt: *Heute bleibe ich zu Hause, heute werde ich mich nicht bekiffen …*

Und jeden Abend habe ich versagt.

Ich wünschte, ich hätte dich um Rat fragen können, Dad.

Ich wünschte, ich hätte dich um Rat fragen können, als mein Körper mich mit jeder Faser dazu gedrängt hat, das Falsche zu tun.

Und dann kümmere ich mich um dich, okay?

Ich sehe ihn lächeln.

Den Geist.

Allein die Vorstellung seines Lächelns, diese ruhige, tröstliche Mimik, ruft eine körperliche Reaktion hervor. Mir wird leichter ums Herz. Ich entspanne mich, halte mich gerade.

Der Geist existiert: Meine Augen haben ihn gesehen.

~

»Hi.«

Ich hebe den Kopf; das Gummiband der Maske bleibt an meinen Bartstoppeln hängen, ich zucke vor Schmerz zusammen.

Amber steht verunsichert in der Tür.

»Oh, hallo.«

Und, oh, nein, sie hat mich mit Maske erwischt. Scheiße. Das wollte ich nicht. Der alte Mann.

»Tut mir leid«, sage ich und hake die Maske wieder ans Gerät. »Habe nur mal eben das Lachgas ausprobiert.«

»Darf ich reinkommen?«

»Ja, ja, natürlich«, sage ich. »Setz dich … wenn du Zeit hast.«

Sie geht zum Besuchersessel und setzt sich, behält aber ihre Jacke an. Kinder denken nie daran, sich die Jacke auszuziehen. Sie finden sich einfach mit der Unbequemlichkeit ab.

Ich merke schnell, dass sie aus keinem bestimmten Grund gekommen ist, sie will mir einfach nur Gesellschaft leisten. Sie wirkt müde, schafft es aber fraglos, sich zu benehmen. Mattroter Lippenstift, als Kontrast zur blauen Haarsträhne. Sie hat sich sogar die Mühe gemacht, Eyeliner aufzutragen.

»Oh, da fällt mir ein«, sagt sie und greift in ihre Tasche, »ich wollte dir was zeigen.«

»Wirklich?«

»Heute Morgen war ich an der Uni, nur um Bescheid zu geben, wo ich bin und was los ist …«

»Gute Idee.«

»… und nach dem Gespräch mit meinem Tutor habe ich das hier begonnen.« Sie zieht ein kleines, seltsam vertrautes Ding aus der Tasche. Eine weißgraue Häkelarbeit an einer Nadel und einem Wollknäuel. »Ich wollte es mal versuchen. Ich wollte sehen, ob ich auch so gleichmäßige Maschen hinbekomme. So gleichmäßig wie in deiner Decke.«

Ich nehme das Häkelstück, drehe es hin und her. Der Gedanke ist tröstlich. Flügge werden, etwas Neues beginnen.

»Wow, das sieht wirklich gut aus«, sage ich. »So ordentlich.« Ich nicke, bin beeindruckt.

»Wenn einem so vieles durch den Kopf geht, ist es schön, wenn die Hände etwas zu tun haben. Das lenkt ab.«

Ich freue mich für sie, für ein paar Sekunden hat sie ihre Sorgen beiseitegeschoben, sitzt neben mir, arglos, ganz konzentriert auf die Präsentation. Und in diesen Sekunden lasse ich mich mitreißen.

»Also«, sage ich und gebe ihr die Häkelarbeit zurück, »wie sieht es aus?«

Sie betrachtet die Maschen, lächelt zaghaft. »Na ja. Ziemlich schlecht.«

»Ja?«

»Ich versuche, das eine oder andere vorzubereiten. Schon mal an die Beerdigung zu denken, solche Sachen. Da gibt es viel zu beachten. Und Dad ist … er schafft das nicht.«

Ich schlage die Augen nieder, damit sie in aller Ruhe und ganz für sich eine weitere Portion Kummer herunterschlucken kann.

»Es ist bloß … ich weiß auch nicht«, sagt sie. »Es ist ganz schön viel auf einmal, wenn man sich nicht auskennt.«

»Ja.«

»Wenn ich versuche einzuschlafen, drehen sich meine Gedanken im Kreis. Du weißt schon: Was, wenn wir etwas Wichtiges vergessen haben, wenn wir irgendwelche Formulare nicht ausgefüllt haben oder wenn der Sarg der falsche ist, wenn sie sich einen anderen gewünscht hätte. Was, wenn das Essen nach der Beerdigung nicht angeliefert wird. Und dann … sie ist noch nicht mal gestorben. Ich weiß gar nicht, wann das alles passieren soll. Könnte morgen sein oder nächste Woche.«

»Und dein Dad macht … gar nichts?«

Sie atmet tief durch, reißt sich zusammen. »Tut mir leid«, lacht sie, »du willst das sicher nicht hören.«

»Das braucht dir nicht leidzutun.«

Sie schürzt die Lippen, schluckt.

Ich merke, wie ich kurzatmig werde. Ich habe die Sauerstoffmaske zu früh abgesetzt. Es nützt alles nichts, ich brauche Nachschub. Mühsam setze ich mich auf.

»Oh, kann ich helfen?«, fragt Amber, steht auf und macht Anstalten, mir Kissen in den Rücken zu schieben. »Oder soll ich besser gehen?«

Ich lasse mir die Maske geben, schiebe mir das Gummi unbeholfen über den Kopf.

Ich runzle die Stirn, sie wirkt schockiert.

»Sorry«, sage ich in die Plastikmaske.

»Nein, nein.«

»Sieht schlimmer aus, als es ist.«

Schicksalsergeben rücke ich die Maske zurecht, warte auf den Effekt, lasse mich in die Kissen sinken.

Sie setzt sich wieder hin und wartet. Sie sieht so klein und so erschöpft aus, ihre Augen sind geschwollen.

»Es tut mir leid, dass du das durchmachen musst«, sage ich.

Sie zieht die Augenbrauen hoch. Einen Moment frage ich mich, ob sie weinen wird.

Doch dann seufzt sie nur: »Ja. Das ist wirklich beschissen. Ich wünsche mir einfach, dass sie keine Schmerzen mehr hat.«

»Die lassen nicht zu, dass sie Schmerzen leidet. Keine schlimmen.«

»Das ist das Wichtigste. Aber … es fühlt sich so falsch an … zu wünschen, es würde endlich vorbei sein.«

»Nein, nein. Das ist nicht falsch.«

Sie starrt ins Leere, wirkt verloren.

»Sie war so tapfer. Ich glaube, in den letzten Wochen hat sie versucht, vor mir zu verbergen, wie schlecht es ihr wirklich geht. Sie wollte, dass ich mir keine Sorgen mache. Vollkommen selbstlos, verstehst du?«

»Sheila hat mir erzählt, was für eine nette Dame deine Mum ist. Immer freundlich, beschwert sich nie. Sheila scheint sie wirklich gern zu haben.«

»Als Mum mir gesagt hat, dass der Krebs zurückgekommen ist, hat sie sich bei mir entschuldigt.« Amber lacht, leise und verbittert. »Ich dachte nur, wie kann man sich für so was entschuldigen? Im Ernst, sie hat gesagt: *Tut mir leid, dass ich deinen Stundenplan durcheinanderbringe und du dir Sorgen machst.* Ich glaube, sie wollte alles auf Banalitäten reduzieren, für die man sich entschuldigen kann.«

»Alles andere wäre zu viel verlangt«, sage ich. »Sicher würde sie wollen, dass du gut für dich sorgst, oder?«

Amber schürzt wieder die Lippen und schlägt die Augen nieder.

»Ich weiß, wie das ist«, sage ich. »Gedankenspirale. Das Gefühl, in der Falle zu sitzen. Vielleicht – vielleicht solltest du dich genau daran halten. An das Banale. An die praktischen Dinge.«

»Ja?«

»Vergiss das Was-wäre-wenn. Das hat man nie unter Kontrolle.«

»Nein.«

»Wenn du die praktischen Dinge regelst, folgt der Rest von ganz allein.«

»Ja«, sagt sie stirnrunzelnd.

»Was steht heute Nachmittag auf dem Programm?«

»Ich muss Blumen aussuchen, und welche Bibelstelle gelesen werden soll, und die Musik. Ich weiß gar nicht, was ihr gefällt. Ich weiß nichts über sie, gar nichts.«

Sie sieht so verloren aus. Sie ist noch so jung. Sie braucht einen Vater.

Sie braucht ihre Mutter.

»Und dein Dad kann dir dabei nicht helfen?«

»Er hat von nichts eine Ahnung. Er kannte sie nicht. Er war immer nur bei der Arbeit und … Er wäre mir keine Hilfe.«

Ich spüre ihre Wut, sie köchelt leise vor sich hin, unter der Oberfläche.

»Darf ich meine Meinung dazu sagen?«

»Ja, bitte.«

»Diese vielen Entscheidungen treffen zu müssen … Du sagst, er wäre dir keine Hilfe.«

»Wäre er auch nicht.«

»Vielleicht doch.« Ich ziehe mir die Maske herunter und halte sie mir vors Gesicht. »Du sagst, du musst alle Vorbereitungen treffen … damit die Beerdigung so wird, wie sie es sich gewünscht hätte … aber was kommt danach? Willst du wütend auf deinen Dad sein, weil er alles über sich hat ergehen lassen?«

Amber starrt auf die Häkelarbeit nieder, dreht sie hin und her.

»Du musst ihn in die Pflicht nehmen.«

Sie sieht mich an, kneift die Lippen zusammen.

»Und es ist … es ist ganz schön ungerecht, dass du das jetzt machen musst … aber du solltest ihn an die Hand nehmen.«

Ich bin mir sicher, sie hört mir zu.

»Er war mit deiner Mum verheiratet, wie lange, fünfundzwanzig Jahre?«

»Ja.«

»Ein Vierteljahrhundert. Das kann man nicht ignorieren.«

»Nein«, sagt sie zögerlich.

»Konzentrier dich auf die Kleinigkeiten. Zum Beispiel, welche Musik haben sie gern gehört? Wie«, ich nehme noch einen Zug Sauerstoff, »wie haben sie gelebt, bevor du auf die Welt kamst?«

»Ja.«

Ich kann sehen, dass sie es in Betracht zieht.

»Sag ihm, er soll drei Bibelstellen für die Lesung raussuchen. Auch wenn er sagt, er könnte das nicht. Gib ihm einen Tag Zeit dafür. Und dann wählt ihr zusammen die beste aus, ja?«

»Ja, aber er kann so was nicht.«

»Ja, dann ... dann soll er einen Freund um Rat bitten. Einen Freund, der deine Mum kannte. Ihm fällt die Aufgabe zu. Du musst ihn in die Pflicht nehmen.«

»Ja. Ja.«

Ihre Stirn wird glatter.

»Du wirst überrascht sein. Das ist eine gute ... eine gute Gelegenheit. Für alle. Alle werden sich an sie erinnern, auf Arten, die du dir noch gar nicht vorstellen kannst.«

~

»Hallo, mein Lieber!«, sagt Sheila und winkt im Hereinkommen mit den Speiseplänen. »Hast du dir schon was zum Mittagessen ausgesucht?«

»Hm, ja ... Könnte ich bitte etwas von dem Kabeljau haben? Ohne dass ich zu viel versprechen will.«

»Okay«, sagt sie und wirft einen Blick auf meinen Plan. »Bist wohl in Abenteuerlaune heute.«

»Ja, in der Art. Amber hat mich besucht. Wir haben ein bisschen geplaudert.«

»Habe ich bereits gehört. Wie geht es ihr?«

»Sie ist ein liebes Mädchen. Und sie trägt eine Menge Verantwortung.«

»Ja, nicht wahr? Aber sie ist nicht auf den Kopf gefallen. Ein Goldstück. Das Schöne an meinem Job ist, man wird immer wieder mit dem Guten in den Menschen konfrontiert.«

»Ja. Aber sie ist noch so jung. Echt traurig.«

Sheila tippt sich mit den Speiseplänen ans Kinn. Mir wird klar, dass sie schon Schlimmeres gesehen haben muss, viel, viel Schlimmeres.

»Dennoch«, sagt sie. »Ich bin dir wirklich dankbar, dass du ein wenig aus dir herausgekommen bist. Ist eine wahre Wohltat, mit Fremden zu sprechen, das habe ich dir doch gesagt.«

»Ja. Ja, es war wirklich nett.«

»Es ist gut, hin und wieder Besuch zu bekommen. Was macht eigentlich dein Alphabet? Sicher bist du fast fertig?«

»Ich bin bei G.«

»G? Meine Güte, da lässt sich aber jemand Zeit. Was kommt denn bei G?«, fragt sie mit einem Blick aus dem Fenster. »Mal sehen, Genick, Gelenk …«

»Gonaden.«

»Oh Gott. Du kannst nicht anders, oder?«

»In der Schule hatten wir ein Spiel, das hieß *Gonaden*.«

»Wirklich?«

»Ja, da gibt es doch so ein Alter, wo man jeden Anatomiebegriff für ein versautes Schimpfwort hält.«

»Besonders die kleinen Jungen. Kichern von früh bis spät.«

»Na ja, wir dachten, Gonaden wäre ein richtig erlesenes Schimpfwort, und wir haben es uns zur Mutprobe gemacht, es laut im Unterricht zu rufen. Einer hat es ganz leise gesagt, der Nächste schon ein bisschen lauter und so weiter.«

»Verstehe. Dann weiß ich ja jetzt, was für einer du warst.«

~

»Ich bekomme eine Wampe«, sage ich traurig, als ich mich in deinem Schlafzimmerspiegel sehe. »Ich dachte, das passiert mir nie.«

»Du hast keine Wampe.«

»Doch, habe ich. Guck mal.«

»Wo?«

»*Da*.«

»Das ist dein Bauch.«

»Nein, das ist eine Wampe.«

»Ich bin hier die Krankenschwester. Ich kenne mich besser aus. Das ist ein Bauch. Du bist genauso neurotisch wie deine Schwester, weißt du das?«

»Nein, bin ich nicht.«

Du hebst das Bügeleisen hoch und schießt eine Dampfwolke in meine Richtung. Du setzt das Bügeleisen wieder auf den Stoff und manövrierst es um die Kittelknöpfe herum.

Ich wende mich dem Spiegel zu und ergötze mich an meiner eigenen Hässlichkeit. Als Teenager war ich immer so stolz, mein T-Shirt hochreißen zu können und allen mein, nun ja, zwar kein Sixpack zu zeigen, aber immerhin eine straffe Ebene, von der Gürtelschnalle bis hoch zum Brustbein. Ich konnte den Bauch einziehen, und alles wölbte sich nach innen. Ich sah aus wie ein Skelett. Ist Eitelkeit denn so verwerflich? Ich möchte mich einfach nur nicht verschlechtern und für immer so aussehen.

Du stellst das Bügeleisen weg, hängst den Kittel über einen Kleiderbügel und trittst vor den Spiegel.

»Was ist denn?«

»Ich hasse es, älter zu werden.«

»Na ja, achtundzwanzig«, flötest du. »Da liegen deine besten Zeiten schon zehn Jahre zurück.«

»Ich hasse es, Diabetiker zu sein. Ich fühle mich so alt.«

»Mit Alter hat das nichts zu tun. Und fett bist du auch nicht.«

»Ist ja nicht so, als wäre ich freiwillig Diabetiker geworden«, sage ich und rüttle an meinem Bauchspeck, streiche mit der flachen Hand darüber, als könnte ich ihn wegdrücken. »Dann wiederum fand ich es irgendwie toll, was Besonderes zu sein. Ist das schlimm?«

Du lächelst gequält, nur mit den Mundwinkeln. »Jeder freut sich über Aufmerksamkeit.«

»Ja, aber ich habe es echt übertrieben. Wirklich, ich war schlimm. Habe schlecht gegessen, Injektionen ausgelassen … auch, wenn es mir mies ging.«

Du schweigst, fährst dir mit den Fingerspitzen durchs Haar, wirfst mir durch den Spiegel einen Blick zu.

»Irgendwann war ich umso glücklicher, je fertiger ich war. Und je dünner, desto besser. Es lässt sich wirklich spielen damit.«

»Aber jetzt machst du das nicht mehr, oder?«, sagst du und drehst dich zu mir um. »Du vergisst nicht zu spritzen, oder?«

»Nein.«

Meistens nicht.

»Denn ich musste schon bei meinem Vater mitansehen, wie ein Mensch sich kaputt macht. Ich brauche keine Wiederholung.«

»Guck mal«, sage ich und packe mir in den Bauchspeck, »sieht das nach Magersucht aus?«

»Du bist nicht zu dick! Du bist ein Mann.« Du kommst näher und schiebst deine Hände unter mein Shirt. »Ich liebe dein Fett. Ich liebe dich.«

»Wenn du meinst.«

Ich nehme es dir nicht ganz ab.

»Wie dem auch sei«, sagst du, schlägst mir auf den Hintern und setzt dich aufs Bett, um eine Strumpfhose anzuziehen, »mach dich nicht ständig runter.« Du spreizt die Finger, um den feinen Stoff zu verteilen, lässt den Gummizug schnappen. »Wenn du irgendwo einrostest, dann im Kopf. Warum gehst du nicht aus? Geh aus und unternimm was. Du hast dich ewig nicht mit deinen Freunden getroffen.«

Ich lasse mich aufs Bett fallen und rümpfe die Nase. »Keine Lust.«

»Ruf Mal an. Er wird sich freuen, dich zu sehen. Er hält mich für einen Drachen aus der Hölle, das wird ihn freuen, dass ich dich für fünf Minuten aus den Augen lasse.«

»Das stimmt nicht.«

»Doch. Du hast dich ewig nicht bei ihm gemeldet, und er schiebt es auf mich, jede Wette.«

»Ich weiß, wäre ja nett, sich auf ein Bier zu treffen oder auf ein Konzert zu gehen, aber danach will er immer noch tanzen gehen. Ich habe darauf keine Lust mehr, verstehst du?«

Du nimmst die Uniform vom Bügel, knöpfst sie auf.

»Ach, da fällt mir ein. Soll ich dir eine Gehhilfe von der Arbeit mitbringen, alter Mann?«

»Ich bin alt. Und fett.«

»So, das reicht. Heute Abend gehst du aus. Ich will dich hier nicht sehen, wenn ich nach Hause komme, du kannst nicht die ganze Zeit auf mich warten. So sind wir nicht.« Du schnappst dir mein Handy und durchsuchst die Kontakte. »So«, sagst du und tippst auf den Bildschirm.

Mal Sampson. Anruf …

Haare

ICH WEISS NOCH, wie sehr es Mum in den letzten Wochen ihres Lebens gefallen hat, die Haare gewaschen und frisiert zu bekommen. Das hat sie unendlich glücklich gemacht. Es war eine Freude, sie zu sehen. Jetzt kann ich sie endlich verstehen.

Heute Morgen hat Jackie meine Kissen frisch bezogen, und im Vergleich damit fühlen sich meine Haare ekelhaft fettig an. Meine Kopfhaut juckt, bestimmt werde ich Fettflecken auf dem gestärkten Leinen hinterlassen. Ich weiß nicht mehr, wann ich mir zuletzt die Haare gewaschen habe, so richtig, mit Shampoo. Aber ich kann ja schlecht darum bitten, dass mir jemand einen Friseur ins Hospiz bestellt, oder? Ich bin ja schließlich keine alte Dame.

Mein ganzes Leben lang habe ich versucht, peinliche Frisuren zu vermeiden. Abschreckendes Beispiel waren Fotos, die meinen Vater vor meiner Geburt zeigten: Schnauzer, Koteletten, dazu eine riesige Sonnenbrille und Geheimratsecken. Ich dachte mir: Wie kann man nur so aussehen? Nie, niemals würde ich denselben Fehler machen.

Und es gab Momente in meinem Leben, in denen das, wenn ich das sagen darf, perfekt gelungen ist. Ich kann mich erinnern, wie ich einmal auf dem Weg zur Schule hinten im Auto saß und mich im Rückspiegel sah und meinte, die Mittelscheitelfrisur wäre mir perfekt gelungen – meine Haare hatten genau die richtige Länge, waren in den Spitzen genau richtig gekrümmt, sie waren gewaschen, aber nicht so frisch gewaschen, dass sie sich gebauscht hätten, und ein paar Strähnen fielen mir kunstvoll in die Stirn, wie um zu sagen: Hey, das war praktisch gar keine Arbeit. Einer der wenigen Augenblicke, in denen ich allen Ernstes zu Gott betete: *Bitte, bitte, lass meine perfekte Frisur für immer so perfekt sein, damit Helen Worthington keine andere Wahl hat, als mich bis in alle Ewigkeit zu lieben.*

Da ist es wieder: Ich wollte nie etwas anderes als so gut aussehen wie möglich, und so sollte es bitte schön auch bleiben. Gäbe es einen Gott, wäre ich ein vierzigjähriger Mann mit der Frisur eines Vierzehnjährigen.

Außerdem war da noch Mal. Mal, der Neue an der Schule, mit einem neuen Style und neuer Frisur. Auf dem Oberkopf lang, darunter abrasiert. Etwas Cooleres hatte ich nie gesehen. Ich beschloss auf der Stelle, meine Ponyfrisur herauswachsen zu lassen.

Ich kann mich dunkel erinnern, wie krass ich das damals schon fand. Aber so läuft das immer, oder? Jede nachwachsende Männergeneration schart sich an Straßenecken zusammen, imitiert den Stil der anderen. So wie damals wohl auch mein Dad.

~

Ich sitze in Lauras Wohnung auf dem Boden und schaue Mal zu, der im Bademantel vor dem Fernseher hockt und PlayStation spielt. Lauras rhythmische Pinselstriche lecken über meinen Kopf wie eine kalte Zunge.

Ich kann nicht glauben, dass ich mir die Haare färben lasse. Das bin ich nicht. Es ist genial und irgendwie beängstigend. Meine Güte, ich bin so ein Kind, auch mit zweiundzwanzig noch. So ein Kind.

Bei Mal ist die Farbe bereits eingearbeitet, sie muss nur noch einwirken.

»Meine Güte, nun halt doch mal still«, sagt Laura.

»Das tut weh.«

»Ach, halt die Klappe«, sagt sie. »Frauen müssen das ständig über sich ergehen lassen. Halt still! Das muss gleichmäßig werden.«

»Hast du Erfahrung damit?«, frage ich Mal und versuche, jedes Zittern aus meiner Stimme zu verbannen. »Kann so was schiefgehen?«

»Wie schief kann es schon gehen? Wenn man mal an die Schulzeit zurückdenkt.«

Ich bin ziemlich angeheitert.

Mal auch? Er sitzt vor dem Fernseher, hält den Controller in der Hand und wirkt vollkommen nüchtern. Es scheint ihm gar nichts auszumachen.

Laura ist besoffen, kein Zweifel. Aber sie ist die Einzige hier, die sich mit Haarefärben auskennt, hoffentlich kriegt sie es hin. Das Zimmer stinkt nach Bleiche oder Ammoniak oder was immer es ist, das sie uns auf die Kopfhaut geschmiert hat.

»Okay, fertig«, sagt sie und torkelt ins Badezimmer.

Ich sage: »Ich kann nicht fassen, dass wir das tun.«

Der Satz hört sich an wie aus Kelvins Mund. Schmerzhaft naiv.

Mal verliert das letzte Leben, reicht mir den Controller.

»Ach, ist doch okay. Man muss alles ein Mal ausprobieren.«

»Haare färben – das tun doch nur die anderen.«

»Meinst du?«

»Ja. Im Moment schreit mein Hirn: *Du wirst aussehen wie der letzte Vollidiot!*«

»Na und? In zwei Wochen ist es rausgewachsen. Zwei Wochen wie ein Vollidiot auszusehen ist nichts, worüber man sich Gedanken machen sollte.«

Ich manövriere meine Spielfigur an einem steilen Abgrund vorbei und springe in ein Go-Kart, das für die Fahrt bergab bereitsteht.

»Aber ich bin nicht so«, sage ich. »Ich sage mir nicht: *Ich will das, also mache ich es einfach, und was die anderen denken, ist mir scheißegal.* Du kannst das, ich nicht.«

»Doch, du kannst das, Blödmann. Absolut. Du und ich, wir sind doch praktisch dieselbe Person«, sagt Mal. »Wir kriegen beide, was wir wollen, wir benutzen dafür nur unterschiedliche Superkräfte.«

»Ich nicht. Nie.«

Mein Go-Kart rumpelt über unebenen Boden, aber ich habe den Joystick fest im Griff und überwinde die heikle Stelle, an der ich normalerweise immer aus der Kurve fliege.

»Doch, Mann. Das ist mir gleich aufgefallen an dir. Weißt du noch … weißt du noch, wie Mr. Miller damals meine Zigaretten gefunden hat?«

»Oh Gott, ja!«

»Ich konnte einfach nicht glauben, dass du für mich in die Bresche gesprungen bist. Ich dachte nur, Mann, der kennt mich nicht mal. An den sollte ich mich halten, der steht über den Dingen. Der traut sich was.«

»Echt?«

»Jeder, der seinen … Verdammt!«, er duckt sich instinktiv, als mein Go-Kart unter niedrig hängenden Ästen durchrauscht. »Jeder, der seinen verstorbenen Dad benutzt, um dem Biolehrer eins auszuwischen, ist doch wohl einer, der sich nicht um andere Meinungen schert, oder? Der ist zu allem fähig. Du bist wohl eher der Machiavelli-Typ.«

Ich höre seine Worte, brauche jedoch unendlich lange, um sie in meinem Kopf zu etwas Sinnvollem zusammenzusetzen.

Ist doch irgendwie … nett, für so gerissen gehalten zu werden.

Mein Go-Kart schießt über die Kante und fällt in den Abgrund.

Ich gebe Mal den Controller zurück. »Fühlt sich dein Kopf auch so heiß an?«

»Ein bisschen. Das ist bestimmt normal.«

»Wo ist Laura?«

Cartoonhaftes Würgen und Husten dringt aus dem Badezimmer, gefolgt von wiederholtem Ausspucken.

»Ich glaube, die musste sich kurz mal hinlegen.«

Eine geschlagene Stunde später, meine Kopfhaut brennt, spült sie uns mit fahrigen Bewegungen die Bleiche aus den Haaren, und meine Träume von einem platinblonden Action Man verschwinden im Ausguss.

Am Hinterkopf knallorange, vorn hellgelb. Und überall dunkle Flecken, dort, wo sie nicht genug gepinselt hat.

In zwei Wochen ist es rausgewachsen, in zwei Wochen ist es rausgewachsen.

~

Ich werde wieder geweckt. Ich hebe den Kopf und sehe, dass es immer noch dunkel ist. Nein, das war nicht Sheila.

Ich konzentriere mich auf das Lichtrechteck vor dem Fußende und höre ein leises, andauerndes Geräusch. Old Faithfuls Atmung ist verändert. Vielleicht haben sie noch einmal die Medikamente umgestellt. Sie klingt immer noch nach einem Kazoo, aber sanfter, irgendwie bedächtiger. Friedlich. Das neue Geräusch gefällt mir besser als das alte.

Ich verliere mich in einem Universum aus Summen, fernem Piepen, dem regelmäßigen Aufheizgeräusch der Kaffeemaschine draußen auf dem Flur, dem Schnarren des Kazoos. Ich frage mich, seit wann ich wach bin. Ist Amber da draußen unterwegs? Wohl kaum.

Ich höre Fingerknöchel gegen Holz schlagen. Das Klopfen erschüttert die Stille meines Zimmers, aber da ist niemand. Kurz darauf höre ich im Nebenraum jemanden murmeln, ein anderer murmelt eine Antwort. Das war Sheilas Stimme, ganz leise, und die tiefere Stimme eines Mannes. Mr. Old Faithful.

Das leichte, metallische Klappern von Stuhlbeinen, etwas schlägt gegen die dünne Wand zwischen ihrem Zimmer und meinem. Ich schrecke zusammen, mein Herz klopft schneller. Ich meine, Bewegung draußen auf dem Gang zu spüren. Das aufmerksame Personal eilt hin und her, ich sehe eine Krankenschwester an meinem Zimmer vorbeigehen.

Sheila watschelt hinterher, wirft einen Blick herein.

Ich weiß nicht, ob sie gesehen hat, dass ich wach bin. Ob sie in der Dunkelheit meine Augen gesehen hat. Das Weiß meiner Augen. Ich kneife die Augen zusammen, um mich zu verstecken. Sie soll nicht merken, dass ich wach bin. Ich möchte nichts damit zu tun haben, möchte nicht zum Zeugen gemacht werden. Ich höre nichts als das rhythmische Klopfen meines Herzens unter der Bettdecke. Sieht sie mich atmen? Sheila geht weiter. Das Kazoo bleibt im Takt, tönt aber ein wenig intensiver.

Draußen herrscht viel Bewegung. Niemand scheint für länger an einem Ort zu sein.

Gestalten ziehen an meiner Tür vorbei, ganz langsam.

Die langsamen Geister.

Gekommen, um sie zu holen.

Aus dem Nebenraum sanfte Geräusche.

Ein sanftes Schnaufen. Stille.

Old Faithful schnauft sanft, hält immer wieder inne.

Ihr Herz schlägt immer langsamer.

Ich will nicht hier sein. Ich will nichts damit zu tun haben.

Hände

Ja, da sind sie wieder, die Hände von Dad, sie kneten meine Wade, massieren den Krampf heraus.

Oder ich bin mit Laura auf dem Schulweg.

»Mum sagt, du musst mich an die Hand nehmen, wenn wir über die Straße gehen.«

»Nimm dich doch selber an die Hand«, sagt sie kaltschnäuzig.

Oh. Ich bin auf mich gestellt.

Ich weiß nicht, warum, aber ich spüre eine Hitzewelle und eine bodenlose Leere in der Magengegend, heiße Tränen schießen mir in die Augen. Ich versuche, sie zu unterdrücken. Sie soll nicht denken, dass ich ihr im Weg bin. Denn das wird sie denken, sie will vor Danny Refoy und seinen Freunden gut aussehen. Aber Mum hat es gesagt. Sie hat gesagt, wir sollen es so machen.

Mit Wut in den Augen packt sie mein Handgelenk und zerrt mich über die Straße.

~

Zum ersten Mal hast du meine Hand nach unserer zweiten Verabredung berührt – die erste richtige Verabredung nach deinem Ostertrip in den Lake District –, wir kamen gerade aus dem *Blue Plate Café*.

Ich habe fragend auf dich hinuntergesehen.

»Was?«, hast du entgegnet und meine Hand in die Höhe gehalten. »Du brauchst sie gerade nicht, oder?«

»Nein. Bedien dich.«

All die Sorgen, ob das Treffen gut war, ob wir uns vielleicht küssen – verpufft. Als du in den Bus einsteigen wolltest, um zurück nach Hause zu fahren, habe ich dich einfach geküsst.

Ich wollte dich nicht mehr loslassen, nachdem du den Kontakt einmal besiegelt hattest.

Und ich habe gewartet. Als der Busfahrer bei laufendem Motor auf die Uhr sah, habe ich gewartet, und als er schließlich auf den Knopf schlug und die Türen sich zischend schlossen, habe ich dir nachgewinkt, bis du nicht mehr zu sehen warst.

Danach bin ich mit Mal in die Stadt gegangen.

War das Liebe?

Es hat sich wie Liebe angefühlt.

~

Das Kazoo nebenan hält inne, bleibt stumm.

Jemand murmelt: »Ob es das war?«

Und das Kazoo hebt wieder an.

Kein Murmeln mehr. Nein, das war es noch nicht.

~

Hände, Hände.

Deine Hand in meiner.

Meine Hand in deiner.

Unsere Hände.

So schön, so einfach, die Hand eines anderen in Besitz zu nehmen.

Pulsierende Handflächen, aneinander.

»Ist dir schon mal aufgefallen«, frage ich, »dass du fast immer zuerst *Ich liebe dich* sagst? Und dann sage ich es auch.«

»Nein.«

»Ich finde, in der Wiederholung kommt es nicht mehr so bedeutungsschwer rüber.«

»Willst du damit sagen, dass ich gewonnen habe?«

»Ist ja nicht so, als würde ich nicht genauso fühlen. Aber immer, wenn ich *Ich dich auch* sage, fühle ich mich irgendwie unterlegen. Es ist wie bei der Fortsetzung von einem Kinofilm: *Ich liebe dich* und *Ich dich auch*. Man weiß schon vorher, dass der zweite Teil nur ein vorhersehbarer Abklatsch des ersten ist.«

Du lachst. »Tja«, sagst du, »ich erzeuge einfach nur Geräusche mit dem Mund. Manchmal fühlt sich selbst ein *Blabla* gut an. Man sagt *bla bla*, es rollt weich über die Zunge und erzeugt einen angenehmen Widerhall im Kopf. Eine angenehme Vibration. Das ist doch was Schönes.«

»*Blu bla blu.*«

»Ja, genau! *Blu bla blu.*«

»*Blu bla* dich auch.«

~

Und das Kazoo pausiert abermals.

Stille.

Der sanfte Hauch der Gerätekühler füllt die Leere.

Und das war's.

Kein Mucks mehr von Old Faithful.

Und immer noch nichts.

Absolute Stille.

Herzstille.

Ich höre ein unterdrücktes Schniefen, eine Männerstimme. Mr. Old Faithful.

Der frischgebackene Witwer.

Die Kaffeemaschine erwacht röchelnd zum Leben, das aufgeheizte Wasser steigt zum Crescendo auf, erreicht den Höhepunkt, fließt ab.

Und Amber. Amber muss auch nebenan sein.

Mutterlos.

Nebenan wird gemurmelt. Mr. Old Faithful und Sheila. Sheilas Worte klingen knapp, aber freundlich. Eine Pflegerin, die ich noch nie gesehen habe, geht vorbei, dann Sheila mit Mr. Old Faithful und Amber im Schlepp. Niemand beachtet mich, sie gehen an der Tür vorbei und verschwinden in einem Zimmer am Ende des Flurs. Die Tür fällt mit einem unhöflichen Klicken ins Schloss.

Jetzt bin ich allein.

Ich und Old Faithful, rechts und links der Trennwand.

Die kürzlich Verstorbene und der in Kürze Versterbende.

Ich bin hier.

Ich bin noch hier.

Ich bin noch wach.

Ich denke nichts.

Was gibt es zu denken?

Wieder die Tür, sie wird geöffnet. Sheila kommt vorbei, verschwindet in Old Faithfuls Zimmer.

Sie spricht sanft und leise, aber ich kann jedes Wort verstehen.

»Hallo, meine Liebe«, sagt sie, »ich nehme Ihnen jetzt den Ehering ab, okay? Den bekommt Ihr Ehemann, er wird gut darauf aufpassen. Ich bin so vorsichtig wie möglich.«

Keine Antwort.

Bis dass der Tod uns scheidet.

So ist das.

Die Liebe endet mit dem Tod.

Wirklich?

Herz

»Was glaubst du, warum man das Herz mit der Liebe in Verbindung bringt?«

Du stehst im orangegelben Licht der Straßenlaterne, schiebst dir das Haar unbeholfen mit dem Fausthandschuh aus der Stirn und fragst zurück: »Wie meinst du das?«

»Und warum steht der Kopf für die Vernunft?«

»Hm. Keine Ahnung. Komm, hilf mir, die hier am Fahrradständer festzuknoten.«

Ich greife in den Beutel und versuche, mit den dicken

Handschuhen eins der gehäkelten Herzen zu fassen zu kriegen.

Du stürzt dich wie immer hinein, hast die Handschuhe ausgezogen und strahlst vor Glück. Ich weiß nicht, wie du das machst. Wie kannst du heiter sein, obwohl es so irrsinnig kalt ist?

Ich muss es zugeben, ich trenne mich nur widerwillig von meinen Handschuhen, und schon nach kurzer Zeit habe ich kein Gefühl mehr in den Fingern. Ich nehme ein Herz und versuche, es an den zwei heraushängenden Garnenden an die erstbeste Stelle des Fahrradständers zu knoten. Bis ich das erste befestigt habe, hast du fünf geschafft. Wir treten zurück und bewundern unser Werk.

»Die Wirkung ist erstaunlich groß, oder?«, fragst du.

»Ja«, sage ich. »Sieht toll aus.«

Es sieht wirklich toll aus. Schnell ziehe ich die Handschuhe wieder über.

»Ich hatte befürchtet, sie könnten zu klein sein und verloren wirken, aber sie sind genau richtig. Man sieht ihnen an, dass sich jemand Gedanken gemacht hat.«

»Ja.«

»Komm, wir machen das schnell fertig und gehen dann auf den Friedhof. Wir haben schon fast die Hälfte geschafft.«

Fast die Hälfte? Ich werfe einen Blick in den Jutebeutel und entdecke an die dreißig Herzen. Mein Herz sinkt mir in die Hose. Ich habe die größte Mühe, nicht loszuquengeln wie ein Kind.

Komm schon, komm schon. Ich brauche einen Ansporn. Ich brauche einen Ansporn, der mir hilft durchzuhalten.

»Du«, höre ich mich sagen, »lass uns zum King's Walk gehen. Da steht ein Baum, von dort aus kann man die ganze

Stadt überblicken. Wir könnten ein paar in die Zweige hängen, ich glaube, das würde toll aussehen.«

So. Ich habe ehrgeizige Worte in die Luft geschleudert, um mich selbst und dich zu überzeugen. Deine Umarmung, als wir losgehen, ist Belohnung genug.

»Hey«, sagst du, »und danach könnten wir nach Hause fahren und Pancakes zum Frühstück machen. Ich mache dir Pancakes, weil du so fleißig mitgeholfen hast.«

»Mit Speck und Ahornsirup.«

Noch während wir auf dem Weg zum King's Walk sind, taucht die Sonne am Horizont auf und gießt ihr helles, klares Licht auf die Landschaft.

Komm schon, komm schon, so einen Ausblick bekommst du nicht alle Tage zu sehen. Der wiegt fast die Kälte auf, außerdem verschafft harte Arbeit ein Gefühl der Befriedigung. Man kann sich im Leben nicht immer nur zurücklehnen und sich bedienen und Pancakes servieren lassen.

»Alles in Ordnung, Superman?«, fragst du und hakst dich unter.

»Ja«, sage ich und versuche, nicht wie ein eingerosteter Roboter zu gehen.

Und ja, es stimmt.

Du siehst mich liebevoll an und sagst: »Eigentlich ist das reine Zeit- und Energieverschwendung, das ist dir doch klar?«

»Meinst du?«

»Ich weiß nicht, wie du es mit mir aushältst. Es sind sechzehn Grad minus.«

»Wirklich? Ist mir gar nicht aufgefallen.«

Du lachst. »Und du knotest Herzen an Bäume und Straßenlaternen, um Leuten eine Freude zu machen, die du nicht mal kennst.«

»Na ja, wenn die Kälte nicht wäre und das frühe Aufstehen, dann … dann würde ich das ständig tun. Wenn ich einfallsreicher wäre.«

»Aber das bist du doch! Auf den King's Walk wäre ich nie gekommen. Das ist eine fantastische Idee. Sehr kreativ.«

»Wirklich?«

»Wirklich. Und ich freue mich, dass du mitmachst und so viel Geduld mit mir und meinen albernen Ideen hast. Das würden nicht viele Männer mitmachen.«

Es ist so einfach, mich mit ein bisschen Lob zu ködern, aber ich spüre, wie mir wärmer ums Herz wird bei deinen Worten. Selbst bei minus sechzehn Grad. Ich habe einen Mini-Ofen. Ja, ja, ja, es ist unerträglich kalt. Und ja, ja, ich würde jetzt viel, viel lieber im Bett liegen.

Aber noch lieber hätte ich es, wenn dir jemand hilft.

Und ich werde mich immer darüber freuen können, dass ich dieser Jemand war.

»Tja«, sage ich, »was hätte ich denn in der Zeit getan? Sinnlos geschlafen? Komm schon.«

Meine Güte, ich lasse mich so leicht manipulieren.

Wir haben die Stelle erreicht, wo der Weg einen scharfen Knick macht und der Hang spektakulär steil zur Stadt hin abfällt. Der Fluss schlängelt sich in weite Ferne dahin. Der Berufsverkehr ist noch nicht angerollt, nur ein paar Fabrikschlote pusten ihren Qualm in die Morgenluft hinaus. Ich übergebe dir den Jutebeutel, springe in die Höhe, bekomme den untersten Ast zu fassen und ziehe mich hinauf.

»Vorsicht!«, rufst du. »Bestimmt ist es glatt!«

»Früher als Kind habe ich das ständig gemacht.« Ich verberge mein Erstaunen darüber, wie schwer es mir an diesem Morgen fällt. Es ist Jahre her. »Gib mal ein paar rauf.«

Du reichst mir zehn Herzen, ich ziehe mir die Handschuhe mit den Zähnen von den Fingern und fange an, die Herzen in den Ästen zu verteilen.

»Wunderschön«, sagst du und dirigierst mich mal in diese, mal in jene Richtung. »Das wird großartig aussehen.«

»Weiter geht's«, sage ich und schiebe mich weiter hinauf, auf einen dicken Ast, der weit über die schmiedeeiserne Brüstung hinausragt. Darunter fällt der Boden jäh ab, bis zur Straße weit unten. »Ich werde ganz vorn eins aufhängen, und alle werden sich fragen, wie es da hingekommen ist.«

»Vorsicht«, sagst du. »Wenn du beim Garnbombenlegen umkommst, kriege ich ein schlechtes Gewissen.«

Gerade, als ich eine geeignete Stelle für das nächste Herz gefunden habe, spüre ich ein Kribbeln in meinen Fingerspitzen. Ich merke, wie alle Kraft aus meinen Gliedern weicht. Ich werde zittrig, insulin-zittrig.

Ich bin mal wieder unterzuckert. Scheiße.

Ich werfe einen schnellen Blick über meine Schulter und schätze den zurückgelegten Weg ab, überschlage die Entfernung. Das wird nicht leicht. Ich sollte lieber … Meine Unsicherheit überträgt sich auf den Ast, der plötzlich auch zu zittern anfängt. In Gedanken gehe ich die Risikoliste durch, und natürlich werde ich fündig, frühes Aufstehen, kein Frühstück. Ich lächle selbstsicher zu dir hinunter, aber dein besorgter Blick spricht Bände.

»Alles in Ordnung?«

»Ja, ja«, sage ich.

Ich könnte hier oben bewusstlos werden. Ich muss wieder runter. Wenn ich bewusstlos werde, falle ich wie ein Stein aus den Ästen und fünfzehn Meter tief auf die Straße. Ich schiebe mich ein Stück weit zurück, gebe vor, eine bessere

Stelle gefunden zu haben. Schiebe mich weiter und weiter zurück.

Das Garn, das ich zu knoten versuche, zerfranst zwischen meinen Fingern, weigert sich schlichtweg … falls es überhaupt etwas gibt … das mich an einen Gott glauben lässt … sind es die verdammten unbelebten Objekte … die plötzlich ein Eigenleben führen … wenn man … wenn man … was?

Eine plötzliche, undurchdringliche Stille, die Schwerkraft verschiebt sich und wirbelt mich herum, bis ich einen Schlag gegen den unteren Teil meines Körpers spüre und dann das Knacken von Asphalt, und ich weiß nur eins, mein Kopf liegt in einem Rinnstein, zwischen fauligem Laub und Vogelkacke und vermutlich auch angetrockneter Freitagabendpisse.

Und da bist du, siehst auf mich herunter.

»Oh mein Gott. Ist alles in Ordnung?«

»Ja, ja«, sage ich, rappele mich auf und versuche, das Gleichgewicht wiederzufinden.

»Warte mal, setz dich. Du hast dir den Arm angeschlagen. Komm, setz dich auf die Bank.«

Ich gehorche.

»Tut mir leid«, sage ich, »meine Finger waren eiskalt, und ich konnte mich nicht mehr festhalten.«

»Mir tut es leid«, sagst du. Du bist leichenblass. »Hast du Schmerzen? Was macht der Arm?«

»Alles ist gut, alles in Ordnung. Sieh mal«, sage ich und zeige in den Baum. »Sieht doch gut aus?«

»Es sieht fantastisch aus«, sagst du, drückst meinen Arm und tust mir unabsichtlich weh. »Gleich werden die Leute die vielen kleinen Herzen überall bemerken und sich fragen, welcher Verrückte sich die Mühe gemacht hat, da raufzuklettern.« Du suchst in meinem Gesicht nach einem Lachen, merkst, dass etwas nicht stimmt. »Bist du sicher, dass alles in Ordnung ist?«

»Ja. Ich brauche nur etwas zu essen.«

»Komm, wir gehen nach Hause. Ich habe ein paar Kekse dabei. Hier, nimm.«

»Wozu schleppst du Kekse mit dir herum?«, frage ich und reiße die Verpackung auf.

»Ach, keine Ahnung. Ich dachte, irgendwann brauche ich sie vielleicht. Komm, lass uns nach Hause gehen und Pancakes machen.«

Arm in Arm schlendern wir über den King's Walk, während in der Stadt der Morgen anbricht, mein Herz klopft, und ich stemme mich mit aller Macht gegen den Schwindel an.

Nur bis in deine Wohnung muss ich es schaffen. Das ist doch nicht weit, runter ins Tal und über die Brücke, aber dann geht es bergauf und ins Wohnviertel.

Aber nein, nein, es ist nicht zu weit.

Ich werfe noch einen Blick zurück und sehe das Ergebnis unserer Mühen: bunte Herzen im Baum, die fröhlich im Morgenwind flattern.

Ja, das war es mir wert.

~

Wie … wie spät ist es?

Ich sehe Licht. Nachmittagslicht.

Die haben mich den ganzen Tag schlafen lassen.

Ich war die ganze Nacht wach.

Ich blicke auf und entdecke zu meiner großen Überraschung Amber, sie druckst im Türrahmen herum, den Arm voller buschiger, bunter Blüten.

»Oh, hallo!«

»Hi.« Sie lächelt müde. »Sie ist von uns gegangen.«

»Mein Beileid.«

»Letzte Nacht.«

»Komm doch rein.«

»Wir wollten nur ein paar Sachen abholen. Die Waschtasche, ihr Nachthemd, die Hausschuhe. Wir nehmen sie jetzt mit nach Hause, und dann … waschen wir sie oder so. Ich weiß auch nicht.«

Sie lächelt mich an.

»Wie geht es dir?«

»Ich … ach, im Moment ganz gut, danke. Im Moment kommt es mir wie eine Erleichterung vor. Sie … sie war so *tapfer*. Ich bin stolz auf sie.«

Ich nicke, lächle.

Sie senkt den Kopf, scheint die Blumen jetzt erst zu bemerken. »Ich habe dir ein paar Blumen mitgebracht.«

»Oh je, wann hattest du denn Zeit für so etwas?«

»Ich habe mir Blumen für Mum angesehen, und da dachte ich, vielleicht kann ich dir den Tag ein bisschen versüßen.«

»Wow, die sind wunderschön.«

Sie überreicht mir etwa zwanzig in Papier eingeschlagene Stängel.

»Mann, die sind der Wahnsinn. Pfingstrosen, meine absoluten Lieblingsblumen. Woher wusstest du das?«

»Du hast erzählt, dass du mal in dem Gartencenter drüben an der Kreuzung gearbeitet hast.«

»Sind sie von dort?« Ich wende das Etikett um und sehe das altbekannte Logo.

»Ich war heute Morgen da und habe dich erwähnt, und

da haben sie gesagt, über die hier würdest du dich am meisten freuen.«

Ich bin sprachlos.

»Ich weiß, dass du dir keinen Besuch wünschst, da bekommst du doch sicher nicht viele Blumen. Ich wollte nur sagen, dass ich oft an dich denke und dir irgendwie … sehr dankbar bin. Und deine Kollegen von früher denken auch an dich.«

Ich schnappe nach Luft, röchle, kann nichts weiter sagen. Was sollte ich sagen?

Sie ist ein Schatz.

»Zweiundzwanzig Jahre lang habe ich da gearbeitet«, sage ich.

»Es macht dir hoffentlich nichts aus«, sagt sie. »Ich dachte nur … Ich hielt es für eine gute Idee.«

»Ich … Danke.«

Sie nimmt mir die Blumen wieder weg und arrangiert sie ordentlich in meiner Wasserkanne. Ich schaue belustigt zu. Frage mich, ob Sheila mit diesem Akt der Rebellion einverstanden sein wird.

»Was denn?«, fragt Amber, als sie meinen Blick bemerkt. »Ich improvisiere.«

»Na dann.«

Während sie in Ruhe randaliert, versuche ich, mich im Bett aufzurichten und wach zu werden. Amber fragt um Erlaubnis, wäscht sich in meinem Badezimmer die Hände und schüttelt sich auf dem Weg zum Besuchersessel die Tropfen von den Händen.

»Ich … ich wollte dir was sagen«, sagt sie. »Ehrlich gesagt war ich nicht im Gartencenter, um Blumen zu kaufen.«

»Nicht?«

»Zuerst nicht. Ich wollte … ich wollte sie suchen.« Sie zeigt auf meine Decke. »Deine Freundin, die die Decke gehäkelt hat. Du hast so nett über sie gesprochen, so liebevoll, und da wollte ich … ich wollte dich überreden, dich von ihr besuchen zu lassen.«

Ich erstarre. Bin absolut reglos.

»Ich habe einen Mitarbeiter gefragt, ob er sie kennt und wo ich sie finden kann. Er hat es mir gesagt. Sie … sie ist gestorben, nicht wahr?«

Schweigen.

»Ja«, sage ich. »Sie ist gestorben.« Ich starre auf die Decke, zupfe ein paar Maschen zurecht.

»Das tut mir leid«, sagt sie. »Aber ich wollte nicht so tun, als wüsste ich nichts.«

»Nein. Das fände ich nicht gut.«

Sie lächelt mich an. »Ich habe vor dem Mann zu heulen angefangen.«

Ich stelle es mir vor, und ein warmer Schmerz durchdringt meine Brust.

»Oh, Amber, das … das tut mir leid. Ich hätte es dir erzählen sollen.«

»Nein«, sagt sie, »nein, nein. Ich hätte nicht … Es war eine dumme Idee.«

Ich schüttele langsam den Kopf. »Nein, die Idee war einfach wunderbar.«

»Ich war nur auf einmal so traurig, deinetwegen.« Sie schnieft. »Sorry, das wolltest du wohl jetzt nicht hören, was? Ich bin nur … ich bin im Moment so dünnhäutig.«

Fast hört es sich an, als würde sie lachen.

»Es war traurig. Es war das Allertraurigste.«

»Wann … wann ist sie gestorben?«

»Vor zehn Jahren.«

»Was ist passiert?«

Und da ist es wieder. Früher hätte ich so etwas auch gefragt, bevor ich gelernt habe, dass es Fragen gibt, die man nicht stellen darf.

Was ist das in deinem Hals?

Mein Brustkorb weitet sich, die Frage läuft an mir herunter wie Eiswasser.

»Tut mir leid«, sagt sie, »ich wollte nicht aufdringlich sein.«

»Nein, schon gut«, sage ich, »ich …«

»Es ist so ungerecht. Nach allem, was du über sie erzählt hast, schien sie … etwas ganz Besonderes zu sein.«

»Ja«, sage ich und schiebe geistesabwesend einen Arm unter die Decke.

»Ich frage mich, ob ich einem anderen Menschen jemals so viel bedeuten werde.«

»Oh, ganz bestimmt!«

Sie lacht in sich hinein, scheint ihre Möglichkeiten abzuwägen. »Ich wüsste nicht, wie.«

»Sei einfach nur. Sei du selbst.«

Sie betrachtet ihre Knie, und ich meine, genau zu wissen, wie sie sich fühlt.

»Manchmal begegnet man Leuten, die einem ganz viel Freude schenken«, sage ich, »und dann gibt es die anderen«, ich halte inne, um genug Verachtung zusammenzusammeln, »die einem alles nur vermiesen wollen. Die Energievampire.«

»Ja.« Sie lächelt.

»Und du, du verströmst Energie. Sieh dich doch an. Du machst gerade eine schlimme Zeit durch, und trotzdem hast du immer noch schöne Einfälle. Das ist das Leben.«

Amber schürzt die Lippen und starrt zu Boden.

»Umgib dich mit Menschen, die so sind wie du – das wäre mein Rat. Mit Energiequellen. Mit Lebendigen. Mit Leuten, bei denen du ganz du selbst sein kannst.«

»Meine Mum war so, vor der Krankheit. Sie war sehr verspielt und kreativ und hatte so viel Spaß am Leben.«

»Ja?«

»Ich habe Angst«, sagt sie, und ihre Augen füllen sich mit Tränen, »ich könnte mich am Ende nur noch an die gebrechliche kleine Frau in diesem riesigen Bett erinnern. Aber das war gar nicht meine Mum. So will ich sie nicht in Erinnerung behalten.«

Ich setze die Maske ab.

»Gib dir Zeit«, sage ich, »das wird auch wieder anders. Versprochen.«

»KLOPF, KLOPF!«

Ein freundlicher Singsang.

Wer kann das …

»Bist du schon wach?«

Hm?

Sheila sieht auf mich herunter. Sieh dir ihre Wimperntusche an. Ganz schön dick aufgetragen. Ein bisschen viel heute.

»Hallo, mein Lieber«, sagt sie sanft. »Du bist doch wach?«

»Hm?«

»Tut mir leid, dich zu wecken, aber da ist jemand, der Hallo sagen möchte. Ich dachte mir, vielleicht willst du sie sehen.«

Amber? Will Amber mich besuchen?

»Welcher Tag ist heute?«

»Immer noch Samstag.«

»Wie spät ist es?«

»Halb zwölf.«

Ich nehme mir die Zeit, mich zu räuspern und meine Gedanken zumindest grob zu ordnen. Sheila hat sich zurückgezogen und steht jetzt im Flur, wo sie leise auf jemanden einredet. Gemurmel, ein Schlurfen.

»Herein«, sage ich. »Sie kann hereinkommen.«

Und in der Tür erscheint: Laura.

Sie hat sich eine Maske aufgeschminkt und sieht aus wie die Karikatur der Person, die ich vor Jahren zuletzt gesehen habe. Sie trägt diese Maske nur für unser Treffen. Doch die Falten und Fältchen kringeln sich an ihren Augen und am Hals. Alles, wogegen sie sich jahrelang aufgelehnt hat. Das Alter holt uns alle ein.

»Hi«, sagt sie, und dann zerbröckelt die Maske, und Laura bricht in Tränen aus.

Ach, Mist.

»Ach, kommen Sie«, sagt Sheila, zupft ein Papiertuch aus der Box und eilt zu ihr. »Kommen Sie, setzen Sie sich.«

Sie zieht meinen Besuchersessel heran, und Laura setzt sich, hält gewissenhaft einen Sicherheitsabstand zum Bett ein.

»Tut mir leid«, sagt Laura und fasst sich. »Ich hatte mir geschworen, nicht zu weinen.«

»Dafür muss man sich nicht schämen«, sagt Sheila, »jeder weint mal, nicht wahr? Alle Menschen weinen.«

»Ja«, sagt Laura und blinzelt wie ein kleines Mädchen, das tapfer sein möchte. »Tut mir leid«, sagt sie noch einmal, konzentriert sich endlich auf mich und sagt: »Hallo.«

»Hallo.«

Sie sieht mich nur flüchtig an, verbringt die meiste Zeit damit, den Boden anzustarren, ihre Haltung zu überprüfen und aufzupassen, dass das Stuhlbein nicht gegen die Fußleiste rutscht. Sie wirft einen Blick hinter sich, warum, ist nicht ganz klar.

»So, Sie haben ja schon einen Kaffee«, sagt Sheila, und zu mir sagt sie: »Was ist mit dir? Soll ich dir irgendetwas bringen, ein Glas Wasser vielleicht?«

Ich schüttele den Kopf – nein, danke. Kein Wasser. Keinen Besuch. Zu Besuch hatte ich *Nein* gesagt.

»Schon gut«, sagt Sheila und zieht sich zurück. »Fühlen Sie sich wie zu Hause. Bis später.«

Sie verlässt das Zimmer und zieht die Tür leise hinter sich zu.

Nun sind wir allein. Der Schreck, Laura hier zu sehen, hat sich schnell verflüchtigt, und nun fühle ich – was? Ich weiß es nicht. Ich versuche, das Gefühl zu fassen zu kriegen, und frage mich am Ende, ob ich überhaupt etwas fühle.

»Und, wie geht es dir?«, fragt Laura und sieht mich zum ersten Mal richtig an.

Ihr Blick ist besorgt.

»Besser als je zuvor«, sage ich und bereue es sofort, denn sie fängt wieder zu weinen an.

»Tut mir leid, Ivo. Es tut mir so leid. Es ist nur … Ich hatte mir so viele Gedanken gemacht, bevor ich hergekommen bin, aber wenn ich dich jetzt so sehe, tut es mir leid um die vielen Jahre, die wir verpasst haben.«

Ich sehe es wieder deutlich vor mir, meine letzte Begegnung mit Laura, eine flüchtige Verabschiedung auf dem Parkplatz des Yewtree-Friedhofs. Die Autos der übrigen Trauergäste haben sich schon wieder in Bewegung gesetzt, der Kies knirscht unter den Reifen. Die Aufgabe ist erledigt, Mum liegt unter der Erde. Ich habe alles allein organisiert, sogar das Buffet. Sieben Jahre ist das her. Eine Ewigkeit.

»Es ist so schade, weißt du. Findest du es nicht auch schade?«

Und jetzt bin ich derjenige, der den Blickkontakt nicht halten kann. In dem Moment, wo sie mir gegenübersitzt, bringe ich die Sätze nicht heraus, die ich jahrelang geprobt habe. Das hier ist größer als wir beide, vielleicht sollten wir uns einfach ergeben. Die Hoffnung aufgeben.

»Ja«, sage ich, »wirklich schade.«

Sie springt auf, kommt herüber und umarmt mich mit aller Kraft. Ich weiß nicht genau, ob mir das recht ist, aber ich lasse es mir gefallen, und ich spüre, irgendwo hinter dem Make-up und der theatralischen Geste gibt es doch so etwas wie Herzenswärme und Güte.

»Ich bin ja so froh«, sagt sie, lässt mich los und setzt sich wieder hin. »Ich bin so froh, dass ich gekommen bin. Ich hatte solche Angst davor. Ich wusste, dass du mich nicht sehen willst. Aber ich dachte mir, *was soll's*, weißt du, immerhin bist du mein Bruder, egal, was passiert ist, egal, wer recht hat, du bist mein Bruder, und ich bin deine Schwester, und das sollte uns doch was bedeuten.«

»Ich … ja. Ich bin froh, dass du gekommen bist«, sage ich und lächle schwach.

»Ich wollte eigentlich gar nicht, aber Kelvin … Kelvin hat gesagt, wir sollten uns wie Erwachsene benehmen, also bin ich mitgefahren.«

»Er ist hier?«

»Er wartet im Auto. Ich glaube, er will erst abwarten, ob wir uns in die Haare kriegen.«

»Na ja, das wäre doch ziemlich unwahrscheinlich.«

»Ja, außerdem war ich gerade erst beim Friseur, deswegen …«

Sie berührt vorsichtig ihre Haare, und ich stoße eine Art Schnauflachen aus. Komisch. Sie ist komisch. Wie schnell sich der alte, unbefangene Umgang wieder eingestellt hat. Den Rhythmus einer Person vergisst man nie. Lauras Rhythmus kenne ich, seit ich auf der Welt bin. Er fühlt sich gut an, tatsächlich. All das hier fühlt sich gut an. Laura und ich. Wie eine Heimat.

»Ich habe dir Weintrauben mitgebracht«, sagt sie, bückt sich und zieht eine braune Papiertüte aus der Handtasche. »Sorry, das ist ein bisschen wenig. Ich hätte dir etwas anderes besorgt, aber …«

»Nein, ist schon gut«, sage ich. »Was schenkt man einem Menschen, der … du weißt schon.«

Sie macht ein ernstes Gesicht. »*Nierenversagen* hat?«

Ich sehe sie an, lache abermals, bekomme einen Hustenanfall. »Nein, das meinte ich nicht.«

Sie sitzt wie erstarrt da und schaut mir beim Husten zu, vielleicht habe ich sie erschreckt.

»Was würde Mum jetzt sagen, wenn sie uns sehen könnte?«, frage ich.

»Sie würde sagen: *Schuhe wegräumen, Tasche wegräumen, Jacke aufhängen!*«

Mums Schlachtruf, wenn sie nachmittags nach Hause kam und wir nach der Schule mal wieder ein Chaos angerichtet hatten.

»Jetzt klingst du genau wie sie.«

»Sag so was nicht. Mal hat immer gesagt …«

Ich muss das Gesicht verzogen haben, denn sie unterbricht sich mitten im Satz und starrt mich mit offenem Mund an.

»Ich möchte nicht über Mal reden«, sage ich tonlos.

Ich nehme die Sauerstoffmaske von der Flasche, die Gummibänder lösen sich erst beim zweiten Versuch. Ich lege sie mir auf die Brust, weniger weil ich kurzatmig bin, sondern weil ich etwas tun muss.

»Ivo, hör mal, seit Mums Beerdigung wollte ich über alles

mit dir reden«, sagt sie, reibt sich die Schläfen und schließt die Augen. »Ich dachte, vielleicht finden wir wieder zusammen, ich wollte wirklich mit dir reden, aber dann …«

Ihre Stimme verwandelt sich in ein Krächzen, sie bringt kein Wort mehr heraus.

»Du bist meine Schwester«, sage ich. Meine Stimme klingt ultraleise. »Das kann dir doch nicht egal sein. Du warst nicht für mich da.«

»Ich wollte nicht …«

»Du bist mit ihm mitgegangen. Ein einziges Mal hätte ich dich gebraucht, aber du hast dich entschieden und bist mit ihm verschwunden.«

»Ich wollte dich unterstützen, ehrlich. Aber ich musste mich entscheiden.«

»Für Mum warst du auch nicht da, als sie dich gebraucht hat.«

»Ich konnte das nicht. Es ging nicht«, sagt sie aufrichtig verzweifelt. »Ihr beide habt euch immer nahgestanden, aber ich hatte das nicht mit ihr. An manchen Tagen hat sie mich richtiggehend gehasst.«

»Sie hat dich nie gehasst!«

»An manchen Tagen.«

Ich schaue weg. Ich kann mich an diese Tage kaum noch erinnern.

Mein Herz klopft. Es klopft und klopft. Völlig unvermittelt steht alles wieder zwischen uns, die ganzen zehn Jahre.

»Es gab Zeiten … Sechs Jahre hat er im Gefängnis gesessen. Ich war auf mich allein gestellt«, sagt sie. »Du hast mich nie besucht. Du wolltest zu niemandem Kontakt, oder?«

»Ich habe Mum besucht.«

»Mum hat sich nicht getraut, in deiner Gegenwart über

irgendwas zu sprechen, das dich aufregen könnte. Sie hatte Angst, dich zu verlieren. Aber die wenigen Male, die ich sie gesprochen habe, hat sie gesagt, wie sehr sie sich wünschen würde, dass wir alle wieder zusammen sind.«

»Ja, ich weiß.« Ich weiß, ich weiß.

»Aber dazu ist es nie gekommen. Sie durfte das nicht mehr erleben. Und das war nicht allein meine Schuld.«

Bittere, ätzende Reue wallt in mir auf. Es tut mir so leid, Mum. Ich hätte mir mehr Mühe geben müssen. Mich mehr anstrengen müssen.

Die Anspannung fällt ab, wir sitzen eine Weile schweigend da. Nach allem habe ich nicht vor, ihr Sachen vorzuwerfen, für die sie nichts kann.

»Ich habe mich auch schuldig gemacht«, sage ich leise. »Etwas anderes habe ich nie behauptet.«

»Ich auch nicht«, sagt sie. »Die arme Mum.«

»Die arme Mum.«

Und schon fängt Laura wieder zu weinen an. Dichtes, nasses Schweigen, es gibt nichts, was ich tun könnte. Ich werde abwarten müssen, wie der Bogen ansteigt, den höchsten Punkt erreicht, abfällt, ansteigt und abfällt, langsam, ganz langsam, bis sie wieder auf dem Boden angekommen ist.

»Ähm … Hallo.«

Ich schaue zur Tür, und da steht er. Kelvin persönlich.

»Oh, hallo«, murmelt Laura und schiebt sich ein Papiertuch in die Nasenlöcher. »Komm rein.«

Kelvin sieht mich an. Ich schaue weg. Er geht einen Schritt vor, so gesehen ist er jetzt drin. Sieh ihn dir nur an, er ist glücklich, Laura durch die Gegend kutschieren zu dürfen. Er spielt ihr Mädchen für alles in der Hoffnung, dass sie irgendwann in seine Arme sinkt.

»Und, wie geht es uns heute?«, fragt er aufgesetzt fröhlich.

»Wir … unterhalten uns«, sagt Laura. »Wenn ich gerade nicht weine.«

Auf der Suche nach einem Taschentuch durchwühlt Kelvin die Taschen seiner Wachsjacke. »Bitte.«

Laura nimmt das Taschentuch an. Bemerke ich da eine gewisse Vertrautheit? Ich bin mir nicht sicher. Was weiß ich schon? Zehn Jahre sind vergangen, das alles geht mich nichts mehr an.

»Hast du ihn schon gefragt?«, fragt Kelvin Laura.

»Was?«, frage ich.

»Ich hab sie aus einem bestimmten Grund hergefahren, Mann. Ich weiß, du wolltest sie nicht sehen, das nehme ich auf meine Kappe, aber sie hat einen Grund.«

»Ein paar von uns … Na ja, wir haben Mal in den letzten Jahren ein bisschen unterstützt«, sagt Laura. Sie richtet den Blick zur Decke, atmet aus, als trüge sie die Last der Welt auf ihren Schultern. »Als er im Gefängnis war. Wir haben ihn oft besucht, haben seine Heimkehr vorbereitet. Aber er hat es nicht leicht. Er hat es nicht leicht.«

Kelvin nickt weise.

»Er hat sich auf die falschen Leute eingelassen … Drogen, verstehst du. Im Gefängnis kann man dem kaum entkommen, die Drogen sind überall. Er ist jetzt vollkommen von mir und von seinen Eltern abhängig. Er kann noch nicht arbeiten gehen. Aber wir versuchen, ihm Verständnis entgegenzubringen, wir können damit leben. Und«, sie lächelt beinahe stolz, »es funktioniert. Es funktioniert ganz gut, er ist dabei, sein Leben auf die Reihe zu kriegen. Aber …« Sie schlägt die Augen nieder, lässt den Satz einfach abbrechen.

»Da ist immer noch die Sache mit dir, Ivo«, sagt Kelvin.

»Ja, jeden Tag wird er damit konfrontiert«, sagt Laura. »Mit dieser offenen Wunde.«

»Er möchte doch bloß«, sagt Kelvin, »eine Chance bekommen, es wiedergutzumachen.«

Laura beugt sich vor und legt eine Hand auf meine Bettdecke. Ich spüre ihr Zittern.

»Nur fünf Minuten deiner Zeit. Du warst immer der Bruder, den er nie hatte. Er hat immer zu dir aufgeschaut. Bis heute.«

Ich ignoriere die Klischees und den Blödsinn. Ich muss mir größte Mühe geben, nicht lauthals loszulachen. Betretenes Schweigen möchte sich einstellen, doch das kann ich nicht zulassen.

»Ich möchte ihn nicht sehen«, sage ich.

Beide heben gleichzeitig den Kopf, als hörten sie eine geheime Musik, als hätten sie sich abgesprochen.

»Es geht nicht. Ich kann ihn nicht sehen.«

Kelvin betrachtet mich eindringlich, holt tief Luft. »Hör mal«, sagt er, »ich weiß, du willst das nicht hören, aber die Schuldgefühle kommen ihm zu den Ohren raus. Er weiß, dass er einen Fehler gemacht hat, und es tut ihm unendlich leid. Und er hat … er hat überhaupt keine Möglichkeit, diese Schuldgefühle irgendwie loszuwerden.«

Ich wende mich ab. Schaue aus dem Fenster. Betrachte die Magnolie.

Laura beäugt mich nervös. Eines ihrer Lider bleibt kurz kleben. »Du müsstest nicht einmal was sagen. Du würdest dir einfach nur anhören, was er zu sagen hat, und dann würde er gehen.«

»Nein«, sage ich. »Nein.«

»Bitte. Nur fünf Minuten, ich schwöre dir, länger wird es nicht dauern. Bitte, schenk ihm fünf Minuten deiner Zeit.«

Ich ziehe mich hoch, muss vor Anstrengung husten, aber ich möchte ihnen aufrecht begegnen. Endlich, endlich platzt dieser Knoten in mir.

»Wann genau wird mich diese ganze Scheiße endlich nicht mehr verfolgen? Wann?«

Schweigen.

Die beiden sind hier in meinem Zimmer, sehen mich an.

»Wann werdet ihr endlich sagen: *Ja, es war falsch. Es war falsch, und wir können es nicht ändern.*«

»Mal ist verschwunden«, sagt Laura.

Schweigen.

Kelvin fixiert einen Punkt am Boden.

»Verschwunden?«

»Er ist jetzt schon eine Woche weg. Zehn Tage.«

»Wir haben schon eine Vermisstenanzeige aufgegeben«, sagt Kelvin leise. »Die haben gesagt, wir sollen uns überlegen, wie wir möglichst viele seiner Probleme in den Griff kriegen können. Damit er sieht, dass es sich lohnt, nach Hause zu kommen. Dass ihn bei seiner Rückkehr nicht das unveränderte Chaos erwartet.«

Ich betrachte meine farblosen, kalten Hände. Ich reibe sie fest aneinander, um ihnen Leben einzuhauchen.

»Und da kommen wir immer wieder auf dich. Auf euer Verhältnis. Wir wollten ein Treffen arrangieren, wenn es dir recht ist, und vielleicht …«

»Wir denken, dass er vielleicht versuchen wird, dich zu sehen«, sagt Laura. »Er weiß ja, dass ihr das regeln müsst, bevor … solange noch Zeit dazu ist. Solange du noch da bist.«

»Hierher? Er weiß doch gar nicht, wo ich bin.«

»Doch«, sagt Laura kleinlaut. »Ich habe es ihm gesagt.«

»Aber …«

Die würden doch auf gar keinen Fall unerwünschte Besucher zu mir durchlassen? Dann wiederum hat Laura es auch geschafft, oder? Mein Herz fängt zu hämmern an, alle Kraft weicht aus meinen Armen und Beinen. Das hier ist doch ein Refugium, ein Rückzugsort.

»Holt Sheila«, sage ich. »Sagt Sheila, dass ich ihn auf gar keinen Fall hier sehen will.«

»Bitte, du …«

»Geh und hol Sheila.«

~

Sheila ist auf der Stelle da.

»Sind sie weg?«, frage ich.

»Ja. Ja, sie sind weg.«

»*Keine* Besucher.«

»Es tut mir leid. Ich dachte, du wüsstest, wer da ist. Ich dachte, vielleicht hast du Lust darauf, andere Menschen zu sehen. Du hast gesagt, sie soll reinkommen.«

»Ich dachte, es wäre … Nein, nein. *Keine* Besucher.«

»Es tut mir leid, ich habe einen Fehler gemacht.« Sheila sieht entgeistert aus. »Wer ist das überhaupt? Dieser Mensch, den du auf keinen Fall sehen willst?«

»Ihr Freund. Er möchte mich besuchen. Aber ich will das nicht, okay?«

»Okay … Na ja, wir bitten die Leute, sich am Empfang anzumelden, aber …«

»Und mehr könnt ihr nicht tun? Sicherheitstechnisch?«

»Hmm …«, sagt sie und zieht einen stattlichen Schlüsselbund aus der Kitteltasche. »Wir werden es folgendermaßen machen.« Ihre Stimme klingt besänftigend, sachlich. »Zunächst einmal versuchen wir, uns zu beruhigen und uns klarzumachen, dass wir alle Probleme nur einen Schritt nach dem nächsten lösen können, okay?«

Ich kenne diesen Tonfall. Es ist dein Tonfall. Der abwiegelnde Tonfall. *Komm schon,* will Sheila zu mir sagen, *jetzt brich mal nicht in Panik aus.*

»Wir sind jetzt alle ein wenig aufgewühlt, deswegen würde ich das gern in Ruhe mit dir besprechen, wenn es für dich okay ist.«

»Okay.«

»Also, zunächst einmal werde ich dir etwas zur Beruhigung holen, ja? Zum Runterkommen.«

»Nein! Du hörst mir gar nicht zu …«

»Doch, mein Lieber. Ich höre dir sehr genau zu. Ich möchte, dass du dich beruhigst, damit wir in Ruhe darüber reden können und das Richtige tun, in der richtigen Reihenfolge.« Sie sieht mich eindringlich an, nickt wie in Zeitlupe.

»Okay«, sage ich. »Okay.«

»Bin in fünf Minuten zurück. Höchstens.«

Sie verlässt das Zimmer, sucht den Schlüssel für den Medikamentenschrank heraus.

Ich lasse mich zurücksinken, rolle mich auf die Seite und krümme mich zusammen wie ein Fötus. Ich muss mich jetzt konzentrieren, ich muss ruhig bleiben. Ich drücke den Kopf fest aufs Kissen, um mich zu spüren. Mann, wenn man den Kopf tief genug ins Kissen drückt, hört man es klopfen! Jeder Herzschlag ist wie ein Hammerschlag, ohrenbetäubend, und bis das Trommelfell sich davon erholt hat, kommt schon der nächste. Mein Herz und mein Kopf nehmen Verbindung auf. Es muss an der Anspannung liegen. Die Anspannung lässt mich die Augen zusammenkneifen – fest, ganz fest –, woraufhin das Hämmern nachlässt, seltener wird. Das ist mein Herz, mein Puls pulsiert, mein Pulsschlag, und er wird nicht aufhören. Mein Herz hämmert das Blut durch meinen Körper, es will einfach nicht aufhören damit. Sosehr ich es mir auch wünsche.

Meine Fäuste sind geballt, ich ziehe mir die Decke bis ans Kinn. Unter dem Laken: Aufruhr. Ich bin wie erstarrt und trotzdem ruhelos. Meine Füße unter der Decke bewegen sich, erst der linke nach vorn, der rechte zurück, dann der rechte nach vorn, der linke zurück. Mein einziges Ventil, um den höllischen Druck abzulassen. Ich marschiere durchs Bett wie ein schlafwandelnder Infanteriesoldat. Nun höre ich nur noch das, ein weiches *schsch*, *schsch*, und das gelegentliche Kratzen meiner Zehennägel am Laken.

Das Morphium. Es ist nur wegen des Morphiums. Ja, das ist es. Nur deswegen will Mal unbedingt herkommen. Die sind hier gut ausgestattet mit Betäubungsmitteln, das ist ja quasi so etwas wie Heroin. Ich mache keine Witze, ich meine das ernst, es ist die einzige Erklärung. Er hat Kelvin und Laura um den Finger gewickelt, sie glauben tatsächlich, er wolle um Verzeihung bitten. Er will nicht um Verzeihung bitten, er will lediglich …

Und der Schmerz der Erkenntnis schießt mir durch Kopf und Hals und fährt in meinen Brustkorb und zum Solarplexus wieder hinaus. Es fühlt sich an, als würde mir jemand in die Nieren treten, der Schmerz explodiert und erfüllt meinen ganzen Torso. Die Übelkeit verdreht mir die Eingeweide.

Die Brandschutztür macht ihr Sauggeräusch, erschreckt blicke ich zur Tür.

Sheila ist zurück, endlich.

»Okay«, sagt sie. »Ich habe dir ein Beruhigungsmittel mitgebracht, nur damit du einen Gang runterschalten kannst.«

Ich setze mich auf und sehe sie an, und sie liest meine Gedanken.

»Vertraust du mir?«, fragt sie.

Ich nicke.

Sie gibt mir eine Pille und ein Wasserglas.

»So«, sagt sie und nimmt auf der Kante des Besuchersessels Platz. »Willst du mir von ihm erzählen?«

»Von wem?«

»Von dem Besucher, den du nicht sehen willst. Es wäre hilfreich für mich, wenn ich wüsste, wonach ich Ausschau halten muss.«

»Er heißt Malachy Sampson.«

»Und warum will er dich unbedingt sehen?«

»Wir waren früher befreundet. Er war mit meiner Schwester zusammen.«

»Ach so.«

»Aber er ist gefährlich. Er macht nichts als Ärger. Er wurde gerade erst aus dem Gefängnis entlassen. Und du hast doch neulich von Leuten gesprochen, die es auf eure Medikamentenvorräte abgesehen haben …«

Sie zeigt genau das richtige Maß an Beunruhigung. Ich dringe zu ihr durch, schiebe die Sache in ihren Verantwortungsbereich.

»Tja, diese Information ist in der Tat hilfreich.«

»Er wäre dazu fähig. Ich weiß, was er will. Ich glaube, er wird hier auftauchen und mir was antun.«

Ich weiß, wie paranoid das klingt.

Ihr Gesicht wird weich, genau das wollte ich vermeiden.

»Er glaubt, ich hätte ihn in den Knast gebracht. Er wird sich fragen, warum ich ihm damals nicht geholfen habe …«

»Nun«, sagt sie, »ich werde mich darum kümmern und sicherstellen, dass alles getan wird, damit du dich hier sicher fühlen kannst.«

»Danke«, sage ich.

»Aber ich kenne dich, Ivo. Du hast dir ein Loch in den Kopf gegrübelt. Und es ist egal, was passiert oder was ich tue, um dir zu helfen, denn du wirst dir immer neue Gründe zum Weitergrübeln suchen. Du bist nicht der Einzige, der das so macht, und du wirst, wenn ich das sagen darf, nicht der Letzte sein. Tu mir also bitte den Gefallen und lenk dich irgendwie ab, okay? Das wird dir helfen, versprochen.«

J Innereien

JA, DAZU FÄLLT mir etwas ein. Meine Eingeweide.

Die Anekdoten über meinen elenden Darm würden für ein eigenes Alphabet reichen. Was habe ich getan, dass ich mit einem Körper gestraft wurde, der auf jeden Stress reagiert wie auf einen Schlag in den Unterleib?

Zu Beginn der weiterführenden Schule habe ich drei Nächte am Stück erbrochen. Ich wusste nicht, wo die Klassenräume waren, ich hatte lauter neue Fächer, man hatte mich vorgewarnt, dass alles viel schwerer sein würde als in der Grundschule, ich musste eine andere Schuluniform tragen – lauter neue Probleme, die sich in meinen Eingeweiden zu einem fauligen Brei vermischten.

An meinem ersten Tag im Gartencenter, ich war achtzehn, musste ich mich gleich in der Mittagspause übergeben. Zu viele Informationen waren auf mich eingeprasselt, zu kompliziert erschien mir das Kassensystem. Zwei Wochen später konnte ich Umtäusche und Erstattungen vornehmen, ohne zweimal nachzudenken. Es war einfach, so einfach. Aber meine Verdauungsorgane haben ihr eigenes Tempo.

Es ist fast so, als wäre eine Sache keinen weiteren Gedanken wert, solange sie mich nicht zum Kotzen zwingt.

~

»Du Ärmster«, sagst du und streichst mir über Kopf und Rücken, während mein Magen sich wieder und wieder zusammenzieht und ich übel riechende Luft und Galle auswürge. »Komm, hier …« Du reichst mir Taschentücher und ein großes Glas Wasser.

Ich spüle mir den Mund aus und spucke in die Toilettenschüssel. Drücke auf die Spülung.

Ich schlüpfe in deinen Morgenmantel und blicke an mir hinunter. »Meine Arme sehen darin sehr lang aus.«

»Hübsch bist du. Ab ins Bett.«

Ich schlurfe aus dem Badezimmer, auch wenn ich mir größte Mühe gebe, die Füße anzuheben. Das ist alles nur in meinem Kopf; ich sollte energisch schreiten, so tun, als ginge es mir wunderbar, obwohl du eben angekündigt hast fortzugehen.

Ich schlurfe.

Im Ernst, wer übergibt sich schon, bloß weil die Freundin Reisepläne schmiedet? Ich bin so ein Weichei.

»Bitte sehr«, sagst du, stellst eine Schüssel an meine Bettseite und legst dich neben mich. »Was bedeutet das für deinen Insulinpegel? Du hast eben erst gegessen. Solltest du nicht dringend was essen, weil du sonst zu viel Insulin im Blut hast?«

Ich runzle die Stirn, räuspere mich. »Ach, ich weiß nicht. Irgendwo habe ich noch die Broschüre mit den Anweisungen für den Krankheitsfall. Ich glaube, es ist in Ordnung. Ich messe gleich meinen Blutzucker, dann sehen wir weiter.«

»Okay. So lange du es im Blick hast.«

»Hab ich«, sage ich fingerschnipsend und bemühe mich, gelassen zu wirken.

»Also«, sagst du, »ich habe mir etwas überlegt. Ich werde das Praktikum ablehnen.«

»Nein, Mia, das kommt nicht infrage …«

»Drei Monate sind einfach zu lang. Ganz besonders, wo ich nicht mal weiß … Na ja, vielleicht will ich gar nicht in die Pflege.«

»Was? Warum nicht?«

Auf einmal wirkst du betrübt, ziehst die Knie unter dem Federbett an. »Ich weiß auch nicht, es ist nur … Ich sehe mich da einfach nicht. Die anderen scheinen zufrieden damit, robotermäßig alle Handgriffe auszuführen und die Patienten wie Gegenstände zu behandeln.« Du fährst dir übers Gesicht, drückst dir die Handballen in die Augen. »Das ist eine schreckliche Erkenntnis, immerhin habe ich so viel Zeit und Geld in die Ausbildung investiert, und du warst immer so geduldig. Da habe ich irgendwie das Gefühl, ich hätte deine Zeit vergeudet.«

Ich starre dich an, versuche, den Sinn der Worte zu begreifen.

»Irgendwie habe ich mir die Pflege anders vorgestellt. Ich wollte es besser machen, die Patienten wie menschliche Wesen behandeln. Aber wenn ich den anderen Schülerinnen davon erzähle, sehen sie mich an, als wäre ich verrückt. Es ist so ermüdend. Es ist anstrengender als die eigentliche Arbeit.«

Jetzt muss ich deinen Rücken streicheln.

»Ich bin da vollkommen naiv rangegangen.«

»Nein, ich finde dich kein bisschen naiv.«

»Doch.«

»Okay, dann warst du also naiv. Aber immerhin weißt du jetzt, was du nicht willst.«

»Und ich will nicht drei Monate von dir getrennt sein und mich noch dazu wie eine Aussätzige fühlen müssen.«

»Du bist keine Aussätzige, auch wenn die anderen dich so behandeln. Das ist doch deren Problem.«

»Aber drei Monate?«

»Ist doch nicht für immer«, sage ich. »Komm, lass uns drüber schlafen. Du darfst deine Ausbildung nicht vernachlässigen, bloß weil ich so ein Weichei bin. Das wäre für uns beide schlecht.«

Du rutschst an mich heran, umschlingst mich vorsichtig und ohne meinen Bauch zu berühren.

»Wir werden drüber schlafen.«

»Gut.«

»Wirst du, falls ich gehe, drei Monate durchkotzen?«

»Ich kriege das hin. Alles wird gut. Ich werde einfach viel fernsehen.«

»Du wirst die Zeit nutzen, um etwas ganz Erstaunliches zu vollbringen, ganz bestimmt.«

»Na, ich weiß nicht. Da wäre ich mir nicht so sicher.«

~

Ffff – Fuck. Wo ist der Knopf?

Knopf drücken, bis es *klick* macht.

Ffff – mein Gott, sind das Schmerzen.

Aaaaaaahh.

Wie Stromstöße.

War es das? Was, wenn es das jetzt war? Das könnte es sein. Ganz sicher.

Nein, nein, sei nicht albern.

Ich kann nur noch an dich denken. Ich liebe dich, ich liebe dich, ich liebe dich, nur falls es das jetzt war, es tut mir leid, und ich liebe dich.

Ganz ruhig. Denk positiv. Komm runter. Konzentrier dich auf etwas anderes als den Schmerz. Lass den Schmerz hinter dir.

Das ist kein Schmerz, das ist nur eine Empfindung. Es ist …

Auauauau. Ich könnte lachen vor Schmerzen.

Nein, nicht lachen.

Sheila eilt herein.

»Was ist denn, Ivo? Liegst du nicht bequem?«

»Ja, ja, Schmerzen … hier …«

»Da unten, oder?« Sie legt ihre flachen Hände an meinen Unterleib, sanft, ganz sanft.

»Grmpf.«

»Hmmmm.« Sie geht einen Schritt rückwärts, wirft einen Blick auf meine Patientenkurve. »Wann warst du zuletzt auf dem Klo?«

»Hmm … Vor zwei Tagen?«

Eine neue Schmerzwelle rollt an, ich krümme mich zusammen.

»Okay, okay, alles wird gut, mein Lieber. Du musst jetzt ruhig bleiben, okay? Wir kriegen das in den Griff. Vertraust du mir?«

»Ja.«

»Heute Nachmittag kommt Dr. Sood, ich werde ihm Bescheid geben, damit er dich untersucht.«

Sie geht hinaus, die Panik überfällt mich erneut und sticht mir in den Unterleib wie ein Messer. Ich will nicht allein sein. Ich will nicht allein sein, falls es das jetzt war.

Das ist unerträglich.

Positive Gedanken.

Komm schon, komm schon. Denk nach, bleib ruhig, ruhig, ruhig.

Ist das überhaupt ein Schmerz? Bin ich zu schwach? Woher soll ich es wissen? Vielleicht ist das gar kein Schmerz. Vielleicht habe ich echte Schmerzen nie kennengelernt. Vielleicht habe ich die Schmerzen immer nur bei den anderen gesehen und imitiere sie jetzt, das Luftholen durch die zusammengebissenen Zähne, das Krümmen und Zucken und Winden und Ächzen und Seufzen.

Nein, nein, ganz ruhig jetzt. Das sind keine Schmerzen. Keine echten.

Wenn ich jetzt im Sterben läge, würde ich doch sicherlich die furchtbarsten Schmerzen fühlen. Kann man sich so furchtbare Schmerzen einbilden? Nein, wohl kaum. Wie wollen wir es nennen? Erstaunen vielleicht. Wie wenn die Knie aneinanderstoßen oder man mit dem Jackenärmel an der Türklinke hängen bleibt. Dann sagt man *Aua*, weist äußerlich alle Schmerzmerkmale auf. Aber das sind keine Schmerzen, oder? Das ist nur Erstaunen. Überraschung.

Außerdem lassen die es heutzutage nicht mehr zu, dass man leidet. Man bekommt Medikamente. So wie Old Faithful. Dann spürt man keine Schmerzen mehr.

Gott sei Dank.

Fffff.

»Ja, er ist da drin.«

Sheila kommt herein, Dr. Sood folgt ihr.

»Guten Tag«, sagt Dr. Sood. »Wie geht es Ihnen heute? Wie ich hörte, fühlen Sie sich nicht allzu gut?«

»Starke Kopfschmerzen«, sagt Sheila, »Kurzatmigkeit, Panikattacken wegen … aus verschiedenen Gründen. Und stechende Unterleibsschmerzen.«

»Hm.« Dr. Sood legt den Kopf schief. »Was machen die Augen?«

»Das Licht schmerzt.«

»Und zu atmen fällt Ihnen immer noch schwer?«

»Ich huste viel.«

Der nette Dr. Sood. Er hat es eilig und strahlt dennoch diese Ruhe aus. Er spricht schnell, leise und effizient. Die Klickgeräusche seines Akzents bilden einen wesentlichen Kern seines Sprachmusters. Knapp und auf den Punkt, aber immer freundlich.

Er dreht sich zu Sheila um. »Hatte er die Panikattacken früher schon? Steht er unter Stress? Macht ihm irgendetwas Druck?«

»Wir haben vor ein paar Tagen mit Sauerstoffgaben begonnen«, sagt Sheila. »Wegen durchschnittlich ausgeprägter Kurzatmigkeit.«

»Irgendwelche Fortschritte?«

»Eigentlich kaum.«

Das scheint Dr. Sood zu einer Entscheidung zu bringen.

»Hm. Ich frage mich, wie wir die Symptome lindern können. Wir könnten uns auf den Schmerz in Ihrem Unterleib konzentrieren, doch wir sollten die Panikattacken berücksichtigen. Ich könnte Ihnen Morphium verabreichen, das dem Schmerz die Spitze nimmt und es Ihnen ermöglicht, besser damit umzugehen.«

»Morphium? Aber so weit ist es doch noch nicht, oder?« Ich sehe Sheila hilflos an. »So schlecht geht es mir doch gar nicht.«

»In ähnlich gelagerten Fällen haben wir des Öfteren einen erhöhten Kaliumspiegel im Blut festgestellt. Die Ansammlung von Toxinen kann Angstzustände und Gereiztheit beim Patienten hervorrufen, und bei dieser Symptomatik kann eine schwache Morphiumgabe hilfreich sein …«

»Nein, danke. Nein.«

Ich bin dem Tod noch nicht so nah, dass ich Morphium bräuchte, oder?

»Ich brauche nur ein ganz normales Schmerzmittel ... wenn es zu schlimm wird.« Ich sehe Sheila hoffnungsvoll an. »Etwas ganz Normales.«

»Nun, wie ich schon sagte, wir können das Problem angehen, das höchstwahrscheinlich von Gasen in Ihrem Verdauungstrakt verursacht wird und sich durch plötzliche, stechende Schmerzen äußert.«

Noch während er das sagt, fährt ein weiterer Stich in meinen Unterleib.

»Blähungen? Im Ernst, es fühlt sich ... *fffff* ... schlimm an. Ich halte das aber aus, ich ... *fffff*«

»Die können furchtbar sein, mein Lieber«, sagt Sheila, »damit war zu rechnen. Ich hole dir ein Schmerzmittel, ja?«

»Ja. Ja, bitte.«

»Und Sie wollen kein Morphium?«, fragt Dr. Sood.

»Nein. Nein, danke.«

»Darf ich fragen, warum?«

»Ich möchte nicht damit anfangen. Ich möchte einfach nicht.«

»Um eine eventuelle Abhängigkeit müssen Sie sich keine Sorgen machen. Es bleibt Ihre Entscheidung, Sie müssen mit den Symptomen zurechtkommen, ich kann Ihnen lediglich anbieten, was möglich ist. Sie sollten wissen, dass ich der Meinung bin, dass eine leichte Morphiumgabe in Ihrem Zustand durchaus angeraten wäre. Behalten Sie das für die Zukunft bitte im Hinterkopf.«

Die beiden gehen hinaus, Sheila zwinkert mir zu, und

Dr. Sood macht sich auf den Weg zu dem Patienten, den er eigentlich untersuchen wollte. Seine letzten Worte hallen in meinem Ohr nach. Für *die Zukunft*.

Welche Zukunft?

Sag mir bitte, dass das keine Blähungen sind. Blähungen können unmöglich so schmerzhaft sein. Old Faithful ist gestorben, und ich liege hier und quäle mich mit Blähungen herum? Ich hoffe, es sind keine Blähungen.

Ich hoffe das wirklich sehr.

Sheila kommt zurück, allein, sie dreht vergeblich am Deckel eines Fläschchens herum.

»Bitte sehr. Mach dir keine Sorgen, so was ist nicht selten. Das gehört dazu. Ich habe hier ein paar Zäpfchen für dich, die werden dir Freude machen. Die werden deinen Enddarm zu mehr Bewegung anregen, und vielleicht kannst du dann wieder auf die Toilette, okay?«

»Ja.«

»Könntest du das mal versuchen? Irgendwie schaffe ich es nicht …«

»Schon gut, ich mache das.«

»Bitte sehr. Wenn du auf dem Klo sitzt, packst du eins aus, führst es mit der Spitze zuerst ein und wäschst dir danach gründlich die Hände.«

Sie hilft mir aus dem Bett und zum Bad, und es ist nötig.

Ich brauche Hilfe.

Du lieber Gott.

Ich versuche, tief einzuatmen, doch es gelingt mir nicht. Ich muss wieder husten, wage es aber nicht, aus Angst vor dem Schmerz.

»Das wird schon, mein Lieber. Du hast noch Kraftreserven, nicht wahr? Du machst das sehr gut. Vielleicht solltest du das Zäpfchen vorher ein wenig anfeuchten. Ich warte hier draußen, und wenn du Hilfe brauchst, rufst du mich einfach, okay? Das muss dir nicht peinlich sein. Ich weiß, ist leichter gesagt als getan.«

Ich schiebe mich in das winzige Bad, drehe mich zum Spiegel um. Meine Augen sind gelblich, die Ränder gerötet.

Das war es also. Meine Eingeweide haben wieder mal verrückt gespielt. Ich dachte, meine letzte Stunde hätte geschlagen, und dann waren es nur Blähungen.

Wie lächerlich.

Sheila nimmt meinen Arm und führt mich zum Bett zurück. Mich, den alten Mann.

»Geschafft«, sagt sie zärtlich.

Sie holt mir einen Pappbecher voller Tabletten und reicht mir ein Glas Wasser dazu. Ich kippe mir die Pillen auf die Zunge und schütte Wasser hinterher, lege den Kopf in den Nacken, damit sie abwärtsrutschen.

»Gut gemacht«, sagt Sheila lächelnd.

Ich setze mich ins Bett, sie schlägt meine Kissen auf. Sie nimmt deine Decke vom Fußende.

Meine Decke.

»Bitte sehr, mein Lieber.« Sheila legt mir die Decke um die Schultern. Sie fühlt sich schwer und tröstlich an, wie eine Umarmung. »Stell dir einfach vor, wie die Pillen in deinen Kopf hochwandern und Wunder wirken. Und wie das Zäpfchen dich auflockert, vom anderen Ende her.«

»Ja, danke.«

»Vergiss nicht, dass die Wirkung sehr schnell eintreten kann. Ich habe dir eine Bettpfanne hingestellt, nur für den Fall, dass du es nicht bis auf die Toilette schaffst. Mach dir keine Sorgen deswegen. Die ist da, um benutzt zu werden, okay?«

»Okay.«

Sie sieht mich an. »Ts! Hör mal, ich kann dich ja nicht zu deinem Glück zwingen, aber bist du sicher, dass du kein Morphium willst? Es ist ein ganz schwaches. Ich sehe dich nur ungern so leiden. Dafür gibt es keinen Grund.«

»Es geht schon wieder«, sage ich. »Ich muss mich endlich zusammenreißen. Mich in den Griff kriegen.«

»Nun ja, das Morphium würde dir dabei helfen. Es würde dir eine Verschnaufpause verschaffen.«

»Ich mache es, wie du gesagt hast. Nicht verkrampfen, alles in Relation sehen. Der Körper folgt dem Geist. Aber … bist du dir absolut sicher, dass ich keinen Besuch mehr bekommen werde?«

»Alle wissen Bescheid, alle sind im Bilde. Ich habe Jackie die strikte Anweisung erteilt, dass jeder einzelne Besucher sich vorn anmelden muss. Gut so?«

»Ja, danke.«

»Tu mir bitte nur einen Gefallen. Sag mir Bescheid, falls du es dir wegen des Morphiums anders überlegst. Wir verteilen hier keine Haltungsnoten.«

»Nein. Ich weiß.«

»Und, hast du alles? Was macht dein Alphabet?«

»Ich bin gerade bei I.«

»I? Na, das liegt ja wohl auf der Hand.«

»Ich habe an Innereien gedacht.«

»Nein! Insulin!«

»Herrje. Ist das ein Körperteil?«

»Ja! Es ist ein Hormon, nicht wahr? Ich erinnere mich nur daran, dass es in der Bauchspeicheldrüse produziert wird, von den Langerhans-Inseln.« Sie hebt den Arm zu einer romantischen Geste. »Das könnte der schönste Name für einen Körperteil überhaupt sein. Langerhans-Inseln ...«

Ich sehe sie nur an.

»Ist schon interessant, welche Hormone und Drogen der Körper in Eigenregie herstellen kann, nicht wahr? Wirklich erstaunlich. Deswegen haben die Ärzte im Mittelalter an Körpersäfte geglaubt. Wenn die aus dem Gleichgewicht gerieten, wurde der Mensch krank. Gar nicht so weit entfernt von dir und dem Insulin.«

»Ja.«

»Und in eintausend Jahren denkt man bestimmt: *Wie, die haben den Leuten Insulin* gespritzt? *Durch die Haut? Wie barbarisch!*«

Insulin

Also gut. Also schön. Insulin. Das I, das mich persönlich betrifft. Wer würde glauben, dass etwas so Langweiliges wie Insulin mal zu seinem ärgsten Feind wird? Niemand. Die Leute gehen durchs Leben und stellen nie infrage, dass alles immer problemlos weiterläuft ... Aber gegen manches ist man nicht gewappnet. Der Weg ist kurvig und rutschig. Oder man hält es von vornherein so wie ich und wappnet sich gegen nichts. Auch nicht besser.

Bitte sehr: Das Leben ist ein schneebedeckter Berg, man sucht sich lediglich aus, auf welchem Weg es abwärtsgehen soll. Ich sage: auf der Sonnenseite.

Die Ärzte haben mir gesagt, ich hätte nichts falsch gemacht, ich hätte nichts getan, um die Insulinproduktion meines Körpers zu behindern. Bei mir war es anders als bei diesen Leuten, die im Zeitalter des zu süßen, zu fettigen Essens ihr Gewicht nicht mehr kontrollieren können. Dann wiederum kann ich mir nicht vorstellen, dass ein Mars und ein halber Liter Cola vor der Schule ein gesundes Frühstück waren. Da werden meine alten Langerhans-Inseln ziemlich viel zu tun gehabt haben. Aber das war eine schöne Zeit, damals, als Mum ständig bei der Arbeit war und Laura und ich allein zu Haus.

Ich weiß noch, als ich sie gefragt habe: »Ist in Coca-Cola wirklich Kokain drin?«

»Ja! Ja, natürlich! Und im Mars steckt Staub von der Marsoberfläche.«

Und dann, als ich neunzehn war, ging mir plötzlich das Insulin aus. So viel dazu.

Mein Urin roch auf einmal nach Brausepulver.

Ich verlor immer mehr an Gewicht.

Dann erhielt ich die Diagnose, und vom Nationalen Gesundheitsdienst bekam ich ein Täschchen mit allem, was ich von nun an brauchte, Teststreifen und ein Testgerät und den Pen und Insulin und …

Ich und mein Körper, mein Körper und ich. Ich war derselbe, und ich war es nicht. Ich hatte mir das nicht gewünscht. Ich bin, was ich denke. Ich bin nicht nur mein Körper. Bloß, dass mein Körper das anders sah.

Mum trägt immer noch ihren Arbeitskittel und sitzt neben mir auf dem Sofa. Ich möchte fernsehen, aber sie blättert übertrieben laut im Diabetiker-Magazin, das sie unbedingt abonnieren wollte. Sie hat wohl gedacht, ich würde einen Blick hineinwerfen, aber ich kriege allein vom Anblick der Titelseite einen Schwächeanfall. Starr grinsende Menschen mit Migrationshintergrund. Glücklich durch Diabetes vereint. Ha, ha.

»Du darfst dich davon nicht unterkriegen lassen«, sagt sie. »Andere Leute erblinden oder verlieren ihre Füße.«

Ich sehe ihr in die Augen und muss lachen, ich weiß selbst nicht, warum.

»Was ist denn?«, fragt sie und lacht dann auch. »Das ist nicht lustig, es ist ernst!«

»Ich weiß, aber ich finde den Vergleich irgendwie komisch«, sage ich. »Füße verlieren. Mach dir keine Sorgen, Mum. Ich kann auf mich aufpassen.«

Von nun an fragt sie jeden Abend: »Hast du dir Insulin gespritzt?«

»Jaaaa.«

Und wenn ich es einmal vergessen hatte: »Was würdest du ohne mich nur machen?«

~

Das Vorglühen bei Mal läuft immer öfter aus dem Ruder. Nun, da du ständig Nachtdienst hast, bin ich zu meinen alten Gewohnheiten zurückgekehrt. Ich habe ja sonst nichts zu tun. Wenn du dann doch in der Stadt bist, hast du immer so viel um die Ohren. Am liebsten würde ich in deinem Bett liegen und fernsehen, wenn du am Schreibtisch sitzt und lernst, aber das hast du mir verboten. Also gehe ich doch wieder zu Mal, aus Höflichkeit. Ihm gegenüber und dir gegenüber.

»Oh«, sagt Mal, »was haben wir denn da?« Er wühlt in seiner Jackentasche und zieht einen kleinen Plastikbeutel heraus. »Hey, Mann, sieh mal!« Er grinst und wedelt vor meiner Nase damit herum.

»Was zur Hölle soll das sein?«

»Was glaubst du?«

Ich sehe genauer hin, es sieht nach feinem Puder aus, aber ich sage besser nichts, weil ich mich nicht lächerlich machen will.

»H«, sagt er.

~

Mals Auto.

Ist praktischer so.

Ich klettere auf die Rückbank hinter dem Fahrersitz. Mal klappt den Sitz zurück, klemmt mich ein. Ich spüre einen ersten Hauch von Klaustrophobie. Ich will hier raus, einfach nur raus, aber alle Ausgänge sind blockiert. Becca sitzt neben mir, Laura auf dem Beifahrersitz. Ich bin umzingelt, die Fenster beschlagen schnell. Keine Möglichkeit, sie zu öffnen. Keine Möglichkeit zu entkommen.

Komm, schnall dich an.

Die Reifen quietschen auf dem Asphalt, und wir rasen durch die Stadt. Mal rammt die Gänge rein und trampelt auf den Pedalen herum, wir werden vor und zurück und nach rechts und links geschubst, wie auf sein Kommando. Ich taste nach dem Gurt, kann mich aber nicht konzentrieren. Ich kann gar nichts mehr. Ich weiß nicht, welchen Anteil der Insulinmangel daran hat und welchen die Droge, aber ich komme langsam zu mir, und alles fühlt sich wieder vertraut an, allzu vertraut. Ich reiße noch einmal am Gurt, doch die Arretierung blockiert. Es ist zu anstrengend, zu kompliziert. Ich kann drauf verzichten.

Das Licht der Straßenlaternen färbt den Fahrersitz orange ein, fließt über die Kopfstütze, dann schiebt sich Schwarz darüber, dann kommt das Orange zurück, wieder und wieder, in schnellem Rhythmus.

Kannst du noch fahren?

Klar kann ich fahren.

Sicher?

Klar, Mann.

Ich werfe zaghaft einen Blick zu Becca rüber, sie lächelt mich an und nimmt meine Hand. Ich will ihr sagen, dass wir einen Plan brauchen, eine Ausrede, denn du bist nicht beim Praktikum, du bist zu Hause und sitzt am Schreibtisch und lernst, und ich werde eine Erklärung brauchen. Aber ich kann meine wild gewordenen Gedanken nicht zusammenhalten. Becca hält meine Hand. Sie streichelt mich beruhigend, zärtlich. Das ist angenehm, so angenehm.

Ich bin wieder draußen auf der Straße, in deiner Straße, jemand stützt mich. Die Häuserreihe zieht sich scheinbar endlos hin, ich setze einen Fuß vor den anderen, trete von einer Gehwegplatte auf die nächste. Manchmal kommt ein Hubbel, dann geht es leicht auf oder ab, und meine Knie werden weich. Laura und Becca sind da, sie stützen mich, aber da ist kein … Wo ist Mal?

Ich schwanke, Becca kramt nach ihren Haustürschlüsseln. Laura hält meinen Arm, aber ich spüre sie schwächer werden, unsicherer. Sie stützt mich immer weniger. Die Haustür wird aufgestoßen, der Türklopfer unter dem Briefkastenschlitz klappert vertraut.

»Schaffst du das alleine?«

Lauras Stimme, von rechts, und dann spüre ich, wie sie sich entfernt, die Straße hinabdriftet, zurück zu … zu Mal?

Und dann stehe ich in deinem Zimmer, da bist du. Hellwach, aufmerksam, vernünftig.

Du beugst dich über mich, legst die Stirn in Falten, musterst mich konzentriert.

»Tut mir leid.«

Sanftes Tageslicht. Das sichere Gefühl der Benommenheit am Morgen danach. Du bist so zärtlich und so rücksichtsvoll.

Ich habe das nicht verdient. Sieh dich an, du bist erschüttert.

»Kannst du dich an irgendwas erinnern?«, fragst du und setzt sich ans Fußende, um mir viel Platz zu lassen. »Becca hat sich ziemlich vage ausgedrückt.«

»Es war einfach nur dumm«, antworte ich. »Ich glaube, ich habe wieder mein Insulin vergessen. Dort auf deinem Schreibtisch. Wir waren in einem Club, und … Weißt du, ich habe mich ein bisschen komisch gefühlt, völlig überzuckert. Ich dachte, ich sitze das einfach aus.«

»Du hast dein Insulin vergessen – das war alles?«

»Dumm von mir«, sage ich.

»Aber warum hat Becca dich hergebracht? Ich dachte, du bist mit Mal und Laura unterwegs?«

Ich höre einen Unterton heraus, du siehst mir ein bisschen zu direkt in die Augen. Du scannst mich, du scannst mich ab.

»Ach so«, sage ich und spüre ein vages Schuldgefühl. »Ja, Becca war auch mit. Mal und Laura und Becca.«

Die Ereignisse des Vorabends sehe ich als Reihe von Standbildern vor mir, dazu höre ich Geräuschfetzen. Meine Glieder schmerzen, ich habe einen Piepton in den Ohren und in der Seele. Ich bin müde, aber in Alarmbereitschaft. In meinem Kopf Überreste des Rausches.

»Ist alles in Ordnung?«, fragst du.

Die fatale Frage.

»Ja, ja, alles prima«, sage ich.

»Sicher?«

»Klar.« Ich lächle schief.

Vielleicht wäre es besser, dir alles zu beichten. Ich spüre schon, wie meine Zungenspitze sich gegen den Gaumen drückt, loslegen will – aber was will ich dir sagen?

Du legst erwartungsvoll den Kopf schief, ziehst die Augenbrauen hoch.

Und los.

»Hör mal«, beginne ich, »ich muss dir etwas sagen …«

Und sofort wird dein Gesicht ganz ernst. Du siehst furchtbar aus, total verschreckt.

Nein, das ist ein schlechter Anfang. Ich muss es behutsamer angehen.

»Alles ist okay«, sage ich hastig, »es ist nichts Wichtiges, keine Sorge. Es ist nur … Es wäre schön, wenn ich offen mit dir reden könnte.«

»Nimmst du Drogen?«, fragst du unvermittelt. »Ich bin nicht blind. Deine Pupillen waren so groß wie Untertassen.«

»Es tut mir leid.«

Du siehst mich an und überlegst. »Du brauchst dich nicht bei mir zu entschuldigen. Ich bin nicht deine Mutter«, sagst du. »Warum hast du es mir nicht früher gesagt?«

»Na ja, ich weiß nicht. Es fällt mir schwer, darüber zu reden. Außerdem … Ich weiß auch nicht, ich hatte plötzlich Angst, weil …« Wieder zögere ich.

»Weil?«

»Na ja, wegen deinem Dad und dem ganzen Mist, den du seinetwegen durchgemacht hast. Außerdem bist du Krankenschwester.«

Ich füge das hastig hinzu, weil dein Gesicht sich, als ich deinen Dad erwähne, zu verzerren droht.

»Die Tatsache, dass du dir nicht regelmäßig Insulin spritzt«, sagst du, »macht die Krankenschwester sehr unglücklich.«

»Ja, ich weiß.«

Ich bin erleichtert zu sehen, dass du nicht mehr so besorgt aussiehst. Am Ende hast du vielleicht befürchtet, mein Geständnis hätte etwas mit Becca zu tun.

»Hör mal«, sagst du, »ich will ja nicht die Spaßbremse sein, und ich will dir auf gar keinen Fall Vorschriften machen. Dränge mich nicht in diese Rolle, Ivo, denn das würden wir nicht überstehen.«

»Ich weiß.«

»Aber du musst endlich anfangen, Verantwortung für dich zu übernehmen. Du bist nicht wie Mal und die anderen. So bist du einfach nicht. Ich habe das Gefühl, als hättest du dich von deinem Körper und von deinem Verstand losgesagt.«

Ich sitze da und spüre, wie meine Lügen Kreise ziehen. Vor allem mich selbst habe ich belogen. Du sitzt vor mir, du machst dir Gedanken um mich, und auf einmal bist du diejenige, die hier belogen wird. Seit meinem zwanzigsten Geburtstag vergesse ich immer wieder das Insulin, ein Mal täglich, fast täglich. Und ich nehme Drogen – nicht bloß Pillen. Muss ich alles beichten? Wie viel darf ich mir erlauben? Ich habe den Wunsch, dir alles zu erzählen, aber würde ich damit unsere Beziehung nicht vergiften?

»Was ist los?«, fragst du.

»Es war nicht nur gestern Nacht. Ich habe das schon öfter gemacht. Ziemlich oft sogar.«

»Das bezweifle ich nicht.« Du zuckst mit den Schultern. »Muss ich alles wissen?«

»Immer wieder, auch … Na ja, auch schon vor unserer Zeit. Hin und wieder.«

»Und seit wir zusammen sind?«

»Manchmal, am Wochenende. Wenn ich mich zu Hause gelangweilt habe und du Nachtdienst hattest oder dein Praktikum gemacht hast.«

»Und was hast du genommen? Pillen?«

Ich atme zittrig aus.

»Pillen. Ecstasy.« Ich winde mich, verziehe die Mundwinkel. »Manchmal auch Schnee.«

»Schnee? Was soll das sein? Kokain?«

»Kokain, ja.«

»Scheiße, Ivo! Kokain? Das hätte ich nie von dir gedacht.«

Ich sitze betreten da, während du mit Blicken ein Loch in die Matratze zwischen uns bohrst und versuchst, das alles zu verstehen.

»Kokain also«, sagst du.

Frag nicht. Bitte, frag nicht.

»Und mehr nicht? Du hast nicht … noch andere Sachen genommen.«

Das war keine Frage. Ich brauche nicht zu antworten. Es war keine Frage.

»*Heroin?*«, fragst du plötzlich, und der Schock verschlägt dir die Stimme. »Du lieber Gott, Ivo, ich kenne dich gar nicht. Heroin?«

Du schiebst die Decke beiseite, reißt ein paar Klamotten aus dem Schrank, zwängst dich in deine Jeans.

»Mia«, sage ich, »Mia, hör mal …«

»Nichts hat sich verändert. Gar nichts.«

Du versuchst, dir im Stehen eine Socke anzuziehen, schwankst, musst dich setzen. Ein Ruck geht durch die Matratze, als du dich fallen lässt.

»Ich weiß, du willst das jetzt nicht hören, Mia, aber ich bin immer noch derselbe.«

Du schiebst die Füße in deine Turnschuhe, zerrst wütend an der Zunge, stampfst auf, um ganz hineinzukommen.

»Ich habe nur … Ich habe mich gelangweilt, okay? Ich war gelangweilt und *einsam*. Du bist diejenige, die ständig bei der Arbeit ist.«

»Was soll das jetzt heißen? Dass es meine Schuld ist?«

»Nein, nein, das habe ich nicht gesagt …«

»Ich soll meine Ausbildung aufgeben und den ganzen Tag deine Hand halten, ist es das?«

Ich schließe die Augen und halte den Mund. Lasse die Anspannung versickern. Es hat keinen Sinn. Ich werde mich nicht wehren.

»Das ist ja so *dumm*«, sagst du. »Du bist Diabetiker! Was willst du denn dem Arzt sagen, wenn er dich zu deiner Vergangenheit befragt?«

Schweigen.

»Was, wenn du eines Tages eine Spenderniere brauchst? Denn so weit wird es kommen. Die werden dich ans Ende der Warteliste setzen! Die werden dich vielleicht *gar nicht* auf die Warteliste setzen. Mein Gott, wer bist du?«

»Ich wollte es dir sagen«, sage ich. »Ich habe das Zeug vielleicht drei Mal genommen. Nicht öfter. Und es wird nie wieder vorkommen. Ich höre auf damit.«

So, da hast du es. Da hast du: mich.

Mich, ganz und gar.

»Willst du nicht irgendetwas sagen?«, frage ich.

»Ich habe dir nichts zu sagen«, sagst du.

Und dann gehst du.

Ich richte den Scanner auf den Dünger, den der Kunde sich ausgesucht hat, sehe das rote Laserlicht über den Barcode huschen. Es piept.

»Das macht dann vierundfünfzig sechsundachtzig«, sage ich, und die vertrauten Worte fühlen sich gut auf meiner Zunge an. »Wenn Sie dann bitte die Karte in den Kartenleser stecken und Ihre Geheimzahl eingeben würden.«

Der alte Mann kneift die Augen zusammen, tippt die PIN ein. Sie lautet 1593. Wir warten, ich werfe einen Blick zu Laura, Mal und Becca hinüber, die in der Nähe der Kasse herumlungern. Ich musste sie bitten, mich bei der Arbeit zu besuchen. Ich habe schon wieder mein Insulin vergessen.

Der Drucker rattert und spuckt die Quittung aus, ich falte sie zusammen und gebe sie dem alten Mann, zusammen mit der Karte. Er steckt sie ein und schiebt den schweren Einkaufswagen weg.

»Du kannst nicht vierundzwanzig Stunden am Tag arbeiten«, sagt Laura und kommt an die Kasse zurück.

»Tue ich doch gar nicht«, sage ich leise. »Ich will mich einfach nur ablenken. Ich brauche was zu tun. Ich brauche Geld.«

Dieser Tage habe ich kaum die Kraft, in einer normalen Lautstärke zu sprechen. Ich hänge den Scanner in die Halterung zurück.

»Hast du mit ihr geredet?«

»Am Telefon.«

»Und was hat sie gesagt?«

»Sie hat gesagt, sie muss sich auf die Prüfungen vorbereiten, das ist jetzt das Wichtigste für sie. Sie will mich nicht sehen.«

»Meinst du, das war es jetzt?«

»Klingt danach, oder?«, sagt Mal.

»Ich würde mal sagen, zu neunundneunzig Komma neun Prozent«, sage ich unglücklich.

Eine Kundin nähert sich, Laura, Mal und Becca treten zurück und lassen sie durch.

Zu arbeiten tut mir gut. Zum Glück darf ich Überstunden machen, und zum Glück arbeite ich schon so lange hier, dass die Kollegen das Verhaltensmuster durchschauen. Wenn ich um Überstunden bitte, bekomme ich welche, und niemand fragt nach.

Ich bin dankbar.

»Ich verstehe ihr Problem nicht«, sagt Laura, als die Kundin außer Hörweite ist. »Warum will sie dich kontrollieren?«

»Will sie doch gar nicht«, antworte ich. »Es ist kompliziert.«

»Warum?«, fragt Laura.

»Ich möchte nicht darüber reden. Das ist privat.«

»Komm schon, erzähl es uns. Wir werden ihr nichts sagen. Werden wir nicht, oder, Becca?«

Becca zuckt mit den Schultern. »Ich habe nichts damit zu tun.«

»Hier geht es um Vertrauen. Seht mal, ihr Dad war Alkoholiker, er hat die Familie kaputt gemacht, und …«

»Aber das ist doch etwas vollkommen anderes«, sagt Laura. »Du bist kein Alkoholiker, oder? Ich sehe nicht ein, wieso du für etwas geradestehen sollst, was ihr Vater verbockt hat.«

Ich schließe die Augen und versuche, ruhig zu bleiben. Doch es fällt mir schwer, so schwer. Sie will es einfach nicht verstehen. Ich möchte nicht darüber reden. Ich bete, dass der nächste Kunde kommt.

»Und überhaupt, hat sie denn noch nie im Leben einen Fehler gemacht?«

»Sie ist ein nettes Mädchen«, sagt Becca, »aber vielleicht ist sie einfach nicht die Richtige für dich. Steht um vier Uhr morgens auf, um die Stadt zu dekorieren. Also echt, ich finde das ein bisschen …« Sie rümpft die Nase.

Ich sage nichts. Mir fehlen die Worte, ich versuche zu verbergen, dass ich die Tränen runterschlucken muss. Ich räuspere mich geräuschvoll und schnaube wie ein Pferd. Ich grinse Becca breit und freudlos an.

Becca runzelt mitfühlend die Stirn und nimmt meine Hand und drückt sie. »Harte Zeit.«

Ich kneife die Lippen zusammen, nicke.

»Im Ernst, Ivo, wenn du mich fragst, bist du ohne sie besser dran«, sagt Laura. »Leute wie Mia … Ich meine, sie ist nett und alles, aber sie will jemanden aus dir machen, der du einfach nicht bist, sie will, dass du dich ihrem Lebensstil anpasst, verstehst du? Du solltest so leben, wie es *dir* gefällt.«

Ich nicke, lächle, und am Ende ist es Becca, die mich versteht.

»Komm«, sagt sie zu Laura, »ich brauche noch ein paar Schnittblumen.«

»Da hinten, gleich neben den Wasserpflanzen«, sage ich.

Sie gehen los, nur Mal bleibt da. Ein Pärchen nähert sich der Kasse.

»Und, wo willst du jetzt hin?«, fragt er. »Zurück ins Hotel Mama?«

»Ach, keine Ahnung«, antworte ich.

Auf einmal schäme ich mich dafür, so traurig zu sein.

»Hör mal, ich habe mir überlegt, mir eine eigene Wohnung zu suchen«, sagt er. »Aber das bleibt zwischen uns, ja?«

»Wirklich? Was ist mit Laura?«

»Laura hat ihre Wohnung, ich wollte eigentlich nie dauerhaft bei ihr wohnen, ich bin nur bislang nicht dazu gekommen, mir was Eigenes zu suchen. Wir könnten zusammenziehen. Uns eine große Wohnung leisten, wenn wir zusammenschmeißen. Was denkst du?«

Mein Bauchgefühl schreit Nein. Ich kann die Vorstellung von dir und mir nicht loslassen. Du und ich, zusammen in einer Wohnung. Wenn ich mit Mal zusammenziehe, habe ich dich für immer verloren. Das würdest du mir nie verzeihen.

»Hör mal, ich will ja jetzt nichts Falsches sagen, aber«, Mal streckt die Hand nach dem Scanner aus und fängt an, wahllos Objekte ins Visier zu nehmen, »alles im Leben hat auch seine guten Seiten, verstehst du? Jetzt kannst du wenigstens wieder frei entscheiden.«

»Ja.«

Meine Stimme klingt tot.

»Wir könnten tun und lassen, was wir wollen. Wir könnten uns einen riesigen Fernseher anschaffen und neue Spielkonsolen. Und Turniere spielen, Mann. Ein bisschen was rauchen, Pizza bestellen, Bier trinken. Vielleicht Kelvin einladen.«

»Ich lasse es mir durch den Kopf gehen, okay?«

»Okay, ja. Ich schaue mich mal nach Wohnungen um.«

»Ja. Tu das.«

~

Die Außenleuchte springt an. Der Garten wird mir entgegengeschleudert.

Oder habe ich einfach nur die Augen geöffnet?

Ich weiß es nicht, nicht genau.

»Alles in Ordnung, mein Lieber?« Sheila ist sofort da.

»Hmm«, sage ich und reibe mir die Augen, »ich will nicht derjenige sein, der sich über das Licht beschwert …«

»Ich weiß, ich weiß. Es tut mir so leid. Die Handwerker kommen morgen oder übermorgen, sie haben gesagt, sie bleiben, bis das Problem gelöst ist.«

Ich runzle die Stirn, reibe mir über die Bartstoppeln. »Hast du draußen auf dem Flur gewartet?«

»Wie bitte?«

»Du warst sofort da.«

»Ja, ich stehe den ganzen Tag vor deinem Zimmer Wache, mein Schatz. Zufällig stehen da draußen auch die Kekse.«

Jugularvene

»ES GIBT EINE Möglichkeit«, sagt Mal. »Doch, wirklich, man kann einen Menschen einfach so umbringen. Man muss nur die richtigen Druckpunkte kennen.« Er packt Kelvin bei der Gurgel. »Es hat mit der Jugularvene zu tun.«

Kelvin schüttelt sich. »Mann, lass das!« Er will sich befreien.

Mal drückt noch fester zu: »Irgendwo hier.«

Kelvin glaubt jetzt, er müsste tatsächlich sterben. »Lass das!«

Ich höre die Panik in seiner Stimme.

Mal lässt los, Kelvin weicht zurück und untersucht seinen Hals.

»Verdammte Scheiße, sieh dir das an!« An Kelvins Hals und Schulter treten rote Fingerabdrücke hervor.

»Siehst du?«, sagt Mal. »Irgendwo da.«

~

Das Sauggeräusch der Brandschutztür, ich höre Sheilas Schritte.

»Soso«, sagt sie.

»Was ist denn?«

»Nichts Besonderes. Du hattest einen Besucher. Der Mann, der mit deiner Schwester hier war.«

»Kelvin?«

»Genau.«

»Ich will ihn nicht sehen.«

»Keine Angst, ich habe ihn weggeschickt. Er war nicht allzu überrascht. Er hat kaum Widerstand geleistet.«

Ich schlage mir die Hände vors Gesicht. »Ich will das nicht, ich kann das jetzt nicht gebrauchen.«

»Komm schon, du brauchst keine Angst zu haben. Wirklich nicht.«

Sie kommt näher und setzt sich auf die Bettkante. Zu meiner Überraschung ergreift sie meine Hand. Ich frage mich kurz, ob so etwas überhaupt noch erlaubt ist. Es fühlt sich angenehm an. Sie streichelt zärtlich meinen Handrücken, ihre Ringe klackern gegeneinander. Sie erinnert mich an eine Zigeunerin. Ihre Augen blitzen. »In Panik auszubrechen ist nicht gut für dich«, sagt sie sanft. »Das hast du doch selbst gesagt, oder? Du weißt es selbst.«

Ich nicke. Runzle die Stirn und versuche, mich zu beruhigen.

Alles geht mir so nah.

»Sheila, darf ich dir etwas sagen?«

»Was immer du willst, mein Lieber. Was immer du willst.«

Ich schniefe und hickse wie ein kleines Kind, das nach seiner Mutter weint.

»Ich kann nicht loslassen«, sage ich.

»Wie meinst du das?«

»Ich versuche, es loszulassen, alles, was mir Angst macht. Aber es geht nicht. Es kommt immer wieder zurück.«

Sie streichelt meine Hand, ganz sanft.

»Es drängt sich mir immer wieder auf, sogar wenn ich dieses blöde Spiel spiele. Es drängt sich mir auf, egal, bei welchem Körperteil ich bin. Jeder Teil von mir will dieselbe Geschichte erzählen. Als wäre es mir vorherbestimmt.«

So zu denken ist doch verrückt.

Und peinlich.

Aber möglicherweise ist es die Wahrheit?

Sheila sieht mich an, sie ist kein bisschen peinlich berührt und ganz ruhig und gefasst. »Ich weiß, mein Lieber, ich weiß. Ich kann es sehen. Und du willst wirklich nicht darüber sprechen? Mir davon erzählen? Ich habe immer ein offenes Ohr für dich.«

Sie legt sich die Zeigefinger hinter die Ohren und schiebt die Ohrmuscheln vor.

Albern.

Alberne Frau.

»Hör mal«, sagt sie, »ich weise dich nur ungern darauf hin, aber bei deinen ganzen Problemen würde es dir möglicherweise sehr guttun … Na ja, ich weiß ja nicht, ob du immer noch so fest entschlossen bist, das Morphium abzulehnen …?«

»Ach, ich weiß gar nichts mehr.«

»Oder, wenn du nicht damit anfangen willst, könnten eine kleine Massage und ein bisschen Bewegung das Richtige für dich sein?«

»Hm.«

»Nicht zu anstrengend, nur ein bisschen, um dich abzulenken. Wir haben hier eine Mitarbeiterin, die sich um dich kümmern würde, sie heißt Karen. Du wirst sie mögen, sie ist sehr nett. Wenn du möchtest, vereinbare ich einen Termin? Ich fände es gut, wenn du dein Bett öfter verlassen würdest.«

»Hm.«

»Oder du sprichst mit der Reiki-Heilerin? Manchen Patienten tut das sehr gut. Sie könnte mal vorbeischauen und deine Chakren ausgleichen.«

Sie gibt sich größte Mühe, das ernst auszusprechen; ich glaube, dass sie es eigentlich für Blödsinn hält. Ich schüttele den Kopf, nein, danke.

»Na ja, wäre wohl nicht das Richtige für dich.«

Ich muss lächeln.

»Ehrlich. Du solltest so viel Hilfe in Anspruch nehmen, wie du kannst. Ich sage das nicht, weil ich dich abschieben will, aber du solltest dir wirklich helfen lassen.«

»Hm.«

»Versprich mir, wenigstens drüber nachzudenken.«

»Okay.«

»Versprochen?«

»Versprochen.«

Kreatinin

ICH HABE DEN Anruf vor mir hergeschoben, solange ich konnte.

An die fünfzig Mal habe ich heute zum Handy gegriffen und es dann wieder weggelegt, ohne eine einzige Ziffer einzutippen.

Jetzt habe ich alle Ziffern eingetippt und höre es klingeln.

Sechs Wochen und vier Tage ist unsere Trennung nun her, und wir haben wie oft telefoniert? Vier Mal? Und jedes Mal lief es auf dasselbe raus. Du brauchst Abstand. Du weißt nicht, wie viel du noch investieren kannst. Du musst dich auf die Prüfungen konzentrieren. Du weißt nicht, ob du nebenher noch eine Beziehung führen kannst.

»Ich habe viele Frauen in meinem Ausbildungsgang, die sich von ihrem Partner getrennt haben«, hast du gesagt. »Manchmal denke ich, Pflege und Privatleben, das passt nicht zusammen.«

Bei jedem Telefonat hatte ich eine zugeschnürte Kehle und ein bleischweres Herz.

Ich habe gefragt: »Kannst du mir sagen, dass es für uns absolut keine Hoffnung mehr gibt? Nie wieder?«

Und dann war da jedes Mal nur ein Rauschen in der Leitung. Du warst nicht fähig, uns den Todesstoß zu versetzen.

Ich hatte immer einen Funken Hoffnung.

Einen winzigen Funken, und jetzt bin ich dabei, ihn zu ersticken.

»Hallo?«

Diese herzzerreißende Wärme in deiner Stimme. Offenbar freust du dich doch ein bisschen, meinen Namen auf dem Display zu sehen.

»Hallo«, sage ich, und dann merke ich, dass ich mir keinen Plan zurechtgelegt habe. Was soll ich bloß sagen? »Es … es tut mir leid, schon wieder anzurufen.«

»Nein, ist doch schön, von dir zu hören.«

»Wie geht es dir?«

»Na ja, wenn ich ehrlich bin, nicht so gut. Ich stehe kurz vor der Abschlussprüfung, ich habe noch so viel zu lernen und weiß nicht, wo mir der Kopf steht. Eine schreckliche Kombination.«

»Das hat wohl nie ein Ende«, sage ich.

»Aber ich mache gern eine kleine Pause. Ich hatte schon gehofft, dass du anrufst.«

Oh. Bitte, sei nicht so höflich. Bitte nicht. Ich bin kurz davor, es zu schaffen, da brauche ich keine Nettigkeiten.

»Hör mal«, sage ich, »ich … ich wollte dir etwas sagen, aber ich bin mir nicht sicher …«

»Ja?«

»Ich habe … ich habe Neuigkeiten von meinem Arzt.«

»Oh nein! Was ist denn?«

Denk nach. Ich muss schneller auf den Punkt kommen, sonst denkst du noch, ich läge im Sterben. Dann wiederum bin ich mir plötzlich nicht mehr sicher. Liege ich im Sterben?

»In der letzten Zeit habe ich versucht, mein Leben auf die Reihe zu kriegen, du weißt schon, und ich bin zu ein paar

Kontrolluntersuchungen gegangen. Ich wurde an einen Nierenspezialisten überwiesen.«

»Oh Gott.«

»Ich war heute Morgen da.«

»Und?«

»Er hat gesagt, mein Kreatininwert sei zu hoch. In meinem Blut.«

Schweigen. Fast fürchte ich, du könntest auflegen.

Du könntest sagen: *Geschieht dir recht.*

Oder: *Ich habe es doch gewusst.*

Aber du sagst: »Mist.«

»Er sagt, meine Symptome deuten auf Nierenversagen hin.«

»Scheiße.«

»Ja.«

»Warum hast du mir nichts davon erzählt? Ich hätte dich begleitet. Was …«

»Tut mir leid, dass ich anrufe, ich war … ich war so ein Arsch. Du bist die Einzige, mit der ich darüber reden kann. Außerdem bist du Krankenschwester, da dachte ich, vielleicht weißt du irgendetwas darüber.«

Du seufzt schwer. Du wirkst viel erschreckter, als ich vermutet hätte. Inmitten des Aschehaufens fangen die letzten Bröckchen Glut zu leuchten an.

»Ich weiß auch nicht«, sagst du. »Wie aussagekräftig ist das Testergebnis? Haben die dich einen Tag lang beobachtet?«

»Er sprach von chronischem Nierenversagen im zweiten Stadium.«

»Ivo, warum hast du nichts gesagt? Das muss doch schrecklich für dich sein!«

»Ich dachte, vielleicht willst du es gar nicht wissen. Du hast gesagt, du willst nicht noch einmal mitansehen, wie jemand sich zugrunde richtet.«

»Wie kommst du denn auf so etwas?«

»Nierenversagen. Genau das hast du gesagt.«

»Ich würde dich niemals im Stich lassen«, sagst du. »Komm, das weißt du doch!«

Ich seufze. »Ich weiß nichts mehr.«

»Hör mal«, sagst du in deinem unvergleichlichen Pragmatismus, »über Nierenversagen habe ich mir jede Menge Aufzeichnungen gemacht. Ich werde sie raussuchen. Vielleicht finde ich ein paar Broschüren, die ich dir schicken kann.«

»Danke«, sage ich, gerührt von deiner Fürsorge. »Ich … ich möchte dich wirklich …«

»Um Verzeihung bitten, schon klar«, sagst du.

~

»Okay, mein Lieber, bitte sehr.« Sheila hat eine Flasche und einen Löffel dabei. »Da ist doch nichts dabei. Ich messe dir eine Dosis ab«, sie schwenkt den Löffel, »und dann schluckst du es einfach runter wie Hustensaft, ja?«

Ich habe Angst. Ich sehne mich nach deiner Umarmung. Wo ist meine Decke? Ich brauche meine Decke.

»Du wirst den Effekt mehr oder weniger sofort spüren. Okay? Wenn die Lokalnachrichten laufen, fühlst du dich schon viel besser.«

»Das Zeug sollte jeder einnehmen, bevor er sich die Lokalnachrichten antut«, sage ich mit einem müden Lächeln.

Sheila lacht.

Ich wünschte … ich wünschte, du könntest mir einen Rat

geben. Tue ich das Richtige? Wenn ich jetzt damit anfange, gibt es kein Zurück mehr.

Hol meine Decke. Sie liegt im Schrank, oder?

Ich möchte Sheila um die Decke bitten. Ich könnte sie einfach fragen. Ich bin mir nicht mehr sicher. Aber die Ärzte können mir auch nicht helfen, oder? Sie dürfen einem keine Ratschläge geben. Man muss es selbst entscheiden.

Meine Gesundheit in deinen Händen.

Ich bin ja hier nicht derjenige, der sieben Jahre medizinische Ausbildung hinter sich hat.

»Ich weiß auch nicht«, sage ich.

»Was ist denn?«

»Ich weiß nicht, ob ich das wirklich möchte. Was meinst du? Sollte ich es nehmen?«

»Ja«, sagt sie lächelnd. »Ich an deiner Stelle würde alles nehmen, was hilft.«

Oh. Sie darf mir sagen, was ich tun soll.

Darf sie das?

»Ich … ich habe einfach nur Angst, abhängig zu werden. Ich weiß, wie albern das klingt. Aber ich war mal abhängig oder so ähnlich. Ich meine, warum muss ich die Entscheidung allein treffen? Hier sind doch« – atmen! – »lauter Leute, die besser Bescheid wissen als ich, aber alle sagen nur: Das musst du selbst entscheiden.«

Sie hält kurz inne, setzt sich bedächtig in den Besuchersessel, gibt mir alle Zeit der Welt.

»Also. Hier wird dich niemand zu irgendwas zwingen. Nicht ich, nicht Dr. Sood. Aber ich habe schon viele Leute durchmachen sehen, was du gerade durchmachst. Tag für Tag. Ich möchte nicht, dass du leidest.«

»Nein.«

»Und die Konzentration ist wirklich nicht stark. Es wird dir die Angst nehmen. Und die Symptome lindern. Die Gedankenspirale unterbrechen. Dir Raum zum Durchatmen geben.«

»Ja.«

»Wir lassen uns Zeit, okay? Soll ich dir deine Decke holen?«

»Ja.«

»Sie ist im Schrank, oder?«

»Ja.«

Sie holt die Decke aus dem Schrank und hilft mir, sie um die Schultern zu legen. Ich schiebe meine Fingerspitzen durch die Maschen.

»Ich sage dir was. Wir machen einen Deal. Du nimmst das jetzt, und ich verspreche dir, dass es dir bis zum Abend wesentlich besser gehen wird. Ich verspreche dir, heute Abend wiederzukommen, und wenn du dann nichts mehr davon willst, werde ich es dir nie wieder aufdrängen, okay? Ich gebe dir mein Ehrenwort.«

»Okay.«

Okay.

»Bist du bereit?«

Sie nimmt die Flasche, gießt etwas Flüssigkeit auf den Löffel und reicht ihn mir.

»Runter damit.«

Runter damit.

Krumme Finger in den Maschen. Ich spüre jede einzelne.

»Und zum Nachspülen einen Schluck Tee. Gegen den Geschmack. Bitte sehr.«

Ich trinke.

Die Tasse landet mit einem Klirren auf der Untertasse.

»Alles gut?«

»Ja.«

»Okay. Kann ich noch irgendetwas für dich tun? Dein Wunsch ist mir Befehl.«

»Nein. Danke.«

Lippen

DEINE LIPPEN. DEINE köstlichen Küsse.

Ach, wenn ich an deine Lippen denke.

Ich liege hier und würde gerne daran denken, aber … es ist unmöglich.

Deine perfekte Schnute.

Ich wage nicht, auch nur daran zu denken.

Ich schaffe es nicht, an deine … an deine Küsse zu denken …

Nein.

~

Ich sollte es anders angehen. Lippen. Wie war der erste Kuss?

Den ersten Kuss habe ich von Grandma und Granddad bekommen. Mein Großvater hat immer gesabbert und nach Bier gerochen. Laura hat sich geekelt. Ich weiß noch, wie sie bei jeder Begrüßung vor ihm zurückgeschreckt ist. Ich hingegen mochte diesen schalen Biergeruch. Ich fand ihn angenehm fruchtig.

Nur den Küssen meiner Großmutter wollte ich entkommen. Sie hatte dünne, trockene Lippen, kalt und weich wie toter Fisch, Geisterküsse. Das Schlimmste war diese eine Borste irgendwo an ihrer Oberlippe, leicht links. Wahrscheinlich hat sie sie regelmäßig ausgezupft, aber wann immer ich sie küssen musste, habe ich die piksende Borste gespürt wie einen leichten Stromstoß.

Heute kann ich nicht glauben, mit welcher Fassung sie es jedes Mal ertragen hat, wenn ihr Enkel jammerte und heulte. *Sie hat einen Stachel am Mund, der tut weh!*

Was haben die alten Leute nicht alles zu ertragen.

Mein erster richtiger Kuss: Nicola Peterson.

Vierzehn Jahre alt, wir waren draußen auf dem Fußballplatz, weit entfernt von den anderen.

Wie sie sich auf mich gestürzt hat! Da kam diese riesige Futterluke auf mich zu. Als wüsste ich, was zu tun wäre. Am Anfang hatte ich Angst, alles falsch zu machen, niemand erklärt einem, wie man richtig küsst. Wie sollte ich es anfangen? Letztendlich ist es wohl learning by doing.

Ich hatte *Angst* vor ihr. Das ist doch nicht normal, oder?

Kelvin fand es zum Totlachen, aber er hatte auch noch nie jemanden geküsst.

Danach kamen noch vier oder fünf andere, mit einigen davon habe ich es bis zum Schluss durchgezogen, ich habe meine Unschuld fröhlich und gedankenlos an irgendwen verloren, aber du warst diejenige, die mir gezeigt hat, was ein Kuss bedeuten kann.

Nein.

Nein, es geht nicht. Ich komme nicht heran. Ich habe zu viel Angst. Am Ende kommt alles hoch, und das wäre zu viel. Viel zu viel.

~

Die Kavallerie kommt angeritten.

Ich wage mich ins Schlafzimmer meiner Mum, eigentlich ist es tabu, sie sitzt auf der Bettkante und starrt in den Spiegel, die Schminkutensilien liegen um sie herum verteilt auf dem Bett wie Granatsplitter.

Vor zwanzig Minuten hat Laura die Haustür von außen zugeknallt. Mum wirkt immer noch traurig.

Sie entdeckt mich – »Hey, Kleiner!« – und zwingt sich zu lächeln, hält es aber nicht lange durch, obwohl ich zurücklächele.

Sie ist sehr traurig.

Sie zieht die Kappe vom Lippenstift, dreht den Wachsstift heraus und zielt auf ihren Mund. Aber dann seufzt sie auf und lässt die Hand sinken.

Instinktiv beuge ich mich vor und greife nach dem Lippenstift. Sie verbietet es mir nicht.

Dieser köstliche Duft. Einer meiner Lieblingsdüfte.

Ich hebe den Arm, sie dreht gehorsam den Kopf. Ich fange mit der Oberlippe an, mache mit der Unterlippe weiter, so, wie ich es an praktisch jedem Morgen meiner Kindheit gesehen habe. Und wie bei jeder Zeichnung meiner Kindheit male ich über die Ränder.

Ich weiß, dass ich über die Ränder gemalt habe, aber ich mache weiter. Mum hält das Gesicht still, sie hält still, bis ich ihr einen breiten Lachmund aufgemalt habe, fast bis zu den Ohren. Ich drücke den Lippenstift fest auf und verschiebe ihre Haut, mache mir Sorgen, ich könnte ihr wehtun, aber sie rührt sich nicht, und das ist mir Ansporn genug.

Ich drehe den Stift wieder ein und setze vorsichtig die Kappe auf. Sie dreht sich um und betrachtet ihr Gesicht im Spiegel.

Sie lächelt, ein kleines Lächeln inmitten eines großen.

Man kann lächeln, obwohl man weint.

~

In der Stockfinsternis spüre ich fremde Lippen auf meinen. Das ist nicht dein Mund. Das ist anders. Die Lippen öffnen sich, ich gebe nach, eine Zunge schiebt sich herein …

Nein. Nein. Ich darf nicht daran denken.

~

»Ist alles in Ordnung?«

Sheila, Türrahmen.

Ihre Stimme ist wie … wie ein Radio, das vor sich hin dudelt, während ich eindöse.

Nur klarer, schärfer.

»Wie geht es dir?«

Sie spricht auch langsamer als sonst.

»Gut«, sage ich.

»Okay, dann komme ich später wieder. Du hast ja den Knopf, wenn du irgendetwas brauchst.«

Ich sehe den Knopf. Da liegt er, hat sich auf meine Bettdecke geschlängelt. Wie nett.

»Ich habe meinen Knopf.«

»Genau, mein Lieber.«

Sie ist nicht mehr da.

Hat es geklappt? Ich glaube, das Morphium wirkt schon.

Es ist, als säße ich auf der Rückbank eines Autos, die Stimmen und die Musik aus dem Radio und das Ruckeln wiegen mich in den Schlaf.

Muskeln

»AM MEISTEN SORGE bereitet uns der Muskelabbau«, sagt der Pfleger zu deiner Mum.

Die Plastikmaske hat Spuren auf deinem Gesicht hinterlassen.

Ans Bett gefesselt. Das Gerät atmet aus, du atmest ein, *klick*, ein, du aus.

Ein Beatmungsgerät ist kein Körperteil, auf keinen Fall.

Hirnverbrannt.

Seit zwei Tagen sitzen wir jetzt an deinem Bett. Das Gerät atmet aus, du atmest ein, *klick*, es aus, du ein.

»Wir können nur hoffen, dass sie bald wieder selbstständig atmet. Das Problem ist, dass das Gerät die ganze Arbeit übernimmt und die Muskeln, die sie zum Atmen benötigt, immer schwächer werden.«

Nein. *Nein*.

Die bittere, böse Erinnerung.

~

So wird es der armen Amber jetzt ergehen. Die Erinnerung an ihre Mum im Hospizbett wird sich in ihr Hirn einbrennen. Wie die blendenden Strahlen einer dunklen Sonne, die auf der Netzhaut verbleiben.

Ich habe über ein Jahr gebraucht, um diese letzten Bilder von dir wegzublinzeln, und sei es nur für ein paar Sekunden.

Nase

DER BUNTSTIFT IN der ersten Klasse.

Nur deswegen weiß ich das noch.

Er war auf die Größe einer Bohne zusammengeschrumpft, ich habe ihn mir in die Nase gesteckt und überrascht festgestellt, dass er dort blieb. Ich habe es nicht geschafft, ihn mit Daumen und Zeigefinger zu fassen zu kriegen, geschweige denn herauszuziehen. Ich schob ihn höchstens noch weiter hinauf.

Ich wurde nicht panisch.

Ich blieb sitzen, betrachtete die eckige Katze, die ich eben gemalt hatte, und rümpfte immer wieder übertrieben die Nase. Selbst da wusste ich schon, dass es das Beste wäre, sich nichts anmerken zu lassen. Auf gar keinen Fall würde ich um Hilfe bitten. Ich suchte mir einfach eine neue Farbe und malte weiter, den bohnengroßen Buntstiftrest in der Nase. Für den Rest des Nachmittags.

Und dann eine geniale Idee: Ich könnte von oben auf meine Nase drücken und den Stift rausmassieren.

Drücken.

Plopp

Klapper

Ich schaue nach unten, da liegt er auf dem Tisch.

Dieser Moment der perfekten Harmonie zwischen Denken und Handeln – vielmehr zwischen meiner Überlegung, den Stift ohne die Hilfe eines Erwachsenen aus meiner Nase zu entfernen, und dem darauf folgenden Versuch – war in intellektueller Hinsicht der absolute Höhepunkt meines Lebens.

~

Auf einmal sind meine Augen geöffnet. Warum?

Tageslicht. Tag.

Hinter dem Fenster, von reflektiertem Sonnenlicht gestreift: das Gesicht eines Mannes. Er starrt herein.

Ungekämmt, unrasiert.

Das Gesicht eines Mannes mit kastanienbrauner Jacke und gelber Stickerei auf der Brusttasche …

Und dann ist er weg.

Was …?

Ich frage mich, ob …

Das war eindeutig …

Drück den Knopf. Jetzt. Drück, bis es *klick* macht.

Mein Herz macht einen Satz. Es liegt in meinem Brustkorb und schlägt wie wild.

Draußen auf dem Flur Schritte. Sheila.

»Ja, was ist denn? Ist alles in Ordnung?«

»Da …« Ich zeige auf das Fenster.

»Wie bitte?«

»Da … da! Da war ein Gesicht.«

Endlich tritt sie ans Fenster, öffnet es.

Da war definitiv ein Gesicht.

Ich habe es mir nicht eingebildet. Ich halluziniere nicht. Wenn das eine Halluzination war, war sie sehr lebendig.

Nein. Sheila wird … ich weiß es … sie wird sich umdrehen und sagen, da sei niemand.

»He, Sie!«

Ihre Stimme verliert sich draußen auf dem Rasen. Sie brüllt etwas, und da ist er wieder: der Mann. Von rechts erscheint er im Fensterrahmen. Mit Trotz in der Stimme versucht er, sich zu erklären.

Wer zum Teufel ist das?

Ich kann nichts erkennen.

Er sieht Sheila an wie ein Schüler, der getadelt wird. Ich nehme nur den beschwichtigenden Tonfall wahr, in dem er sich zu rechtfertigen versucht. Er wusste nicht, dass er etwas Verbotenes getan hat, das soll der Tonfall sagen, es war nicht seine Schuld, es war die Schuld eines anderen, er hat lediglich getan, was ihm befohlen wurde, und überhaupt, was war falsch daran?

Sheila spricht mit ruhiger Stimme. Ich schnappe ein paar Fetzen auf. *Die Patienten hier … in kritischem Zustand … wie fänden Sie das denn?* Phrasen mit hohem Wiedererkennungswert.

Der Mann tritt ergeben den Rückzug an, Sheila macht das Fenster wieder zu.

»Diese Vollidioten«, schimpft sie. »Das waren wieder die Clowns von der Handwerkerfirma. Ich hatte ihnen gesagt, sie sollen sich wie jeder andere auch am Empfang anmelden, aber inzwischen meinen die wohl, sie könnten sich alles erlauben. Ist alles in Ordnung?«

»Nein, irgendwie nicht«, sage ich und taste nach der Sauerstoffmaske.

»Tut mir leid«, sagt sie und kommt an mein Bett, um mir zu helfen.

»Jeder kommt hier rein. Das hätte jeder sein können.«

»Nein, nein. Ich weiß, was du denkst«, sagt sie, »aber das stimmt nicht. Man braucht eine spezielle Genehmigung, um durchs Tor zu kommen. Hier bist du sicher, glaub es mir. Die wurden alle überprüft. Er wollte bloß eine Abkürzung nehmen, das ist alles.« Sie kneift die Lippen zusammen, sieht mich an. »Komm, wir bringen dich auf die Spur zurück. Du weißt, wie wichtig das ist.«

Ich schließe die Augen, atme ein paarmal ein.

»Es geht nicht. Ich schaffe das nicht. Ich brauche Hilfe.«

~

Ein lautes Knacken lässt mich aufschrecken, die Lautsprecher unter der Decke des Baurice-Hartson-Zimmers ziehen meine Aufmerksamkeit auf sich. Asiatisch anmutende Entspannungsmusik schallt heraus. Karen beeilt sich, die Lautstärke auf ein angemessen esoterisches Level zu dämpfen.

»Für eine angenehme Atmosphäre«, sagt sie und lächelt mich an.

Sie hat ein hübsches Lächeln. Ihr Akzent ist ein bisschen abgehackt. Nicht ganz englisch, aber fast. Sie spricht alle S'e scharf aus, selbst die weichen. Ihre O's sind seltsam deformiert. Es klingt niedlich. Ich bekomme eine schwedische Massage – wahrscheinlich stammt Karen aus Schweden …

»Wenn Sie dann bitte das Pyjamaoberteil ausziehen würden. Ich werde Ihre Brust mit Öl einreiben, das befreit die Bronchien und erleichtert das Atmen. Sheila hat mir erzählt, Sie haben Atemprobleme?«

»Ja«, sage ich und knöpfe meinen Pyjama auf.

»Eine Massage wird Ihrer Lunge guttun.«

Ich nicke.

»Ich mache die mal besser zu …«

Sie tritt zwei, drei Mal gegen den Gummitürstopper, und die Tür fällt ins Schloss.

»Na also«, sagt sie und hilft mir aus dem Oberteil. »Sie sind hoffentlich nicht so prüde wie die anderen Engländer?«

»Äh … Nein, ich glaube nicht.«

»Ich freue mich, das zu hören. Ihr Engländer seid immer so prüde.«

»Wirklich?«

»Ja, so etepetete. Eure Frauen kommen im Badeanzug in die Sauna. Das ist sehr unhygienisch.«

Es klingt, als wollte sie mit mir schimpfen, aber sie lächelt immer noch. Ich kann ihre Signale nicht deuten.

»Ein Körper ist ein Körper. Warum sollte man sich dafür schämen?«

Ich strecke mich auf der Liege aus und versuche, alles andere als prüde zu wirken.

»Also, ich wärme das Öl jetzt in meinen Händen an, damit Sie sich nicht erschrecken. Soll ich jetzt anfangen?«

»Klar.«

Mit sicheren, festen Bewegungen verteilt sie das Öl auf meiner Brust. Sie hat das bestimmt schon oft gemacht, ich aber nicht. Auf das Gefühl war ich nicht vorbereitet. Auf den Kontakt. Ich schließe die Augen, spüre nur noch ihre handförmigen Abdrücke auf meiner Haut, die sich mal in diese, mal in jene Richtung verschieben. Ich spüre ein elektrisierendes Kribbeln, alle Nervenenden zittern, wann wurde ich zuletzt so berührt? Vor geschlagenen zehn Jahren. Das Gefühl war so tief vergraben, dass ich es fast schon vergessen hatte. Ganz tief unten in uneinsehbaren, stummen Tiefen haben nur meine Muskeln die Erinnerung abgespeichert. Körperliche, gedankenlose, unvergessliche Erinnerung.

»Wenn man so ein Verhältnis zu seinem Körper hat«, fährt Karen fort, »stimmt etwas im Kopf nicht. Als meine Mutter immer schwächer wurde, haben wir zusammen geduscht. Ich habe sie gewaschen, wie sie mich früher gewaschen hat, als ich ein Baby war. Was ist daran unnatürlich?«

Ich muss husten, sie weicht zurück, ohne ihre öligen Hände von meiner Brust zu nehmen.

»Sorry«, röchele ich.

»Nein, nein, ist schon gut. Deswegen sind wir hier.«

Als ich mich wieder gefangen habe, macht sie weiter, sanfter schiebt sie ihre Finger über meinen Solarplexus.

»Ist der Druck okay so?«

»Ja«, gurgele ich. Ich muss mich räuspern. »Ja, so ist es gut, danke.«

Ich bin mir meines pfeifenden Atems übermäßig bewusst. Wenigstens huste ich nicht.

Also gut, weiter geht es mit der Entspannung. Ich atme zaghaft aus. Vergesse den provisorischen Klangteppich, die Magnolientapete, das kaputte Isolierglasfenster, in dessen Ecken sich das Kondenswasser sammelt. Konzentriere mich auf die Berührungen. Denke nur noch an ihre Hände. In stetigem Rhythmus fahren sie über meine Brust. Ja, ja.

»Und, seit wann wohnen Sie hier?«

»Keine Ahnung. Ich habe es vergessen. Drei Wochen, glaube ich.«

»Man verliert so schnell den Überblick, nicht wahr? Sind Sie mit der Pflege zufrieden?«

»Ja, sehr.«

»Ja, das sagen alle. Die sind hier wirklich gut.«

»Besonders Sheila.«

»Eine weise Frau«, sagt Karen, als verrate sie mir ein Geheimnis. »Sie kennt sich wirklich aus.«

Da sind deine Haarspitzen, sie streichen mir über Hals und Wange, ich spüre deine Handflächen auf meiner Brust, deine Finger an meinem Kiefer, meinen Ohrläppchen, sie halten meinen Hinterkopf, krallen sich in mein Haar. Deine Finger wandern über meinen Bauch, suchen die Stelle unterhalb der Rippen, die unerträgliche Stelle, da, ich …

Nein.

Die Liege quietscht rhythmisch.

Ich schlage die Augen auf, Karen bearbeitet mich konzentriert. Sie fängt meinen Blick auf, lächelt.

»Alles okay?«

Ich lächle, wahrscheinlich wenig überzeugend, schließe die Augen wieder.

Positiv denken. An etwas anderes. An einen anderen Ort.

Alle Körperteile kommen zusammen und bilden die Erinnerung an dich. Ich habe deine Haut an meinen Fingerspitzen, deinen Geruch in meinen Atemwegen, dein Gewicht in meinen Armen, auf meinem Rücken. In jedem Körperteil ist Platz für dich, du brauchst nur zurückzukommen und ihn einzunehmen.

Auf einmal hallt das Schrillen der alarmgesicherten Tür durch den Flur. Meine Muskeln verspannen sich, mein Herz schlägt doppelt so schnell. Karens Hände halten kurz inne, kneten sich durch den Lärm.

»Ach, dieser blöde Türalarm«, ruft sie, »wahrscheinlich nur ein Test.«

Nach einigen Sekunden verstummt das Schrillen, eine Tür fällt zu, die beruhigende Musik ist wieder zu hören.

Ich muss mich entspannen.

»Kennen Sie einen Körperteil, der mit O anfängt?«, frage ich.

»Oh«, sagt sie, hält kurz inne, lächelt wissend. »Sie spielen Sheilas kleines Spiel?«

»Ja.«

»Ja, das schlägt sie den Patienten gern vor. Das hilft den Leuten, sich zu öffnen.«

»Ja«, sage ich, obwohl es sich nicht besonders nett anhört.

»Mal nachdenken. O ... Ich wüsste, was ich nehmen würde. Weil ich eine ausgebildete Aromatherapeutin bin. Über den Olfaktorischen Cortex könnte ich Ihnen eine Menge erzählen. Ja, das wäre mein O.«

Ich breche wieder in einen rasselnden Husten aus, hebe zur Entschuldigung die Hand.

»Was ist ein Olfaktorischer Cortex?«

»Eine Art Geruchsnerv, mit dem wir Aromen wahrnehmen können. Ein erstaunliches Organ, sehr rätselhaft. Es gibt haufenweise Studien, die belegen, dass vom Nerv eine direkte Leitung zum Gehirn führt. Die Aromatherapie kommt zum Beispiel bei Komapatienten zum Einsatz. Man versucht, über den Geruchsnerv in ihr Gehirn vorzudringen und sie aufzuwecken.«

Olfaktorischer Cortex

ICH WEISS NICHT, wie meine olfaktorische Biografie aussehen würde.

Vetiver: Das bist du.

In den vergangenen zehn Jahren habe ich den Geruch von Vetiver immer mal wieder aufgeschnappt, an der Gartencenterkasse. Ein direkter Hyperlink zu dir, zu dir und mir.

Nein.

Etwas anderes, bitte.

~

Mr. Miller hält einen Klarsichtbeutel in der Hand.

»In diesem Beutel befindet sich einer der unglaublichsten, unvergesslichsten Düfte der Menschheit. Erstaunlich, dass man ihn einfach so einlagern kann. Unfassbar.«

Er hat die ganze Klasse in seinen Bann gezogen.

»Wer möchte mal dran schnuppern?«

Vierundzwanzig rechte Hände fahren in die Höhe. Und vier linke.

Er kommt zu mir.

»Einen wissenschaftlichen Zug, bitte.«

Er benimmt sich seltsam. Warum verhält er sich so merkwürdig, woher diese … Ehrfurcht?

Ich schnuppere zaghaft.

»Scheiße! Igitt, verdammte Scheiße!«

Ein ätzender Knall in Hirn und Augen.

Ich werde zurückgerissen, taumele rückwärts, falle vom Laborhocker, außerdem habe ich *Scheiße* gesagt, zwei Mal, vor der ganzen Klasse.

Alle lachen. Kelvin neben mir wird geradezu hysterisch.

Ich schnaufe Luft durch die Nase aus, raus damit, bloß raus. Weg mit dem Gestank. Habe ich Nasenbluten? Bestimmt, es kann nicht anders sein.

Miller hält die Tüte zu. Er betrachtet die Szene. »Ammoniak. Nun, wenn ihr euch bitte wieder zusammenreißen würdet. Was lernen wir daraus? Wenn man im Labor Geruchsproben untersucht, sollte man größtmögliche Vorsicht walten lassen.« Er hält den Beutel auf Armeslänge von sich weg und wedelt sich mit einer Königinnengeste etwas Luft zu.

~

Vetiver: Das ist der Duft, den du in mein Leben gebracht hast, in das Kinderzimmer meines Elternhauses. Meines Hauses.

Wir hatten ein paarmal telefoniert, uns aber seit der Trennung – wie lange ist es jetzt her, sieben Wochen? – nicht mehr gesehen. Nun wird deine Präsenz jedoch absolut und unbestreitbar dadurch bewiesen, dass ich dich riechen kann.

Du bist da, kein Zweifel, eine erwachsene Frau in einem schweren Wollmantel, leicht tailliert, stylish, für Business-Ladys gemacht, und sitzt auf dem Schreibtischstuhl meines Jugendzimmers. Du wirkst befangen.

Ich sitze auf meinem ungemachten Einzelbett mit der übergroßen Decke. Einen anderen Platz gibt es nicht.

Ringsum schält sich die Tapete von der Wand, James-Bond-Raketenmuster, detailgetreu. Nie ist mir aufgefallen, wie detailgetreu die Raketen sind. Als hätte tatsächlich jemand auf die technischen Details geachtet. Dabei handelt es sich doch nur um eine Kinderzimmertapete. Aber für so etwas hast du jetzt kein Ohr. Mum hat keinen Sinn darin gesehen zu renovieren, deswegen ist es bei dem Stilmix geblieben.

Könnte sein, dass ich hier meine Zukunft vor Augen habe.

»Dann hast du die Prüfungen geschafft?«, frage ich.

»Endlich. Frag mich nicht, wie ich abgeschnitten habe, ich will nicht mehr daran denken. Ich fahre jetzt für einen Monat zu meiner Mum in den Lake District, bevor ich meine erste richtige Stelle antrete.«

»Oh. Ja. Grüß sie von mir.«

»Ich habe dir etwas mitgebracht«, sagst du und überreichst mir die Häkeldecke. »Ich weiß auch nicht, warum, wahrscheinlich willst du sie gar nicht mehr …?«

»Oh, doch. Doch, unbedingt.«

Ich nehme die zusammengefaltete Decke entgegen und lege sie mir auf den Schoß. Auch die Decke riecht nach Vetiver, ich erinnere mich, wie du den Duft draufgespritzt hast, vor Monaten, bevor du zu deinem Praktikum abgereist bist. Du hast das getan, damit ich dich nicht vergesse. Heute bedeutet es, dass ich dich nicht vergessen kann.

»Danke«, sage ich.

»Und ich habe ein paar Unterlagen gefunden«, sagst du, »und Broschüren, in denen die wichtigsten Punkte erklärt werden. Nierenversagen im zweiten Stadium … Da unten, siehst du? Die werden dich ab jetzt in kürzeren Zeitabständen kontrollieren wollen, damit sich die Funktionsstörung nicht ausweitet. Das Wichtigste ist, dass dein Herz gesund bleibt. Hör mit dem Rauchen auf, treib Sport.«

Ich höre mich, meine eigene Stimme, die tölpelhaft sagt: »Ach, echt? Mein Gott, da bin ich aber erleichtert, das sage ich dir ...«

»Ich meine es ernst. Bitte. Bitte verfall jetzt nicht in Selbstmitleid.«

Du rutschst hin und her. Vielleicht war ich eine Spur zu schnippisch.

»Wie dem auch sei«, sagst du, »das lässt sich gut in den Alltag einbauen. Hoffentlich schreitet die Verschlechterung nicht fort.«

Ich blättere in den Broschüren, doch ich kann mich nicht darauf konzentrieren, das wird warten müssen, bis ich wieder allein bin.

»Und das hier habe ich dir auch noch mitgebracht. Damit du was zu lesen hast.«

Du überreichst mir einen schweren Bildband: Piet Oudolf, *Pflanzen Design*.

Immer noch schaffst du es, mich mit deiner Großzügigkeit zu überraschen.

Du lächelst zufrieden, freust dich über meine Freude.

»Es ist leider nur aus dem Antiquariat, aber ich dachte, vielleicht inspiriert es dich und lenkt dich ein bisschen ab, sicher denkst du im Moment viel über die Zukunft nach.«

Ich lege das Buch auf die Decke und klopfe darauf, um meine Dankbarkeit zu zeigen. Ich sehe dich an, du lächelst.

»Danke, dass du dir die Mühe gemacht hast. Das freut mich wirklich sehr.«

Ich streiche über die Decke.

»Gerne doch«, sagst du. »Dass wir unsere Probleme hatten, heißt ja nicht, dass du mir egal wärst.«

»Tut mir leid, dich mit meinem ganzen Mist belastet zu haben«, sage ich.

Du schlägst die Augen nieder. »Es war auch meine Schuld. Aber ich glaube … ich glaube, ich komme einfach nicht damit zurecht. Nicht, wenn es um … Vertrauen geht.«

»Ich war nicht ehrlich zu dir, und das tut mir so leid.«

»Vielleicht musste es so kommen. Ich konnte das einfach nicht mehr aushalten. Da erfahre ich so etwas, und dann soll ich mitansehen, wie schlecht du mit deinem Körper umgehst.«

»So bin ich nicht. So will ich nicht sein.«

Ich suche Blickkontakt, aber du schaust weg.

»Ich könnte mich ändern, Mia.«

Du siehst mich wieder an. Der Egoist in mir hätte gern Tränen gesehen, aber deine Augen sind trocken.

»Manchmal würde ich am liebsten alles rückgängig machen, Ivo. Ich vermisse dich, weißt du. Aber ich weiß gerade nicht, wie es weitergehen soll. Ich fahre jetzt weg, und wenn ich zurückkomme, wartet der neue Job auf mich, und du hast mit deiner Krankheit genug um die Ohren. Es ist einfach nicht der passende Moment. Ich glaube, es wäre besser, wenn wir einfach nur befreundet wären. Meinst du nicht?«

In deinen Augen sehe ich nichts als Güte. Ich hätte es besser wissen müssen, doch irgendwie hatte ich vergessen, es mir ständig aufzusagen: *Mach dir keine Hoffnungen, niemals.*

Ich bin wieder am Boden.

»Freunde sein … besser als nichts«, sagst du.

Nein.

Nein, das ist nicht besser.

»Vielleicht rufe ich dich mal an, wenn ich bei meiner Mum bin? In einer Woche oder so?«

Du meine Güte, verlängert das nicht nur mein Leid, wenn es ohnehin kein gutes Ende nehmen wird? Sollte ich nicht einfach die Verbindung kappen?

Ich muss an die MMS denken, die Mal mir eben geschickt hat. Er hat eine Wohnung gefunden.

Ich schaffe es nicht, dir davon zu erzählen.

Stattdessen sage ich: »Ja. Ja, das wäre nett.«

Poren

DAS SCHLUPP UND Schlapp von Schritten auf der Treppe. Die Kinderzimmertür geht auf, meine Mum kommt herein.

Ich war ohnehin wach. Ich bin immer noch hier auf dem Bett, so, wie sie mich zurückgelassen hat, in meinen besten Klamotten.

Mittlerweile ist es dunkel.

Mum beugt sich vor und schaltet meine Nachttischlampe ein. Sie dreht die Lampe zur Wand, um das Licht zu dimmen.

Die letzten Trauergäste sind gegangen, im Haus ist es still, Laura hat sich in ihr Zimmer eingeschlossen und heult.

Mum setzt sich auf die Bettkante, ich rutsche in die entstandene Kuhle, ob ich will oder nicht.

Sie streicht mir sanft übers Haar.

»Wie geht es dir, Spatz?«

Ich sage nichts. Ich schmiege mich der Länge nach an sie, schließe die Wärme zwischen uns ein. Sie erwartet keine Antwort, sie versteht mich.

»Du bist ein tapferer kleiner Soldat.«

Ich blicke zu ihr auf. Sie trägt immer noch die feinen Ohrringe.

»Ist alles okay, Mum?«

Sie sieht auf mich hinunter, antwortet nicht sofort. Sie ist erschöpft. Zum ersten Mal sieht sie richtig müde aus. Dabei kann es nicht das erste Mal sein.

»Alles wird gut, mein Schatz. Wir schaffen das schon, du und ich.«

»Ja.«

»Hör mal. Du brauchst erst wieder in die Schule zu gehen, wenn dir danach ist. Jeder kann verstehen, dass du Zeit brauchst.«

Ich runzle die Stirn. »Ich will morgen gehen.«

»Wir nehmen uns ein paar Tage frei, um … um uns an Dad zu erinnern.«

»Die werden mich blöd finden.«

»Nein, Spätzchen, niemand wird das tun.«

»Ich will aber gehen, alles soll sein wie immer.«

Mum schweigt, seufzt schwer. »Na gut. Mal sehen, wie es dir morgen geht.«

»Okay.«

Sie lächelt mich an. »Jetzt bist du der Mann im Haus, was?«

»Ja.«

»Dein Vater war so stolz auf dich.«

»Sicher hätte er gewollt, dass ich in die Schule gehe«, sage ich und lasse den Blick durch das halbdunkle Zimmer schweifen.

Sie streichelt mir weiter über die Haare, ihre Bewegungen werden immer langsamer, bis sie schließlich an meinem Hinterkopf innehält.

»Ich habe Zauberhände«, sagt sie. »Spürst du, wie sie durch die Poren deiner Kopfhaut alle Sorgen und Trauer aussaugen? Und wie Wärme und Liebe und Ruhe durch deine Poren einströmen? Kannst du es fühlen?«

Ich kann es fühlen. Ganz sicher.

»Zauberhände«, sagt sie.

~

Jetzt könnte ich Zauberhände gut gebrauchen. Alles beginnt, sich zu drehen. Wann habe ich mich zuletzt normal gefühlt? Ich denke an die Hände meiner Mutter an meinem Kopf. Wenn ich die Augen schließe, kann ich es beinahe fühlen.

Oder deine Hände.

Deine Hand in meiner.

Meine Hand in deiner.

Puls an Puls.

Ein Anker, du und ich treiben Hand in Hand durch die Welt.

Es liegt an den Giftstoffen. Karen hat gesagt, durch die Massage würden Giftstoffe aus dem Gewebe gelöst. Das Letzte, was ich brauche, ist noch mehr Gift.

Und dieses Gesicht. Dieses Gesicht hinter dem Fenster macht mich fertig.

Ich bin verletzlich. Das sehe ich jetzt ein. Wenn ich mich aufrege, bleibt das Adrenalin in meinem Blut, dauerhaft. Ich fühle Angst. Echte Panik.

Sheila hat recht, ich habe ein Loch im Kopf. Füll es bitte auf, egal, womit.

Pussy

Ich kann nicht anders, als daran zu denken, jetzt, da wir bei P sind.

Becca. Es ist Wochenende, sie hat Geburtstag, wir sind in den Norden gefahren, in Mals altes Jagdrevier, sie reckt die Arme in die Höhe, sie trägt einen BH und sonst nichts, nicht einmal ein Höschen. Ganz besonders kein Höschen.

»Ich bin die Prinzessin Pussy!«

Ich sehe sie an, schaue schnell weg. Ich sehe wieder hin und erkenne nicht einmal genau, was ich vor Augen habe. Es geht mir nicht in den Kopf.

Da ist es also. Das Unglaublichste, was ich je in meinem Leben gesehen habe.

Ich sehe Mal und sein typisches, amüsiertes Dauergrinsen. Laura lacht und kreischt, sie steht in einem schwarzen Catsuit mit Katzenohren vor uns.

Manchmal ist es, wenn man vor der Katastrophe steht, das Beste, einfach voranzupreschen.

Um zu sehen, ob man gegen die Katastrophe vielleicht ankämpfen kann.

Um an seine körperlichen Grenzen zu stoßen.

Manchmal, manchmal.

Ich stehe zitternd in einem Treppenhaus, wir sind in irgendeinem Club, ich habe keine Ahnung, wo oder wie ich zum Hotel zurückfinden soll. Ich bin auf einem Trip. Ich raste aus. Ich bin auf einem Trip weg von dir, weg von meiner Gesundheit, raus aus meiner eigenen Zukunft. Gib auf. Es ist schön, die Verantwortung auf Mal, Laura und Becca abwälzen zu können. Sie hätten es mir einfach verbieten können.

Außerdem, ein einziger Trip wird mich schon nicht umbringen. Ich muss an meinen Gewohnheiten arbeiten, gleich morgen fange ich damit an. Wenn ich will.

Becca verharrt lange genug in der Pose, es kommt mir wie eine Ewigkeit vor, die leuchtend weißen Zähne zu einem Hollywoodlächeln gebleckt.

»Meine Unterhose hat nicht zum BH gepasst«, verkündet sie, »aber das ist mein schönster BH!«

Ich kann nicht hinsehen. Es ist, als müsste ich direkt in die Sonne blicken, in eine dunkle Sonne. Dichte Behaarung, fällt mir auf. Ich will das nicht gesehen haben. Ich möchte ein Gentleman sein. Jetzt ist sie weg, ihr Hintern verschwindet im Vorhang und in dem Club dahinter, Laura läuft ihr nach.

»*Was zur Hölle?*«, frage ich Mal.

»Fetischparty«, sagt er.

Ich starre auf seine Lippen.

»Die wollten uns nicht reinlassen, man braucht ein Kostüm. Wir haben einen Deal gemacht, jeder darf nur ein Kleidungsstück anbehalten.«

»Komischer Abend«, sage ich.

»Du hast Becca gehört. Wir sind hier, um Spaß zu haben, also los, schmeißen wir uns ins Getümmel.«

Ach ja, stimmt, *deswegen* bin ich hier. Becca. *Man darf das Geburtstagskind nicht enttäuschen, oder? Ich war seit Monaten nicht mehr so richtig aus, ich will Spaß!*

Becca, die Verführerin.

So verführerisch, dass Mal und ich jetzt in einem Kabuff voller Kleiderhaken stehen. Er hopst auf einem Bein herum und versucht, sich aus seiner Jeans zu schälen. Er hopst und redet.

»Komm schon, Mann, höchstens ein Kleidungsstück.« Er mustert mich. »Hallo, hörst du mich?«

Hm? Was? Ach, ja.

»Wir haben Glück«, sagt er und zeigt auf meine spindeldürren Beine. »Ein Kleidungsstück, das bedeutet, wir können mit Hose rein. Nicht wie die arme Becca, was? Mann, Hut ab vor Becca!«

»Hose runter vor Prinzessin Pussy.«

»Ha! Ja, genau, Hose runter.«

Die kalte Luft kitzelt auf der Haut, ich bin es nicht gewohnt, so nackt zu sein. Na ja, irgendwie fühlt es sich … gut an. Fast magisch. Wir gehen eine kurze Treppe hinunter und finden uns in einem chaotisch bunten Club wieder. Die schützende Dunkelheit wird von sanft pulsierenden Lichtern in Grundfarben durchschnitten. Dumpfer Hip-Hop dröhnt in meinen Ohren, alles ist entspannt, einfach nett. Aber was ist das hier eigentlich? Mein Blick jagt hin und her, will nirgendwo bleiben, will sich lieber auf das Gesamtbild legen, dem Licht folgen, das Grüppchen von Leuten aus der Dunkelheit hebt, mal hier, mal da, mal dort. Überall reiben sich Körper aneinander, manche sind komplett nackt, ich sehe breite Speckgürtel, zu vertikalen Rüschen zusammengeschobene Rückenhaut, Borten und Biesen aus herausquellendem Fleisch.

»Fühl dich ganz wie zu Hause, Mann«, ruft Mal und verschwindet. »Ich muss mal ein paar Leuten Hallo sagen.«

Da ist dieser Ausdruck in seinem Gesicht. Heute Abend ist er der diensthabende Dealer. Nur deswegen haben sie uns reingelassen. Die Gäste sollen zufrieden sein.

Ich setze mich in Bewegung, das Hirn schwappt mir im Schädel herum. Ich betrachte den fröhlichen Fleischkarneval ringsum, die schwabbelnden Teigärsche. Die Glatzen, die mal rot, mal grün leuchten, die pulsierenden Adern an den Schläfen, niemand schämt sich. Ich will mich fernhalten, es ist mir zu verbissen, zu britisch. Igitt. Ich wäre am liebsten woanders.

Ich suche nach einem vertrauten Gesicht, da hinten ist Laura in Catsuit und Katzenohren. Fast vertraut. Sie strahlt dunkelrot, dann grün, straff spannt sich die Haut über ihre Knochen.

»Woher wusstest du, was du anziehen musst?«, frage ich.

Sie zwinkert mir zu. »Vielleicht wurde ich vorgewarnt«, sagt sie. »Ist das nicht irre? Sieh dich nur um. Das ist ja so verrückt!«

Und ich gehorche und sehe mich um, und währenddessen redet sie pausenlos auf mich ein, seit wann stehen wir hier? Ihre angemalten Lippen kommen immer näher, ihre Stimme wird immer lauter, ihre Stimme surft auf den Basswellen.

Jetzt rede ich auch, und jedes einzelne Wort handelt von dir. Ich spreche schnell, die Probleme purzeln aus mir heraus, aber mir wird nicht leichter. Laura kann es hören, Mal auch, sie hören die Geräusche, die aus meinem Mund kommen, aber ich sehe keine Reaktion in ihren Gesichtern. Vielleicht sage ich das Falsche. Vielleicht drücke ich mich nicht klar aus.

»Sie hat dich ausgenutzt«, sagt Laura, »ich kenne solche Frauen, total kontrollsüchtig. Die wollte dich zu etwas umformen, das du nicht bist. Solche Frauen stülpen sich über dich und entreißen dir die Kontrolle über dein Leben.«

Nein, nein, so war das nicht.

Laura nickt zum Rhythmus, hämmert mir mit dem Kopf ihre Version ein, als wüsste sie es besser als ich, aber sie hat unrecht, so war das nicht.

»Vor solchen Frauen muss man auf der Hut sein«, sagt Mal, »die falten dich zusammen und stecken dich in die Tasche.«

Und da kommt Becca, die coole Becca schwebt uns aus der Dunkelheit entgegen.

Ein Arm um meine Taille, ihr Arm.

»Alles gut?«

Ja, ja.

Sie blickt mir tief in die Augen, ihr Lächeln wird breiter, ihr Blick wärmer. Mir wird schwindlig.

»Komm her«, sagt sie, »tanz mit dem Geburtstagskind.«

Sie macht sich los, zieht mich an den Händen mit, wir tanzen ganz langsam und mit etwas Abstand, ringsum donnern die Bässe durch die Luft, durch den Boden, durch alle Leute.

»Du vermisst sie«, sagt sie.

Ja.

Meine Kehle ist wie zugeschnürt. Und die Tränen ... Da sind Tränen.

Becca legt mir einen Arm über die Schulter, eine Hand an den Nacken, ans Ohr, wir tanzen eng umschlungen.

Das hat Becca früher schon einmal gesagt, *Ich bin's, Prinzessin Pussy!*

Ich spüre deutlich, was da unten vor sich geht im blauen Licht. Ich nehme mir vor, einen diskreten Sicherheitsabstand zu wahren. Ich möchte die Prinzessin nicht versehentlich streifen. Doch die Prinzessin schämt sich kein bisschen. Sie zieht mich an sich, ganz sanft, ganz schamlos.

»Mach die Augen zu«, sagt sie, und ich gehorche, spüre ihre trägen Finger in meinem Nacken, an meinem Ohr, in meinem Haar. »Du brauchst nichts zu sehen, fühl einfach nur. Du sollst dich besser fühlen.«

Ihre Hand kriecht an meinem Arm herunter, nimmt mein Handgelenk, hebt es in Zeitlupe an. Sie legt sich meine Hand auf die Schulter, meine Finger berühren ihren Hals.

»Wie schön, so gehalten zu werden«, murmelt sie, dreht sich in der Umarmung um die eigene Achse, drückt ihren nackten Hintern gegen mich. »Körperkontakt ist wichtig, Körperkontakt ist gut. Es ist gut, sich gut zu fühlen, so ist das.«

Ich klinke mich aus. Ich will nicht mehr denken. Ich will nicht mehr an dich denken. Du darfst nie davon erfahren. Du würdest es nicht verstehen. Die ganze Zeit muss ich an dich denken. Das sollst du wissen. Ich denke an dich.

Wir wiegen uns, ich nehme Beccas flüssige Bewegungen wahr wie meine eigenen, ich folge dem schwankenden Sog, hinter meinen geschlossenen Lidern pulsiert das Licht.

»Hey«, flüstert sie mir ins Ohr, »lass uns von hier verschwinden. Da lang.«

Ich öffne die Augen und sehe sie durch einen schweren Vorhang verschwinden, der von einem ans schwarze Mauerwerk gedübelten Gerüst herunterhängt. Ich bleibe im dunkelgrünen Licht stehen, dann im grellweißen. Ich ziehe den samtigen Vorhang auf und schiebe mich in die absolute Finsternis hinein.

Satte Dunkelheit, ölig schwarze Finsternis. Meine Augen versuchen sich anzupassen, auf der Netzhaut tanzen Farbkleckse und schwankende Linien. Ich habe nichts vor Augen als Zerrbilder.

Ich bleibe stehen, scheine zu schweben, spüre das Schwappen in meinem Körper, die Bewegungen meines Hirns, es dreht sich im Uhrzeigersinn, langsam, ganz langsam, dann gegen den Uhrzeigersinn.

In der alles verschlingenden Dunkelheit geht auch die Akustik verloren. Ich konzentriere mich auf die Geräusche im Vordergrund. Da ist nicht nur Becca, da sind Leute. Links atmet jemand, von rechts ein Schlurfen. Ein Schlürfen. Das Klicken und Schmatzen von Saugen und Lecken. Aber vielleicht höre ich nur unschuldige Küsse.

Vielleicht.

Wo ist …

Ich höre Becca kichern, den Bruchteil einer Sekunde lang, aber sie ist es, das ist ihre Stimme. Das sind ihre Zähne. Sie steht vor mir.

Sie packt meine Handgelenke, zieht mich vorwärts und abwärts, wir sitzen, sie lässt meine Hände los und tastet meinen Körper ab, streichelt mich zärtlich, mit dem Druck ihrer Fingernägel.

Es fühlt sich falsch an. Meine Gedanken rasen zu dir, zu meinem Versprechen, aber sie sind überholt, sie fließen in die Dunkelheit hinaus, haben kein Ziel, keine Heimat mehr. Aus reiner Gewohnheit möchte ich treu sein. Du aber brauchst meine Treue gar nicht mehr.

»Du armer Junge«, sagt Becca dicht an meinem Ohr, »denk nicht nach, fühl einfach nur.«

In der schwarzen Stockfinsternis pressen sich schwarze, unbekannte Lippen auf meine. Der fremde Mund öffnet sich, meine Lippen geben nach, eine Zunge schiebt sich herein.

Angeblich ist das in Ordnung.

Als ich ans Telefon ging, war es draußen noch hell. Die Nacht im Fetischclub steckte mir noch in den Knochen, aber ich war so froh, deine Stimme zu hören. Es war wie nach Hause kommen. Ich kann das ausblenden, ich kann das einfach verdrängen und in deiner tröstlichen Stimme schwelgen.

Ich habe mich auf den Küchenboden rutschen lassen und halte das uralte Telefon zwischen den Beinen, lege die Finger um die Sprechmuschel wie um einen Cricketball. Mein Ohr wird heiß, aber ich will nicht wechseln, noch nicht. Ich halte den Hörer so fest umklammert, dass das Plastik knackt.

Das Schweigen ist surreal lang. Länger als sonst, denn man hört das Rauschen in der Leitung, die auf neue Geräusche lauert. Ich atme tief ein und durch die Nase wieder aus, das Geräusch fließt in meine Ohren und in deine, kein Zweifel.

»Wie schön«, murmele ich. »Schön, dich zu hören. Auch wenn du dreihundert Kilometer entfernt bist.«

»Ja«, sagst du, »es ist schön.«

Ich fahre mit der Fingerspitze die Ritzen zwischen den Tasten des Nummernblocks ab.

»Ich vermisse sehr, meine Zeit mit dir zu verbringen«, sagst du, »mehr, als ich gedacht hätte.«

Schweigen. Ich spüre, wie meine Stirn sich in Falten legt. Willst du mir irgendetwas sagen?

»Und deswegen habe ich mich gefragt, ob wir …«

Du seufzt, Bits und Bytes fließen in meinen Kopf, in mein Gehirn, ich ertrage es kaum, muss die Augen schließen.

»Was willst du mir sagen?« Ich stöhne.

»Ich weiß nicht. Was will ich dir sagen? Ich meine, sieh uns an, da fragt man sich doch nur: Warum kriegen die es nicht hin? Ich kann mit niemandem sonst darüber reden. Was, wenn wir uns mit etwas Abstand betrachten würden? Was meinst du, wie sieht es aus für die beiden?«

Ein Knacken. Ich halte mir den Hörer ans andere Ohr.

»Du bist nicht wie die anderen«, sagst du, »aber ich bin so misstrauisch, Ivo. Kein Wunder, nach meiner Familiengeschichte. Du musst das verstehen, Ivo, ich kann das Misstrauen nicht ablegen.«

»Sollst du gar nicht«, erwidere ich. »Sei ruhig misstrauisch. Ich meine, ich will nicht derjenige sein … der dir nur Kummer macht.«

Tuut!

»Was war das?«

»Oh, sorry«, sage ich, »ich habe aus Versehen die Fünf gedrückt.«

Wieder das Knacken, dein Kichern in meinem Ohr, allzu bekannt.

Meine freie Ohrmuschel brennt. Ich stelle mir vor, wie sie leuchtet.

Tuut!

»Was war das?«, frage ich.

»Das war die Eins. Einer von zehn Punkten, weil du nichts Positives dazu sagst. Sag etwas Positives.«

»Es ist schön, mit dir zu lachen.«

»Ja.«

»Mit niemandem lache ich so viel wie mit dir.«

»Ich auch nicht.«

Wir schweigen.

Es fühlt sich gut an.

Es fühlt sich an wie alles, was ich dir sagen will.

Du seufzt, eine neue Rauschwelle spült in meinen Kopf.

»Was machen wir denn jetzt?«, fragst du.

»Ich weiß nicht.«

»Ich auch nicht.«

Lang, lang anhaltendes Schweigen.

»Ich brauche Zeit«, sagst du, »ich kann nur von einem Tag zum nächsten denken. Von einer Stunde zur nächsten.«

»Ja. Okay.«

»Und wir müssen fest daran glauben, dass es anders wird … dass es besser wird.«

»Ja.«

»Lass es uns richtig angehen.«

Wieder Schweigen, ein Meer der Erleichterung hat sich angestaut und will sich auf mich ergießen, aber ich will das nicht. Nein, nein. Es tröpfelt sacht.

»Was, glaubst du, erwartet die beiden?«, fragst du.

»Keine Ahnung. Aber ich hoffe wirklich, dass es ein Happy End gibt.«

»Ja, ich auch.«

»Ich liebe es, wenn eine Geschichte gut ausgeht.«

»Ich auch.«

»Ich muss jetzt auflegen«, sage ich. »Ich höre Mums Auto in der Einfahrt.«

Ich erhebe mich geräuschvoll, möchte beschäftigt rüberkommen. Da ist kein Auto. Aber ich möchte das jetzt beenden. Solange es für uns so gut aussieht.

»Dann rufe ich morgen wieder an, okay?«

»Okay. Ja.«

»Ich muss jetzt.«

»Ja.«

Du wartest, das wissen wir beide.

»Ich würde jetzt gern sagen, dass ich dich liebe«, sagst du. »Weil ich das an dieser Stelle immer gesagt habe.«

»Hm.«

»*Blu bla blu.*«

»Ja. *Blu bla* dich auch.«

~

Erwachen mit Schrecken. Was ist denn? Ich ertrinke, verdammt!

Drück den Knopf, drück, wo ist …?

»Alles in Ordnung?«

Sheila eilt herein.

»Ich … ertrinke … ich …«

»Okay, okay, ganz ruhig.«

Die Maske wird mir fest auf Mund und Nase gedrückt.

Ich weiß nicht, wo.

Frag irgendwas, frag.

Welcher Tag ist heute? Heute ist …

Ich weiß es nicht. Ich bin vollkommen orientierungslos.

Okay. Welcher Tag war gestern?

Ich …

Sheila spreizt die Finger und zieht mir das Gummiband über den Hinterkopf. Es schnappt auf meine Ohren.

»Okay, mein Lieber, schön gleichmäßig atmen. Du weißt ja, wie es geht.«

»Immer schön gleichmäßig.«

»Genau. Sieht danach aus, als könntest du noch etwas Morphium vertragen, nicht wahr?«

»Ja.«

Ja, ja.

Sie führt die mittlerweile vertrauten Handgriffe aus. Hebt die Flasche in einer seltsam feierlichen Geste. Sie will keinen Fehler machen. Im Umgang mit den Morphinen ist höchste Aufmerksamkeit gefragt.

»Und runter damit.«

Qi

»DA SIND WIR, endlich«, sage ich, als wir die letzte Hügelkuppe erklommen haben.

Du bist hinter mir, stützt dich bei den letzten Schritten auf die Knie, um die Steigung zu schaffen. Du schließt zu mir auf, schlingst die Arme um meine Taille, ich lege dir einen Arm über die Schultern und ziehe dich an mich. Die ängstliche Umklammerung des wiedervereinigten Paares, das sich verloren hatte. Nach allem, was wir durchgestanden haben, fühlt es sich unendlich gut an, dich zu spüren.

Ein Tag nach dem anderen, dann eine Woche, und alles ist gut.

Alles ist gut.

»Mein liebster Platz auf der Welt«, sage ich.

Hier oben sind wir dem endlosen Himmel näher als dem Tal dort unten. Riesige grau-weiße Wolken schieben sich über den sagenhaft blauen Himmel.

Vor uns fällt der Hang steil ins Tal ab. Auf der unbefestigten Straße, die zur nächsten Ortschaft führt, ist eine winzig kleine Radfahrerin unterwegs. Sie scheint unfassbar weit entfernt.

»Hier wurde die Asche meines Vaters verstreut«, sage ich. »Von mir und Mum und Laura.«

»Ein wunderschöner Ort. Perfekt.«

»Meine Mum hat ein paar Jahre abgewartet, bevor wir hergekommen sind. Sie wollte, dass wir alt genug sind, uns daran zu erinnern.«

Wir breiten die Decke auf einer grasbewachsenen Stelle aus – endlich einmal darf sie sein, wozu sie gedacht war –, und du setzt dich darauf. Ich setze mich hinter dich und schlinge meine Arme um dich, stütze mein Kinn auf deine Schulter.

»Wer immer das Lied von den *Rolling Hills* geschrieben hat, wusste genau, wovon er redet«, erklärst du. »Die scheinen tatsächlich zu rollen.«

»Ja, sie sind perfekt gerundet.«

»Und sieh dir mal diese Millionen Farben an. Echtes Grasgrün, und wenn man lange genug hinguckt, entdeckt man die vielen Gelb- und Brauntöne. Und die lila Tupfen an den Rändern.«

»Könntest du eine Decke in diesen Farben häkeln?«

»Da halte ich mich bedeckt«, sagst du.

Du beißt in einen Apfel. Ich hebe den Kopf, du hältst mir den Apfel vor den Mund.

»Also«, sage ich. »Ich wurde zum Gartenbaustudium zugelassen.«

»Wirklich? Das ist ja toll! Sicher machst du das richtig gut«, sagst du. »Bestimmt musst du vorher wieder kotzen vor Aufregung.«

»Ja, ich kann es kaum erwarten.«

»Nein, du wirst da einfach hingehen und aufblühen!«

Du lässt dich zurücksinken und drücken, ich halte dich noch fester.

»Das fühlt sich so gut an«, sagst du.

»Ja.«

»Ich glaube, wir brauchen es nicht mehr Tag für Tag anzugehen. Finde ich. Was meinst du?«

»Nein. Es fühlt sich … einfach richtig an.«

Du atmest tief ein, tief aus. »Was meinst du, wenn du stirbst …«

»Okay. Danke!«

»… und verbrannt wirst. Weicht diese Asche in ihrer Zusammensetzung von der Asche ab, mit der die Leute ihren Garten düngen?«

»Keine Ahnung.«

»Solltest du das nicht wissen? Immerhin willst du Gartenbau studieren.«

»Ich weiß es nicht. Kann sein.« Ich muss lachen.

»Was ist denn?«

»Warum fängst du immer mit den düstersten Themen an?«

»Tue ich das? Vielleicht haben sich meine Düsterkeitsmaßstäbe verschoben, seit ich in der Pflege arbeite.«

»Dann macht es einer Krankenschwester irgendwann nichts mehr aus, wenn ein Patient stirbt?«

Du kaust nachdenklich. »Nein«, sagst du, »es macht einem immer etwas aus. Aber wenn man weiß, dass man alles getan hat, um diesem Menschen zu helfen … Na ja, ist doch besser, als nicht da zu sein und nicht zu helfen.«

»Ja, kann sein.«

»Man macht seinen Job und hilft, und man gibt sich Mühe. Manchmal habe ich das Gefühl, aus reinem Egoismus zu helfen … Je fleißiger man arbeitet, desto höher der Selbstwert. Ich habe versucht, das einer Kollegin zu erklären, aber sie hat mich nur angesehen, als wäre ich bescheuert.«

Du betrachtest den Apfel und überlegst, wo du noch zubeißen könntest.

»Das verstehe ich.«

»Viel schlimmer finde ich den Umgang mit den Angehörigen. Für die kann man nicht viel tun. Man hat nicht die Zeit. Und man hat keine Möglichkeiten, ihnen den Schmerz zu nehmen.«

»Nicht so richtig, nein.«

»Manchmal sehe ich die Kinder so, wie die Ärzte damals dich gesehen haben müssen. Dann denke ich, da ist ein Mensch, der so viel Liebe braucht ...«

Du wirfst den Apfelrest Richtung Tal, schaust ihm nach, er landet im Gebüsch. Es knistert und knackt.

»Na ja, auch eine Methode, den besten Standpunkt für den Apfelbaum zu ermitteln«, sage ich.

Du grinst mich an und gibst mir einen Kuss auf den Mund, mit Apfelgeschmack. Wir lassen uns eng umschlungen auf die Decke fallen, liegen Wange an Wange.

»Wenn ich Asche wäre«, sagst du in den Wind hinein, »möchte ich unter einem Obstbaum verstreut werden. Oder, wenn es die falsche Aschesorte ist, möchte ich unter einem Obstbaum begraben werden. Als Wurmfutter.«

»Wirklich?«

Meine Stimme dröhnt mir als Bass in den Ohren.

»Dann würden meine Nährstoffe direkt in die Früchte übergehen. Die Vögel könnten dran picken und die Energie zum Fliegen nutzen. Meine Lebensenergie. Ich würde ihnen mein Qi schenken.«

Ich runzle die Stirn, blicke mit zusammengekniffenen Augen auf dich hinunter.

»Das ergibt doch Sinn«, sagst du trotzig. »Dieselbe Energie, die mich hier sitzen und reden lässt, würden die Vögel zum Fliegen nutzen. Energie geht nie verloren. Hör auf, so die Stirn zu runzeln!«

»Nein, ist schon gut«, sage ich, »schon verstanden. Ja. Eine schöne Vorstellung. Ich frage mich bloß, wo du das mit dem Qi herhast.«

»Von einer Arbeitskollegin«, sagst du und holst dir mit dem Fingernagel ein Stückchen Apfelschale aus den Zähnen. »Das ist doch ein tröstlicher Gedanke. Sich selbst zu sehen, wie man über diese Hügel segelt, in den Himmel aufsteigt, ins Tal taucht. Rauf, runter, wohin man will.«

Du reckst deine Arme gen Himmel, verschränkst die Daumen und wackelst mit den Fingern. Ich sehe einen flatternden Vogel.

Ich hebe die Hand, lege meinen Daumen an deinen, wir machen einen Vogel.

Einen flatternden Vogel.

Strecken unsere Hände gen Himmel.

Flattern, flattern durch das Blau.

Im selben Moment höre ich ein Zwitschern in der Ferne und Flügelschlagen, und ein Ausdruck kindlichen Entzückens huscht über dein Gesicht.

Rippen

MAL HÄLT EINE klebrige Rippe in die Höhe und wendet sie hin und her, bevor er seine Zähne gierig hineinschlägt und das Fleisch vom Knochen reißt.

»Mal«, sagt Laura tadelnd.

»Was?«

»Kein schöner Anblick für eine Vegetarierin.«

Mal grinst dich an, lässt den Knochen auf den Teller fallen und leckt sich geräuschvoll die Finger ab. »Das stört dich doch nicht, oder?«

Du zuckst mit den Schultern und wendest dich wieder deinem Risotto zu.

Ich wusste, es war keine gute Idee. Ich hatte gehofft, Mal würde sich benehmen. Aber er hat wieder mal schlechte Laune und ist auf Krawall gebürstet. Ich muss auf der Hut sein.

Dein Blick, als er das *Reserviert*-Schild vom Tisch gefegt hat. Da war der Abend praktisch schon gelaufen. Du bist ohnehin nur widerwillig mitgekommen, und jetzt muss ich dich ständig im Blick haben und mich fragen, ob du es noch aushältst. Alle haben Angst, alle außer Mal.

»Hast du schon gespritzt?«, fragst du plötzlich.

»Was? Ja«, sage ich und zeige wie zum Beweis auf mein Insulintäschchen.

»Das ist wohl genug Kalium für die nächsten drei Wochen, hm?«, fragst du mit einem Blick auf die vielen Tomaten in meiner Bouillabaisse.

Mal sieht mich hämisch an. Er findet, dass ich unter deinem Pantoffel stehe.

»Sicher, dass du nicht ein paar Rippchen willst?«, fragt er.

»Nein, danke, lieber nicht. Die sind nicht gut für mich.«

»Na ja, wer isst schon das, was gut für ihn ist?«

Ich höre dich seufzen und bete, dass du den Mund hältst. Du lässt den Kopf sinken, ich spüre, wie sehr du dich zusammenreißen musst.

»Ekeln die Rippchen dich an?«, fragt Mal.

Du überlegst, ich versuche, deinen Blick aufzufangen und dich an den Grund für dieses Essen zu erinnern. *Die Hand reichen, weißt du noch? Für eine bessere, entspanntere Zukunft?* Aber du verweigerst den Blickkontakt.

»Nein, eigentlich nicht.«

»Und, wie ist dein Hühnchen?«, frage ich Laura.

»Ein bisschen trocken«, sagt Laura schulterzuckend.

Mir wird mulmig, ich wende mich wieder meinem Essen zu. Wir schaffen das, wir halten durch bis zum Kaffee, es sei denn …

»Hat Ivo euch die Neuigkeiten erzählt?«, fragst du.

»Nein«, sagt Laura und sieht mich neugierig an.

»Nein, das doch nicht«, sage ich.

»Wir wollen zusammenziehen«, sagst du. »Mein Mietvertrag läuft in drei Monaten aus, und du wohnst ja eigentlich noch zu Hause, nicht wahr?«

Mal lässt eine Rippe auf den Teller fallen und runzelt die Stirn. »Und was ist mit *unserer* Wohnung, Mann?«

»Welche Wohnung?«

»Ich habe den Mietvertrag praktisch schon unterschrieben, wir hatten doch gesagt, wir würden … Du meine Güte!«

»Sorry, ich wusste nicht … ich wusste nicht, dass du aktiv auf der Suche bist.«

»Ich habe zweihundert Pfund angezahlt, Mann! Das kostet mich zweihundert Pfund!«

»Na ja«, sage ich, »ich wusste nicht, dass du … dass du es ernst meinst.«

»Ja, schon klar.«

Wir schweigen verlegen, nichts außer dem Klappern von Besteck ist zu hören. Selbst die Leute an den Nachbartischen scheinen nicht viel zu sagen zu haben.

»Und wo wollt ihr wohnen?«, fragt Laura.

»Irgendwo in der Nähe vom Krankenhaus«, sagst du. »Vorläufig jedenfalls. Wir dachten, wir probieren es erst einmal auf Zeit, mal sehen, wie es ist.«

Wir essen schweigend weiter, Mal kaut demonstrativ, kippelt mit dem Stuhl.

»Und, wie fühlt es sich so an, als Frau?«, fragt er. »Aus der Rippe eines Mannes gemacht zu sein, meine ich.«

Laura runzelt die Stirn. »Wovon redest du?«

»Von Adam und Eva«, sage ich misstrauisch. »Eva wurde aus Adams Rippe erschaffen.«

»Ach so«, sagt sie und kneift die Augen zusammen, als müsste sie überlegen. »Das hatte ich vergessen. Ja, der alte Cecil Alexander hat es uns erzählt, in der Sonntagsschule.« Laura sieht dich an. »Er war unser Pfarrer, bis Mals Vater die Gemeinde übernommen hat.«

»Ach so«, sagst du.

»Stimmt es, dass Männer eine Rippe weniger haben?«

»Jawohl«, sagt Mal.

»Nein«, erwiderst du, »jeder Mensch hat zwölf Rippenpaare, egal ob Mann oder Frau.«

Mal schnappt nach Luft und zieht amüsiert die Augenbrauen hoch. »Wie fühlt es sich an, ein leckerer Fleischabfall zu sein?«

Ich rechne nicht damit, dass du darauf eingehst. Ich hoffe, dass du nicht darauf eingehst.

»Na ja, in der Bibel gibt es bessere Geschichten«, sagst du.

»Ja? Du findest es nicht spannend, dass dem Kerl der Bauch aufgeschlitzt und eine Rippe rausgebrochen wird und seine Gedärme raushängen und auf den Boden tropfen?« Mal zupft mit den Fingerspitzen das Fleisch vom Knochen. »Und daraus entsteht dann die Frau.«

»Nicht nur das«, sagst du, »danach geht sie hin und sorgt dafür, dass die Menschheit aus dem Paradies vertrieben wird. Auf die Frauen!«

»In diesem Märchen kommen wir wirklich schlecht weg«, sagt Laura.

»Aber es ist kein Märchen, oder?«, fragt Mal. »Es ist wirklich passiert.«

»Nein, ist es nicht«, kichert Laura.

Mal zerpflückt die nächste Rippe und lässt uns auf eine Erklärung warten.

»Irgendwo muss die Geschichte schließlich ihren Ursprung haben«, sagt er und zeigt mit dem nackten Knochen auf dich. »Im Körper der Frau, in ihren Schwächen. Wenn die Geschichte nicht stimmen würde, wäre sie vor Jahrhunderten ausgestorben. Es gibt den Mann, und es gibt die Frau, einer bestimmt und einer gehorcht. So empfindet die Menschheit. Das ist biologisch erwiesen.«

»Wahrscheinlich«, sagst du.

Oh je, das alles läuft furchtbar schief.

»So hat die Natur es vorgesehen«, sagt Mal und zeichnet mit dem Knochen einen Kreis in die Luft.

»Sag das mal den Frauen, die nach einer verpfuschten Spätabtreibung im Krankenhaus landen, nur weil sie ein Mädchen erwartet haben.«

Ich sehe dich an.

Muss das jetzt sein?

Ein besseres, entspannteres Verhältnis?

Ja?

Wieder zieht Mal die Augenbrauen hoch, aber ich weigere mich, ihn anzusehen.

Schweigen macht sich am Tisch breit, zögerlich schweben die Gabeln über dem Fleisch.

Den Nachtisch lassen wir besser ausfallen.

»Was soll das?«

Ich hebe den Kopf und sehe, dass Mal einen Knochen in dein Risotto gesteckt hat.

»Was denn? Ich wollte nur mal probieren.«

»Mal, sie ist Vegetarierin«, sagt Laura.

»Na und? In dem Reis ist kein Fleisch, oder?«

»Also schön«, sagst du und stehst auf, »ich gehe. Ich fühle mich nicht so wohl heute. Hier sind zwanzig Pfund, mein Anteil.« Du siehst mich an. »Kommst du?«

~

»Da bin ich wieder«, sagt Sheila, bleibt mit dem Telefonrollwagen am Türrahmen hängen, geht einen Schritt zurück. Sie manövriert den Wagen herein. »Tut mir leid, das ist ein altmodisches Gerät. Warte mal, ich muss das erst einstöpseln. So, ich habe ihm die Nummer gegeben und gesagt, dass er zehn Minuten warten soll, bevor er anruft.«

Ich nicke zögerlich. So fühle ich mich, zögerlich.

»Und du hast immer noch die Wahl, mein Lieber, du kannst rangehen oder es bleiben lassen.«

»Ja.«

»Hör mal«, sagt sie, »es geht mich ja nichts an, aber ich finde es gut, dass du Ja gesagt hast. Ich weiß, es scheint ein bisschen albern, sich von jemandem anrufen zu lassen, der draußen auf dem Parkplatz steht, aber ich finde es großartig von dir, dich überhaupt darauf einzulassen. Ich bin schwer beeindruckt. Das nenne ich wahre Stärke.«

Ich lächle höflich, mehr schaffe ich nicht.

»Also dann, bis später«, sagt sie.

Sie zieht sich zurück, zieht vorsichtig die Tür hinter sich zu, und sobald ihr Schatten aus der Milchglasscheibe verschwunden ist, klingelt das Telefon, ein billiges, elektronisches Schnarren. Ein unangenehmes Geräusch. Ich zaudere, aber der Drang ist zu groß. Ich darf meine Mitpatienten diesem Geräusch nicht aussetzen.

Ich lasse es klingeln.

Schrrrr, schrrrrr

Ich hebe den Hörer ab.

»Hallo?«

»Hey, Mann!«

»Hallo, Kelvin.«

»Wie geht es dir?«

Die obligatorische Eingangsfrage, keiner Antwort wert.

»Du wolltest mich sprechen.«

»Sorry, Kumpel, ist ein bisschen komisch, vom Parkplatz

aus anzurufen. Ich komme mir vor wie ein Spion im Kalten Krieg.«

»Ihr wollt immer noch, dass ich mit Mal rede?«

»Ja.«

»Das wird nichts, Kelv.«

»Nein.«

Betretenes Schweigen.

»Ich wollte dir erzählen, was keiner sich zu sagen traut«, sagt Kelvin.

Er schweigt wieder. Ich soll es ihm leichter machen, ihm den Weg ebnen. Aber er wird sich anstrengen müssen, ich werde keinen Finger krumm machen.

»Ich weiß, du kannst das jetzt nicht gebrauchen, du brauchst das nicht, dass die Leute mit ihren Erwartungen an dich herantreten, wo es dir doch so beschissen geht, aber ich dachte, ich muss es dir erzählen. Selbst wenn du bei deiner Meinung bleibst. Ich weiß, du würdest es wissen wollen.«

Wieder das unnatürliche Schweigen.

»Niemand will, dass du dich aufregst, ich schon gar nicht, aber es ist wirklich schlimm, für seine Eltern, für Laura. Sie sind krank vor Sorge. Und wenn er dann doch mal auftaucht, ist er völlig neben der Spur. Das letzte Mal hat er gezittert und geweint, weil … na ja … du weißt schon … er hatte kein Geld für Stoff mehr.«

Ich stelle mir das Szenario vor, warte auf eine emotionale Reaktion. Sie bleibt aus.

»Die halten das nicht mehr aus. Er ist nicht mehr der selbstbewusste Typ von früher. Er hat sich verändert. Sehr sogar. Er hat bezahlt für das, was er getan hat.«

»Ich auch, Kelvin.«

»Das weiß ich doch, Mann. Und es tut mir leid, dich mit so was zu behelligen, wo du doch …«

»Stirbst?«

Er bringt es nicht über die Lippen.

»Mann, du kannst nicht einfach so weitermachen und so tun, als wäre es uns egal, ob es dich gibt oder nicht. Wenn du stirbst, bist du für immer weg. Da werden viele Leute drunter leiden. Sie werden Schaden nehmen.«

»Warum tust du das? Warum willst du mir ein schlechtes Gewissen einreden?«

»Das will ich doch gar nicht!«

»Er hat sie *umgebracht*, Kelvin.«

So.

Das hat ihn zum Schweigen gebracht.

Das hat ihm das Maul gestopft.

»Ich weiß überhaupt nicht, wieso du dich da einmischst. Ist es, weil du Laura rumkriegen willst? Sicher wäre es dir doch lieber, er würde endlich abkratzen.«

Totenstille. Ich habe ins Schwarze getroffen. Aber voll.

»Du kannst dich über mich lustig machen, so viel du willst«, sagt er da mit ruhiger Stimme. »Ich sage dir nur, wie ich es sehe.«

»Ach ja?«

»Ja. Immer wieder tust du ihnen das an und stößt sie vor den Kopf, und wenn ich daran etwas ändern kann, werde ich es tun.«

»Ich mache doch gar nichts.«

»Nee, schon klar. Das ist ja so typisch.«

Er legt auf.

Ich lege den Hörer sanft auf die Gabel zurück und drücke auf den Knopf.

Schwanz

»DIE HAUT«, KELVIN liest aus dem Biologiebuch vor, »ist das größte Organ des Körpers.«

Er sieht mich an.

»Na ja«, sagt er dümmlich, »nicht an *meinem* Körper.«

»Igitt.« Ich lasse meinen Füller fallen, er rollt über den Küchentisch und fällt zu Boden. »Ich *wusste*, dass du das sagen würdest.«

»Was denn? Stimmt doch!«

Kelvin beim Denken zuzusehen ist, als würde man einem Öltanker beim Wenden zuschauen. Ich bücke mich, hebe den Füller auf und versuche, mich auf die Hausaufgaben zu konzentrieren. Ich muss endlich mit dem Rumzappeln aufhören. Ich habe wirklich Angst vor der nächsten Klassenarbeit.

»Was für ein bescheuerter Witz«, sage ich.

»Ach, ja? Alle guten Witze sind bescheuert.«

»Ja, aber auf eine *gute* Art. Auf deinen Witz wäre jeder sofort gekommen, das ist es doch gerade. Er funktioniert nicht mal. Selbst, wenn dein Schwanz so groß wie Ecuador wäre, wäre deine Haut so groß wie Ecuador plus deinen restlichen Körper, oder?«

Kelvin ignoriert mich und blättert um. »Die Haut erneuert sich alle achtundzwanzig Tage«, liest er vor.

»Ich weiß.«

»Mein Schwanz erneuert sich alle achtundzwanzig Minuten.«

Stirn

Laura liegt in der Ecke, im Morgenmantel, sie liegt auf dem Sofa in ihrem Wohnzimmer und weint. Sie sieht so jämmerlich aus, dass es fast schon wieder komisch ist. Ich schäme mich sofort für diesen Gedanken, denn sie sieht wirklich schlimm aus.

Ihr Gesicht ist schuppig, die Wangen sind knallrot, die Haut unter der Nase und um den Mund ist knochengelb, und ihre Stirn, ihre Stirn ist vollkommen verbrannt.

»In drei Tagen wollte ich zum Wellness-Wochenende«, sie weint und tupft sich die Nase mit einem klatschnassen Papiertuch ab, »und ich sehe aus wie Freddy Krueger.«

»Warum machst du auch ein Peeling, wenn du in drei Tagen einen Wellness-Termin hast, du dumme Kuh?«, fragt Mal laut.

Wahrscheinlich führt er sich nur so auf, weil er sich insgeheim zu Tode schämt, ausgerechnet uns um medizinischen Rat bitten zu müssen.

Vorsichtig setzt du dich aufs Sofa. »Womit genau hast du dein Gesicht behandelt?«

Laura hält dir eine Schachtel hin.

»Glycolsäure«, liest du vor. »Hast du dich an die Gebrauchsanleitung gehalten?«

»Ja«, sagt Laura bekümmert. »Ich habe nur die Dosierung ein bisschen erhöht. Ein winziges bisschen.«

Du überfliegst die klein gedruckte Packungsbeilage.

»Hast du Schmerzen?«

»Jetzt nicht mehr.« Sie schnieft. »Am Anfang dachte ich, meine Stirn steht in Flammen. Jetzt spannt die Haut nur noch. Aber wie ich *aussehe!* Wie lange muss ich jetzt so rumlaufen?« Wieder schießen ihr Tränen in die Augen.

Du schnalzt mitfühlend mit der Zunge, wendest die Packungsbeilage.

»Ich weiß, wie albern das klingt«, sagt Laura, »aber Becca hat mich auf ein Wellness-Wochenende eingeladen, und ich wollte neben ihr nicht aussehen wie eine alte Hexe.«

»Laura, du hast wunderschöne Haut«, sagst du.

»Ja, bloß dass sie ihr nicht mehr im Gesicht klebt«, sagt Mal.

Du funkelst ihn böse an.

»Was ist denn?«, fragt er. »Ich hätte ihr einfach kochendes Wasser ins Gesicht schütten sollen, das hätte denselben Effekt gehabt. Nur billiger.«

Laura klappt ihre Puderdose auf und dreht den Kopf hin und her, um den Schaden abermals zu begutachten.

»Becca sieht toll aus, ohne irgendwas dafür zu tun«, sagt sie, »und ich muss mich immer stundenlang vorbereiten, wie damals, als wir bei der Fetischparty waren, wisst ihr noch, an ihrem Geburtstag?« Sie sieht mich an. »Sie war der Hingucker, ohne irgendwas dafür tun zu müssen, und ich stand in meinem blöden Catsuit daneben, und keiner hat mich eines Blickes gewürdigt. Und jetzt dachte ich, im Spa wird es genauso laufen.«

Unsere Blicke treffen sich, und etwas passiert. In meinem Inneren löst sich etwas. *Fetischparty? Ist da eine Erklärung erforderlich?*

»Ach ja, das war an ihrem Geburtstag«, sagt Mal gezwungen wehmütig. »Da sah sie in der Tat großartig aus.«

»Danke auch, Mal«, giftet Laura, »genau das wollte ich jetzt hören.«

»Na, aber im Ernst, dieser Körper mit nichts als einem BH bekleidet? Nichts?!? Hut ab!«

»Warst du auch dabei?«, fragst du mich. »Wo war ich? Ich kann mich gar nicht erinnern.«

Ich blinzle, tue so, als könnte ich mich nicht mehr genau erinnern, und schicke Mal alle Warnsignale, die mir einfallen.

»Sie hat behauptet, ihr BH und der Slip würden nicht zusammenpassen, und es war ihr schönster BH«, versucht Laura zu erklären.

»Ja, da fällt es mir wieder ein, das war zu der Zeit, als ihr eure kleine Auszeit genommen habt«, sagt Mal.

»Ich kann mich nicht erinnern«, sage ich.

»Sicher nicht, in deinem Zustand!« Mal lacht.

»Wann war das?«, fragst du, als hättest du ihn nicht gehört.

»Ich halte dicht«, sagt Mal fröhlich, »ich habe schon zu viel gesagt.«

»Du warst in einem SM-Club?«

Du marschierst wütend voraus. So langsam bin ich außer Puste.

»Ich war fertig«, sage ich, »wir haben einen Ausflug gemacht und sind in den Norden raufgefahren, Mal kannte da irgendwelche Leute. Ich wollte gar nicht mit, aber Becca hatte Geburtstag und … die anderen wollten einfach, dass ich mal auf andere Gedanken komme. Ich wusste ja nicht, was sie vorhatten, und als wir da waren, war es zu spät.«

»Und du hast was genommen?«

Ich sehe dich an, deine Augen funkeln. Mein erster Impuls ist, woanders hinzuschauen, doch als ich ihm endlich folge, ist es zu spät.

»Ich war echt fertig«, wiederhole ich.

Unsere Schritte auf dem Asphalt hallen von Hauswänden und Autos wider, wir legen Meter um Meter zurück, erreichen das Ende der Straße.

»Ich verstehe das nicht«, sagst du, »ich verstehe nicht, warum du nicht einfach damit aufhörst. Du bist kein Junkie, du bist nicht abhängig, es ist nur eine schlechte Angewohnheit, aber du hörst einfach nicht auf. Und ich kann nicht verstehen, dass deine Freunde und deine Familie einfach so danebenstehen und zugucken, wie du dir das antust. Uns.«

»Uns gab es damals nicht! Es gab uns nicht.«

Ich sehe den müden, resignierten Blick. Es passiert schon wieder. Die ganze verdammte Scheiße geht von vorne los.

»Sag mir … sag mir einfach, was passiert ist«, sagst du.

»Okay, hör mal, vergiss nicht, wie es damals war, für uns beide. Es war eine schwierige Zeit, oder?«

Du sagst nichts.

Ich seufze verunsichert.

Aufrichtigkeit. Absolute Aufrichtigkeit.

Endlich.

»Wir waren in einem Club, eine Frau wollte mit mir tanzen, ich habe mich einfach nur … Ich war am Ende, deinetwegen.«

Du verarbeitest meine Worte, runzelst die Stirn.

»Und dann sind wir in ein Hinterzimmer gegangen und, ich weiß auch nicht, wie das passiert ist, aber wir haben uns geküsst. Das weiß ich noch.«

»Wer war sie?«

Dein Blick wird hart, du scannst mich ab, Millimeter für Millimeter, deine Iris zuckt von links nach recht nach links, als du mir in die Augen siehst.

~

»Entschuldige die Störung, ich habe hier noch ein paar Medikamente für dich, gegen das Wundliegen«, sagt Sheila und kommt lächelnd ins Zimmer gerauscht. Sie bleibt wie angewurzelt stehen. »Oh je, was ist denn los?«

Ich weine. Oder vielmehr stoße ich ein heiseres Krächzen aus, ein schreckliches Röcheln. Ich schaffe es nicht. Ich möchte Tränen vergießen, aber ich kann nicht die nötige Wassermenge trinken, um welche zu produzieren.

Sheila schließt die Tür und kommt ums Bett herum. Sie weiß nicht, was sie sagen soll. Sie steht einfach nur da und hält meine kalte Hand, streichelt meinen Handrücken.

»Ich hätte nie damit anfangen dürfen«, sage ich.

»Womit, mein Schatz?«

»Es tut zu weh, sich zu erinnern.«

»Ach, mein Lieber. Es tut mir so leid, es sollte nur ein Spiel sein, um dich abzulenken.«

»Nein, nein«, sage ich, versuche, mich zu fassen. »Es liegt nicht an dir, es ist mein Problem.«

Bilde ich es mir nur ein? Mit Schrecken stelle ich fest, dass sie schlucken muss. Ihre Augen schimmern.

»Sheila, kriege ich … Morphium?«

»Ja, natürlich! Warte einen Moment.«

Tränendrüse

SO IST ES: Ich kann nicht mehr weinen. Was soll's, große Jungs weinen sowieso nicht, oder?

Wenn man nicht weint, heißt das dann, dass es einem egal ist?

Wenn ich doch nur weinen könnte.

Vielleicht ist es besser so.

Vielleicht habe ich es nicht verdient.

Beim Weinen geht es nicht um Trauer. Weinen hat mit Trauer so viel zu tun wie Kälte mit Erkältung. Da besteht kein Zusammenhang.

Aus was für lächerlichen Gründen ich schon geweint habe!

Ich weiß noch, dass ich auf der Beerdigung meines Vaters geweint habe, aber nicht aus dem Grund, den mir alle unterstellten. Ich habe geweint, weil alle mich einen *armen kleinen Jungen* genannt und *oh je, du lieber Gott* geseufzt haben. Wenn nur genug Leute *oh je, du lieber Gott* seufzen, kriegt man zwangsläufig Angst. Wir hatten über hundertfünfzig Trauergäste. Und jeder von ihnen hat mindestens ein Mal *oh je, du armer Junge* zu mir gesagt.

Als meine Großmutter mir dann noch einen Keks anbot, verlor ich die Nerven. Ich lehnte ab. Sie sagte, *komm, greif zu*. Aber ich wollte nicht, ich wollte meinem Vater die Ehre erweisen, den Keks abzulehnen.

»Komm schon! Ich weiß doch, dass du ihn möchtest.«

Alle starrten mich an.

Ich wurde rot, konnte die Tränen nicht zurückhalten.

»Oh je, der arme kleine …«

Blödmänner.

Und überhaupt, wo sind sie jetzt?

~

Da bin ich also wieder. Ich dachte schon, ich wäre noch einmal davongekommen. Ich war so dumm zu glauben, wir hätten eine Zukunft, du und ich, wir hätten es geschafft. Aber jetzt sitze ich wieder allein in meinem alten Kinderzimmer, auf meinem Kinderbett mit der durchgelegenen Matratze, und trage einen alten Pyjama von Dad. Ich drücke mir deine Decke vors Gesicht. Dein Duft steigt mir in die Nase, der Kummer überrollt mich erneut. Ich habe es nicht besser verdient.

Davon werden wir uns nicht erholen.

Es gibt kein Zurück.

Ich höre Mums Schritte auf der Treppe. Das Schlupp-Schlapp ihrer Pantoffeln. Gleich wird sie in der Tür stehen und die Stille stören. Ich hebe den Kopf, da ist sie schon. Nichts verändert sich, alles bleibt immer gleich.

»Darf ich reinkommen?«

Ich schweige.

Sie kommt herein. Sie hat mir eine Hühnerbrühe mitgebracht und stellt sie auf den Nachttisch, neben den Wecker. Sie setzt sich zu mir aufs Bett, wir rutschen näher aneinander.

Ich wickle mich in die Häkeldecke ein.

Ich betrachte meine Mum.

»Die Decke riecht nach ihr.«

»Oh, Spätzchen.«

Wir weinen.

Sie streicht mir über den Kopf, legt ihre Hände auf mein Haar, drückt sanft zu, mal hier, mal da, überall.

Sie möchte darüber reden, aber ich habe ihr nichts zu sagen. Alles, was ich sagen könnte, würde ihr das Herz brechen. Sie weiß ja nicht einmal, dass ich rauche. Wie soll ich ihr erzählen … was ich sonst noch alles mache?

Ich kann ihr nichts sagen, deswegen sitzen wir schweigend da, und die Suppe wird kalt. Ich habe keinen Hunger. Ich habe sie nur um die Suppe gebeten, damit sie etwas zu tun hat. Damit sie mir aus den Augen geht.

Es tut mir leid, Mum.

Ich wollte nicht gemein sein.

Ich sitze da, halte mir die Decke an Mund und Nase und warte auf den nächsten Weinkrampf.

Mum küsst mich auf den Scheitel. »Das war grausam«, sagt sie. »Das war grausam von ihr.«

»Nein«, sage ich, »nein, sie war nie grausam.«

»Soll ich die Decke waschen? Sicher verträgt sie den Feinwaschgang. Wenn du sie behalten möchtest.«

Sie untersucht die Maschen, wie um herauszufinden, wie sie sich am besten reinigen ließen.

»Nein«, sage ich, »danke.«

Mum geht wieder.

Ich möchte, dass die Decke deinen Duft behält. Sie soll mich daran erinnern, dass ich mich ändern kann. Ich kann das schaffen, und dann kommst du zu mir zurück. Und dann wickeln wir uns in die Decke ein.

Mum steht wieder in der Tür, sie hat eine frisch gewaschene Decke aus dem Wäscheschrank geholt.

»So, mein Schatz, sieh mal, ich habe eine neue für dich. Eine neue Decke.«

~

Laura giftet mich an, alle Leute im Café glotzen, hoffen auf eine Szene. Ich wünschte, ich hätte mich nach der Arbeit umgezogen.

»Warum weigerst du dich, mit meinem Freund zu sprechen?«

»Laura, lass mich bitte essen, ja?«

»Warum redest du nicht mehr mit Mal?«

Mal steht betreten hinter ihr, weicht meinen Blicken aus.

»Tue ich doch gar nicht.«

Ich rede nicht *nicht* mit ihm, will ich damit sagen.

»Ja, genau«, sagt sie, »tust du nicht. Und ich will wissen, warum.«

Ich betrachte meine fettigen Finger, weiß nicht, was ich sagen soll. Sie führt sich auf wie in einer Daily Soap. Als würde irgendein Mensch so reden.

»Ich finde dein Verhalten einfach nur scheiße«, sagt sie.

Ich gehe nicht darauf ein. Ich fange an, meine Finger einen nach dem anderen abzulecken.

Mal zieht vorsichtig einen Stuhl heraus und setzt sich neben mich.

»Wieso ist es Mals Schuld?«, fragt Laura.

»Nein. Laura«, sagt Mal, »er hat recht. Ich hätte die Klappe halten sollen. Es war ein Fehler, okay? Ich dachte, sie wüsste Bescheid. Du hast gesagt, sie wüsste Bescheid.«

»Nein, das habe ich nie, verdammt!«

»Laura! Leiser, bitte!«, sage ich und sehe mich verstohlen um.

Hoffentlich ist der Geschäftsführer nicht in der Nähe.

»Du hast gesagt, sie hätten reinen Tisch gemacht«, sagt Mal betreten.

Er sieht seltsam aus, aufrichtig besorgt.

Laura funkelt mich wütend an. »Ihr wart zu dem Zeitpunkt nicht mal zusammen. Ich weiß gar nicht, worüber sie sich so aufregt, schließlich hat sie Schluss gemacht …«

Ich schüttle den Kopf. Nein. Ich will nicht, dass sie ihre Wut an dir auslässt.

Laura wendet sich an Mal. »Sein ganzes Leben schon schiebt er den anderen die Schuld für seine Fehlentscheidungen zu. Er soll endlich anfangen, Verantwortung zu übernehmen.«

»Sei still, verdammt!« Ich bin selbst überrascht, wollte nicht laut werden. Ein Gast am Nebentisch schüttelt den Kopf. »Wirst du mich endlich in Ruhe lassen? Meinst du, ich hätte Lust, hier zu sitzen und mir deinen Quark anzuhören? Sieh dich doch an! Krieg du erst mal dein eigenes Leben auf die Reihe, bevor du dich hier als die weise Ratgeberin aufspielst!«

Kurz glaube ich, Laura würde zu lachen anfangen. Meine Worte bleiben in der Luft hängen. Es ist nur ein Spiel, nicht wahr? Keiner von uns beiden nimmt es wirklich ernst, oder?

Ihr Kinn zittert, sie starrt mich entgeistert an, steht demonstrativ schweigend vom Tisch auf und rauscht hinaus. Zurück bleibt eine große, stille Lücke.

Immer geht es nur um sie. Jetzt ist sie auf einmal diejenige, der unrecht getan wurde. Typisch.

Ich bin mit Mal allein.

Seite an Seite im selben Café.

Wir sehen uns nicht an.

Ich betrachte den Wagen, auf dem die Gäste ihre Tabletts abstellen sollen. Ich könnte den Angestellten helfen, das Ding in die Küche schieben.

Ich höre Mals Stimme.

»Sie wird immer mächtiger, ohne dass du es merkst.«

Er meint es todernst.

Ich schnaube verächtlich.

»Ja, klar.«

Wir sitzen da und … ich weiß auch nicht. Da sind wir wieder.

»Mann, hör mal«, sagt er, »sie wollte mich doch nur verteidigen. Du kennst sie doch.«

»Ja.«

»Ich kann so was nicht so gut, ich sage immer das Falsche. Aber sie meint es gut, ehrlich. Ich mache mir doch nur Gedanken um dich, Mann. Ich kann doch nicht tatenlos zusehen, wenn ich mitkriege, dass du dich immer mehr veränderst.«

Ich sehe ihn an, er wirkt nervös. So kenne ich ihn gar nicht.

»Wir haben schon so viel durchgestanden«, sagt er, »und es stimmt, in einem Punkt hat sie recht, ich hätte mehr auf deine Gesundheit achten müssen. Du kennst mich, ich kümmere mich um meine Freunde. Aber in deinem Fall habe ich versagt. Ich wusste nicht, dass du manchmal umkippst und so. Ich habe mich nicht genug um dich gekümmert. Mit dem Diabetes und so … Das ist mir alles neu, im Ernst. Du musst besser auf dich achten. Die Sache strategisch angehen. Aber du lässt dir halt nichts sagen, weißt du?«

»Ja. Ich weiß. Es ist nicht so schlimm. Ich möchte keine Sonderbehandlung. Ich bin nichts Besonderes.«

Mal nickt nachdenklich. »Nur damit du es weißt: Wenn du es gewollt hättest, hätte ich besser auf deine Gesundheit geachtet und dir Vorschriften gemacht.«

»Es geht mir gut. Danke. Ich kann auf mich aufpassen. Ich darf nur ... Ich kann nicht ständig irgendwelches Zeug einwerfen, weißt du.«

»Ja, natürlich nicht, Mann.«

Er zappelt mit den Füßen, denkt nach. Vielleicht will er noch mehr hören, aber ich habe ihm nichts zu sagen. Ich möchte keine Szene.

»Ich habe tatsächlich geglaubt, wir könnten ... du weißt schon. Uns eine Wohnung suchen, zusammenziehen. Das wäre echt cool gewesen.«

Ich starre meine leere Fantadose an. Er klingt ziemlich melodramatisch.

»Aber du bist nie drauf eingegangen. Und da dachte ich, vielleicht willst du ja gar nicht mehr mit mir befreundet sein.«

Er hat recht, ich bin nie darauf eingegangen. Aber nur, weil ...

»Man fühlt sich ziemlich einsam, wenn der beste Freund plötzlich abtaucht, ohne ein Wort zu sagen. Ist doch scheiße, Mann. Einfach so zu verschwinden, über Nacht?«

~

Wenn ich jetzt hier liege und nach so vielen Jahren an diese Szene zurückdenke, kommen mir seine klaren Augen und der ernste Tonfall so aufrichtig vor, und ich denke, vielleicht hat es ihm wirklich etwas ausgemacht, dass ich nicht mehr da war. Vielleicht ist es nicht okay, sich einfach so aus dem Leben der anderen zu verabschieden. Vielleicht wollte er wirklich vernünftig sein.

Aber nein. Auf keinen Fall.

~

Hier am Fenster zu sitzen ist etwas ganz anderes, ich kann die Magnolie und den Rasen aus einer neuen Perspektive sehen. Das Rotkehlchen ist wieder da, flattert herum. Seine kleinen, ruckartigen Bewegungen wirken zutiefst beruhigend.

»Also«, sage ich und nippe an meinem Wasser, schlucke es mühsam hinunter, »wie ist es gelaufen? Mit deiner Mum?«

Amber ist blass, aber sie kann nicht anders, als mich breit anzulächeln.

»Es gab nur Stehplätze«, sagt sie mit glänzenden Augen, »es war wirklich bewegend. Mum wäre begeistert gewesen.«

»Oh, Amber, das freut mich!«

»Ein Haufen Kollegen sind vorbeigekommen und alle Gemeindemitglieder und ihre Freunde von der Theatergruppe. Und dann waren da noch ein paar Männer von der Firma, in der sie vor zehn Jahren angestellt war, die haben gesagt: *Ihre Mutter war so stolz auf Sie, sie hat die ganze Zeit von Ihnen erzählt. Sie wurde geliebt.*«

»Was ist mit deinem Dad, wie hat er sich geschlagen?«

»Oh, er war wunderbar. Ihm ist keine Lesung eingefallen, aber er hat sich erhoben und vor allen gesprochen, er war so mutig wie nie. Er hat erzählt, wie er Mum kennengelernt hat, was für Steine die Leute ihm damals in den Weg gelegt haben, weil er Japaner war und sie Engländerin, und wie sie und ihre Freunde zu ihm gehalten haben, und wie stolz er sei, sie alle nun auch seine Freunde nennen zu können. Es war eine sehr innige Verabschiedung.«

»Schön«, sage ich. Noch ein Schluck Wasser. »Ich bin beeindruckt. Du hast das alles bewältigt.«

»Nein, es lag an dir. Du hast mir eine andere Perspektive aufgezeigt. Danke.«

»Manche Leute gehen durchs Leben, ohne ihre Perspektive auch nur ein Mal zu überdenken.«

Sie wird schüchtern, und ich ... na ja ... ich auch. Wie seltsam, einem anderen zu sagen, dass man stolz auf ihn ist. Aber ich bin stolz. Und ich freue mich, ihr geholfen zu haben.

Sie lächelt bescheiden, sammelt ihre Sachen zusammen.

»Ich muss los. Heute Nachmittag wollen wir einen Baum für sie pflanzen. Ich glaube, das hätte ihr gefallen.«

»Das ist eine schöne Idee«, sage ich.

»Kann ich irgendwas für dich tun? Wegen Mia?«

Ich betrachte die Decke auf meinen Knien, drehe eine Ecke um, untersuche den ordentlichen Saum. Trinke einen Schluck Wasser.

»Wenn du magst ... Du könntest weiterhäkeln. Eine Garnbombe legen.«

»Ja?«

»Ja, wirklich. Das würde mich glücklich machen.«

Trockenzone

Mein Rachen schmerzt. So trocken. Die Mandeln geschwollen. Sogar meine Zähne und meine Zunge haben Durst. Alles ist klebrig, staubtrocken. Ich brauche etwas zu trinken. Ich möchte meinen Mund mit einem See ausspülen.

Meine Großmutter: so alt wie ihre Zunge, aber nicht wie ihre Zähne.

Der Tastsinn verändert sich im Laufe des Lebens. Alle Sinne verändern sich. Alles stumpft ab, auch die Geschmacksknospen. Als ich klein war, hat Großvater mich an seinem Whisky nippen lassen. Furchtbar, einfach furchtbar. Ich konnte mir nicht vorstellen, wer freiwillig diese Magensäure trinkt. Furchtbar. Als Jugendlicher hätte ich mich ausschließlich von Süßem ernähren können. Selbst später noch, als ich alt genug war, über mein Essen selbst zu entscheiden. Süßigkeiten und Kuchen in allen Variationen. Bekäme ich heute nicht mehr runter.

»Guten Morgen, mein Lieber. Wie geht es uns heute?«

Sheila, sanft und leise. Sie dreht ihre übliche Runde durchs Zimmer, beobachtet mich, macht sich ein Bild.

»Kann ich dir etwas bringen? Etwas zu trinken vielleicht?«

Kein Essen. Essen steht nicht mehr auf meinem Plan. Meine Henkersmahlzeit habe ich längst hinter mir.

»Tee?«, sage ich. »Bitte.«

»Eine Tasse Tee. Gern, warte kurz, ich gehe und hole dir Tee.«

Eine Tasse Tee. Flutet meinen Mund, meine Sinne. Das ist doch was. Eine Tasse Tee. Früher habe ich jeden Morgen eine gebraucht, um wach zu werden. Um, wie sagt man, auf Touren zu kommen.

Der Tee flutet Zunge, Zähne, Zahnfleisch.

Sechs Zuckerwürfel pro Tasse, so habe ich ihn früher getrunken. Heute ginge das nicht mehr. Ich habe den Zuckerschleim am Grund des Bechers mit einem Löffel ausgekratzt. Das waren glückliche Zeiten.

Was …?

Sheila setzt Tasse und Untertasse auf dem Nachttisch ab. »Bitte sehr, mein Lieber. Ich habe dir auch ein frisches Wasserglas mitgebracht, nur für den Fall, okay?«

Ich lächele sie an. Hoffentlich lächeln meine Augen mit.

Sie setzt sich, wir warten, dass der Tee abkühlt.

»Jackie sagt, letzte Nacht hattest du Probleme?«

»Hm, ja.«

»Hast wieder schlecht Luft bekommen, oder?«

»Ja. Ja, es war schlimm.«

Sie schüttelt mitleidig den Kopf und nimmt meine Hand.

»Was … äh … welcher Tag ist heute?«

»Heute ist ein wunderschöner Dienstag.«

»Dienstag? Ich kann es mir einfach nicht merken.«

»Na ja, du hast eine gute Entschuldigung. Du darfst jederzeit die Orientierung verlieren, wenn dir danach ist. Ich weiß nicht, welche Entschuldigung ich vorzubringen habe.«

»Nein.«

»Geht es dir besser?«

Ich nicke. »Seltsam. Ich hatte wirklich seltsame Träume.«

»Ja, das ist normal. Das ist normal, wenn man Morphium bekommt.«

»Aber besser seltsam als schlecht!«

»Ja, genau. Wir machen es dir nett, hm?«

»Ja.«

»Also dann. Ich kann nicht den ganzen Tag hier sitzen und plaudern. Ich muss weiter.«

»Ja.«

»Hast du den Knopf? Sieh mal, er liegt da neben deiner Hand.«

Ich sehe. Meine Hand liegt neben dem Knopf.

»Ich bin in der Nähe, okay?«

»Okay.«

Ich weiß jetzt schon, ich werde den Tee nicht trinken.

Ich schmecke nichts mehr.

Tastsinn, Geschmackssinn, alles tot.

Jetzt schon.

Uvula

»SASH! SASHA, KOMM mal her!«, ruft Mal bei unserer Einweihungsparty.

Genau genommen ist es *seine* Einweihungsparty. Ich wollte gar nicht feiern.

Ein Junge mit Melone geht auf Mal zu, Mal legt ihm einen Arm um die Schultern und zieht ihn an sich.

»Ivo, darf ich dir Sasha vorstellen. Ein Kumpel von mir.«

Ich schüttle seine kalte Hand. Aus der Haut unter der Unterlippe ragen drei Metallstifte, er trägt Tunnel in den Ohrläppchen.

»Wie geht's?«

»Sash ist der Piercing-King«, sagt Mal.

»Ach, echt?«, bemühe ich mich zu sagen. Ich will das gar nicht hören. Es interessiert mich einen Dreck. »Wie viele hast du denn?«

»Tja, da sind die, die du sehen kannst«, sagt Sasha mit einem Lächeln und seltsam erstickter Stimme, »ich habe Sechsundzwanzig-Millimeter-Tunnel, drei Pins in der Unterlippe, zwei in der Nase und einen in der Augenbraue …«

»Und innerlich?«, fragt Mal vorfreudig.

»Zunge, Zahnfleisch, Zäpfchen«, sagt Sasha.

»Wie bitte?«, sage ich.

Er öffnet den Mund und streckt die Zunge heraus, dann

zieht er die Oberlippe hoch, um mir den Silberstift über den Schneidezähnen zu zeigen.

»Oh Gott«, sage ich.

Derlei Zeug hat mich immer schon angewidert.

»Zeig es ihm«, drängelt Mal.

Sasha reißt den Mund noch weiter auf, streckt die Zunge heraus.

»Zäpfchenpiercing«, sagt Mal mit leuchtenden Augen.

Ich runzle die Stirn und werfe einen Blick hinein, weiß nicht, wonach ich suchen soll, bis ich es entdecke. In dem kleinen Boxsack hinten in seinem Hals steckt ein Metallstift.

»Oh Gott«, sage ich, »das wollte ich nicht sehen.«

Mal grinst, Sasha ist beleidigt. Er wirft mir einen Todesblick zu, klappt seine Unterlippe um. Über den drei Pins steht das Wort SCHMERZ.

Der Nerd hat sich gerächt und verschwindet in der Menge.

Ich brauche das nicht. Ich war gegen eine Einweihungsparty. Aber Mal hat natürlich drauf bestanden. Eine perfekte Gelegenheit, alle Freunde und Bekannten an einem Ort zu versammeln. Seine Kunden mit den neuen Räumlichkeiten vertraut zu machen.

Dies ist ein neuer Lebensabschnitt. Dies ist meine Zukunft.

Noch nie war ich niedergeschlagener.

Ich sitze am Boden, lehne mit dem Rücken an der Wand. An meiner Wand. Zur Hälfte meine. Alle Sitzgelegenheiten werden von gesichtslosen Schmarotzern okkupiert, die Mal eingeladen hat, das Summen ihrer Gespräche vibriert durch mich hindurch, durch den Boden. Das wollte ich nicht.

Komm schon, komm schon, du musst positiv denken.

Ich raffe mich auf und sage mir, *los geht's*. Ich rede es mir ein: *Los geht's, los geht's. Man muss es nur wollen.*

Durch die verqualmte Luft sehe ich die Lichter. Ich habe Mal geholfen, einen alten Fahrradreifen mit Lichterkette unter der Decke aufzuhängen, und es funktioniert. Schlimm sah das aus, wie ein verrutschter Heiligenschein, aber jetzt funktioniert es, Hut ab, die Lichterkette ist magisch.

Man kann der Magier sein und den Trick dennoch genießen.

Mal hat Coldcut aufgelegt, die Mittzwanziger hopsen herum, rufen *Cooool!* und zeigen an die Decke. Sie springen auf und ab, ich spüre ein leichtes Beben. Die Mieter unter uns müssen sich jetzt fühlen wie in einem Subwoofer.

Ich hasse Coldcut, aber Mal hat recht, die Wahl ist genial. Ich tanze mit, spüre den Bass durch die Wände pulsieren, da ist er, in meinem Unterleib, er spricht zu mir, lebt durch mich.

Ich wünschte, du könntest hier bei mir sein und es ebenfalls fühlen, ich wünschte …

Sasha taucht vor mir auf, sein Gesicht ist beim Tanzen schief verzerrt, aggressiv, *er* ist aggressiv. Ich wünschte, er wäre ein Boxsack, dieser elende Blutsauger.

Ich boxe ihn mit beiden Fäusten, er fliegt rückwärts. Eine miefige Wolke entweicht, es riecht nach ungewaschener Kleidung.

Mal geht dazwischen, schiebt mich weg, redet auf mich ein. Er versucht, mich zu beruhigen.

»Dieser blöde Arsch«, sage ich mit einem Blick auf den Boxsack.

Er hat sich in den hinteren Teil des Zimmers zurückgezogen, redet jetzt mit Becca, führt seine Mätzchen auf. Sie schenkt ihm ebenso wenig Beachtung wie mir.

»Komm schon, Mann«, Mal lässt nicht locker, hält sein Gesicht dicht vor meins, »du bist gerade schlecht drauf. Wir müssen dich da rausholen. Hier, warte mal.« Er dreht sich zum Getränketisch um. »Hier, trink das, okay?«

Ich greife zu, kippe den Drink hinunter.

»Betrachte es als mein Geschenk zum Einzug, ja? Sei fröhlich und chill mal, okay?«

»Ja, okay.«

Ich blicke auf, sein Gesicht ist immer noch da.

Farbflecken und Bassdröhnen und fremde Gesichter fliegen vorbei, auf einmal bin ich zur Tür hinaus. Ich stehe auf der Straße, Mal ist bei mir. Er redet auf mich ein.

Ich mache alles wieder gut, sagt er.

Wir haben unsere eigene Einweihungsparty verlassen. Auch egal, keiner wird es merken. Zu weit fortgeschritten.

Wir kriegen das wieder hin, sagt er.

Er wird es wiedergutmachen.

Wir werden ihr alles erklären. Wir fahren jetzt hin.

Er will mich zu dir bringen. Er sagt, du wirst dich freuen. Wir werden wieder zusammen sein.

Warte, ich hole das Auto, bei dem Regen.

Ja, ja, das Auto. Wir müssen nicht mal laufen.

Und dann fahren wir. Ich liebe es. Ich liebe es, gefahren zu werden und ein Passagier zu sein. Schon als Kind, als mein Dad noch gelebt hat. Die Straßenlaternen fliegen vorbei, das Licht zuckt durch die wandernden Regentropfen auf der Windschutzscheibe. Es ist erstaunlich, einfach nur erstaunlich. In Echtzeit umrunden wir eine Ecke nach der anderen. Alle Winkel sind perfekt.

Wo fahren wir hin? Wir fahren nicht hin, wir fahren zurück, zurück zu dir.

Das Auto hält an, wir knallen die Türen zu, ich stehe wieder auf beiden Beinen, jawohl, ich bin unterwegs zu dir. Ich atme den Gehweg ein, surfe durch die lang gezogene Reihenhausstraße, Gehwegplatte für Gehwegplatte, mal auf, mal ab.

Wir kriegen das wieder hin!

Ich hämmere gegen deine Tür, denn ich muss es dir jetzt sagen, genau jetzt. *Ab jetzt und für immer, okay?*, werde ich sagen. *Ich bin fertig damit! Ich verstehe dich! Ich spüre dich!* Du und ich, für immer.

Die Tür geht auf, da stehst du. Wie aufregend!

Wie bitte? Geh nach Hause. Geh nach Hause, es ist vier Uhr morgens.

»Wir finden eine Lösung«, sage ich. »Wir schaffen das, Mia!«

Meine Güte, Mal, was ist denn los?

Er wollte mit dir reden. Ich habe ihn hergefahren, damit er mit dir reden kann.

»Ab jetzt und für immer«, sage ich. »Wie aufregend! Wie wunderschön!«

Geh nach Hause, los jetzt. Wir reden weiter, wenn du wieder klar bist.

»Ich ...«

Wirst du dich um ihn kümmern? Du bist doch nicht etwa auch zugedröhnt?

Nein, nein, alles prima.

Ist alles in Ordnung?

Ist ...

»Ich kann nicht ...«

Was ist denn?

Hast du dein Insulin gespritzt?

»Ich weiß es nicht ...«

Okay, bleib, wo du bist. Ich werde ... ich werde einen Krankenwagen rufen.

Nein, nein, ich fahre ihn. Für so was ruft man doch keinen Krankenwagen.

Doch.

Na schön, los doch, ruf den Krankenwagen, und wenn er dann endlich hier ist, in einer oder zwei Stunden, kannst du ihnen sagen, dass ich ihn in die Notaufnahme gebracht habe.

Verdammt noch mal, na gut, schaffen wir ihn ins Auto.

Ich sitze auf der Rückbank, du auf dem Beifahrersitz, Mal fährt. Ich möchte etwas sagen, aber die Worte stecken fest.

Deine Stimme.

Komm schon, denk irgendwas, los, nicht einschlafen. Du und ich auf dem Hügel, weißt du noch? Oben auf dem Hügel, ringsum das grüne Gras, oben der Himmel, unten der Himmel. Kannst du mich hören?

Ich kann nicht denken. Ich will nicht denken. Lass mich in Ruhe.

Geräusche kommen aus meinem Mund.

Ich kann dich hören. Ich kann dich immer noch hören. Du redest nicht mit mir. Du redest mit Mal. Deine Stimme im Wirbel.

Da, da war das Krankenhausschild. Weißt du, wo die Notaufnahme ist?

Mal murmelt vor sich hin.

Deine Stimme kippt.

Mal? Alles okay?

Er antwortet nicht.

Ein lauter, schwerer, langer Seufzer, mein Kopf und meine Schultern fühlen sich anders an. Seltsam schwer.

Ich bin wach, ich bin wach, die orangegelben Lichter fliegen vorbei, ich liege auf dem Rücksitz, über mir Mals riesige

Silhouette, er zappelt auf dem Sitz herum, du hängst über ihm, schreist, er soll anhalten.

Anhalten!

Und dann ein Schlag, deine Stimme und die von Mal verstummen, werden abgesaugt in ein Vakuum, mein Kopf und meine Schultern sind unendlich schwer und dann ruckartig leicht, ich fliege in den Fußraum und werde durchgerüttelt, gegen das Metall und die Fußmatten und die Hebel gerammt, ich werde zerquetscht, und ein ohrenbetäubendes, schreckliches Malmen wälzt sich über uns hinweg, und alles zerplatzt und zerspringt.

~

Ich halte deine Hand. Deine Hand in meiner.

Das Beatmungsgerät atmet aus, du atmest ein, *klick*, ein, du aus.

Ich bin für dich da. Spürst du meine Hand?

Ich wünsche mir, dass du sie spüren kannst. Meine Handfläche an deiner. Meine Fingerspitzen auf deinem Handrücken, dem Handgelenk, unsere Daumen nebeneinander. Spürst du, wie das Leben durch meine Poren ausströmt? Gute, positive Energie fließt durch meine Poren in deine.

Du sollst wissen, was mit dir passiert. Du hattest einen Autounfall. Du bist verletzt. Du liegst im General Hospital. Die haben dich absichtlich ins Koma versetzt, damit dein Körper genesen kann. Verstehst du das?

Ein, *klick*, aus.

Hör mal, du musst mir jetzt zuhören, es ist wichtig.

Die reden davon, die Maschinen abzustellen. Du musst jetzt stark sein und allein weiterleben.

Könntest du also bitte ein kleines bisschen genesen, nur ein bisschen. Jetzt wäre der Moment dafür. Jetzt käme es darauf an.

Deine Mum ist hier, und dein … dein Dad auch.

Wir alle wollen doch nur …

Baby, geh nicht, bleib hier.

Wer wird mir zu Weihnachten albernen Krimskrams in die Strümpfe stecken?

Du musst dir meine Gartenentwürfe ansehen. Fürs Studium. Du musst sie absegnen.

Wie kannst du mich damit allein lassen?

Hörst du mich?

Spürst du meinen Daumen auf deinen Fingerknöcheln? Spürst du meine Hand?

~

»Bitte sehr«, sagt Sheila.

Der neue Pflegeschüler knöpft meinen Pyjama zu.

»Wenn man frisch und sauber ist, sieht die Welt doch schon ganz anders aus.«

»Ja«, sage ich. »Danke.«

»Keine Ursache«, sagt er und dreht sich zu Sheila um. »Und jetzt?«

»Jetzt trägst du die Schüssel in den Waschraum, durch den Flur und dann rechts, und kippst das Wasser weg.«

Der Pfleger lächelt mich scheu an, verschwindet.

»Na, geht doch«, sagt Sheila. »Danke dir.«

»Ist okay. Muss anstrengend sein, so eine Ausbildung.«

»So, mein Lieber, ich muss jetzt weiter, die Bestellungen fürs Mittagessen aufnehmen …«

»Sheila?«

»Ja?«

»Hast du noch die Nummer von Kelv? Von dem Typen, der hier angerufen hat?«

»Seine Nummer? Ja, natürlich.«

»Würdest du ihn anrufen? Ich möchte mit ihm reden.«

Auf ihrem Gesicht nicht mal der Hauch einer Meinung.

Ich bin dankbar.

~

Ich … Was ist das?

Eine Sekunde lang habe ich allen Ernstes deine Hand in meiner gespürt. Deine weiche Haut. Bist du gekommen, um mich zu besuchen? Jetzt, da *ich* im Krankenhaus liege? Hältst du meine Hand, wie ich deine gehalten habe?

Ich bin hier.

Ich stelle mir einfach vor, du wärst hier.

Ich bin hier.

Meine Hand in deiner.

Deine Hand.

Deine Hand.

Zärtlich fährt dein Daumen über meine Fingerknöchel.

Du musst mir sagen, ob ich das Richtige tue.

Du weißt, dass es das Richtige ist.

~

Ein leises Klopfen, gerade stark genug, dem Holz einen Laut zu entlocken.

Mein vernebeltes Hirn wacht auf, orientiert sich.

»Hey, Mann, wie geht's?«

»Hi, Kelvin.«

»Wie geht es dir?«

»Nicht so gut.«

»Nein, natürlich.«

Von der schlechten Stimmung beim letzten Telefonat ist nichts mehr übrig. Gut. Da bin ich froh. Das Leben ist zu kurz.

»Sheila hat gesagt, du wolltest mich sehen?«

Ich winke ihn heran, zeige auf den Sessel.

Er hat die Tür offen stehen lassen, jemand schließt sie von außen, ich erkenne Sheilas Silhouette im Milchglas.

»Nun«, sagt Kelvin, »schön ist es da draußen, warm und sonnig. Nicht zu windig. Eigentlich perfekt. Ich würde dich ja gern wieder durch die Gegend schieben, aber ich glaube, das erlaubst du mir nicht, was?«

»Nein.«

»Vielleicht nächstes Mal? Wenn du dir Mühe gibst, beim nächsten Mal fitter zu sein, könnten wir ein bisschen durch den Garten rollen, was?«

Sein nervöses Geplapper verstummt. Er will natürlich wissen, warum ich ihn hergebeten habe.

Ich bin mir nicht mehr sicher. Ich muss …

»Ich wollte nur wissen, ob alles in Ordnung ist zwischen uns.«

»Natürlich ist es das, Mann, sei nicht dumm.«

»Du bist mein Freund.«

»Sei nicht albern«, sagt er und schaut weg.

»Du musst mir einen Gefallen tun.«

»Das ist ja wieder mal typisch«, sagt er mit einem gequälten Lächeln.

»Ich kann dir vertrauen.«

»Natürlich!«

»Ich will, dass du dich um sie kümmerst. Laura, Mals Eltern.«

»Natürlich.«

»Wenn ich nicht mehr da bin. Ich möchte, dass es ihnen gut geht.«

»Ja. Natürlich.«

Das geht nicht in die erhoffte Richtung. Ich muss deutlicher werden.

»Meine Beerdigung.«

Kelvin seufzt, will etwas sagen.

»Hör mal«, sage ich, »ich möchte keine. Ich hasse dieses ganze Tamtam. Das ist ja nur für die anderen. Für die Hinterbliebenen.«

»Die Leute werden sich verabschieden wollen.«

»Ja, aber es sollte zu mir passen. Sie sollen verstehen, wer ich war.«

»Mann«, sagt er, »ich bin froh, dass du es so siehst. Du hast vollkommen recht.«

»Also gut. Musik.« Ich atme zittrig aus, blicke an die Decke. »*Closer* von Low.«

Kelvin kramt sein Smartphone heraus, um mitzutippen.

»Und ich mag Gillian Welch, *I'll Fly Away*.«

»Okay.«

»Das passt zu mir. Und das zweite ist sogar ziemlich fröhlich.«

»Noch irgendwas?«

»*Monkey Gone to Heaven*?«

Er sieht mich an, lächelt, schüttelt den Kopf.

»Ich finde, dass bei Trauerfeiern grundsätzlich zu wenig Burlesque getanzt wird«, sagt er.

Ich verspanne mich, muss lachen, irgendwie.

Wir kommen der Sache schon näher.

»Irgendwas, damit sie nicht so traurig sind«, sage ich. »Ich vertraue dir.«

»Ja, zu Recht, Mann.«

»Und … könntest du ein paar Worte sagen? Etwas von Bedeutung?«

Er wirkt aufrichtig überrascht. »Ich … Ja, klar. Es wäre mir eine Ehre. Bist du sicher, dass du mir das zutraust?«

»Unbedingt. Wenn du bitte … Könntest du sagen …« Auf einmal habe ich einen Kloß im Hals. Es ist schwieriger als gedacht. »Könntest du bitte sagen, dass mir klar war … Das kommt jetzt vielleicht ein bisschen spät, aber ich habe eingesehen, dass ich mich vor den anderen verschlossen habe, weißt du. Und das war … vielleicht keine gute Entscheidung. Ich hätte … für die anderen da sein sollen, verstehst du? Ihnen helfen. Ergibt das einen Sinn?«

Kelvin nickt stumm.

»Und die Beerdigung soll eine Geste sein, mit der ich …«

»Zu viel.«

»Zu viel?«

»Ja.«

»Okay, dann nicht, aber der Rest bitte nicht zu traurig, nicht zu albern. Du kennst mich.«

»Danke, Mann. Danke. Ich werde mich drum kümmern.«

»Ach so, und die Asche.«

»Asche.«

»Bitte im Tal verstreuen, von einem hohen Punkt aus.«

»Von einem hohen Punkt aus … Ist notiert.«

»An einem Ort, der dir passend erscheint.«

»Okay.«

»Da oben wachsen nicht viele Bäume, aber falls du irgendwo einen Apfelbaum entdeckst …«

»Okay. Apfelbaum.«

»Direkt darunter. Auf die Wurzeln.«

»Hab ich.«

Meine Gedanken schweben zum Fenster hinaus, ich bohre die Finger in die Decke und ziehe dich an mich.

Vorstellung

»HALLO.«

Was?

»Hallo.«

Du bist es. *Du*.

Glasklar. *Du*.

Deine Stimme. Deine freundliche Stimme. Woher kam sie?

Habe ich dich gehört? Bist du wirklich hier?

So absolut vertraut, so nah. Deine vertraute Stimme, der vertraute Singsang. Tonfall und Stimmlage, das Auf und Ab, der Rhythmus. Klar und deutlich.

Ich habe eine Kopie von dir, hier bei mir, eine Kopie von dir. Niemand kann sie mir nehmen, sie lebt, in meiner Vorstellung. Meine Vorstellung ist zu einem Körperteil geworden. Ich liebe das. Wie ich das liebe!

»Hallo.«

Ich kann dich hören.

Der Grauschleier hebt sich.

Mein Herz klopft schneller. Ich spüre meinen Puls. Ein Pulsieren. Durch die Decke, durch die Matratze. Mein Puls verlangsamt sich wieder.

»Hallo, Baby.«

Wieder das Pulsieren, ein Pochen geht durch die Matratze. Das ist die vertraute Stimmlage, eine Kopie von dir. Ich möchte dir nah sein. Ich möchte mit dir verschmelzen.

Hallo, hallo.

Immer langsamer.

Wo bist du?

Bist du gekommen, um mich zu besuchen?

Ich frage: »Mia?«

»Guten Morgen, mein Lieber.«

Oh.

Sheila.

Die sanfte Sheila.

Jetzt ein echtes Geräusch, ein physisches.

Meine Ohren nehmen es auf. Ja, mit den Ohren zu hören ist etwas ganz anderes. Bassvibrationen.

»Ich habe dir frisches Wasser mitgebracht.«

Das grausame, verwirrende Morphium. Ich bin verwirrt. Wie seltsam.

Ein Laut. Ganz sanft, ganz leise. Der Grauschleier zittert. Mein seltsames Hirn.

»Wir feuchten dir die Lippen an, ja?«

Etwas Kaltes an meinem Mund, meinem Kinn. Es tut gut. Es tropft und tropft.

Sheila redet weiter, in einem liebevollen Singsang. Wie nett. So sanft und leise.

»Ich habe mich gefragt, wie es um dein Alphabet steht«, sagt sie, »wo bist du gerade? Bei V? Oder bei W?«

Stimme, eine Stimme, Sheilas Stimme.

Wann habe ich zum letzten Mal laut gesprochen?

Ich möchte mich bei ihr bedanken, *vielen Dank* …

»Nicht sprechen, mein Lieber.«

Mein Mund ist zu trocken. Ausgedörrt.

Was waren meine letzten Worte? Ich weiß es nicht mehr.
Hoffentlich habe ich genug gesagt.
Genug für die anderen, damit sie weitermachen können.

~

Zuckendes Licht.
Licht an.

Ich stelle mir meinen Körper nur noch als Herzschlag zwischen den Laken vor. Ich höre ihn durch die Matratze. Der Herzschlag geht immer schneller.

Ich spüre, was ich vor dem Fenster sehe.

Mein Herz trommelt nach, was ich sehe.

Soll ich den Knopf drücken?

Sheila? Ist Sheila da?

Nein.

Schneller, immer schneller trommelt mein Herz auf das Laken.

Mein Herz schlägt, ich atme.

Blick und Atem.

Das ist von mir übrig.

Ich sehe das Fenster und den Garten dahinter. Die Magnolie.

In den zitternden Zweigen des kleines Baumes da draußen flattert und tanzt ein Herz.

Ein rotes Herz.

Ein Häkelherz.

Es ist da. Sieh mal, es hängt wirklich da im Baum.

Ich kann es sehen.

Wange

ICH BIN WEIT über dem Tal.

Ich bin hier oben. Ich spüre die Luft.

Ich spüre die Sonne, mein Blut unter der Haut wärmt sich auf.

Und da bist du. Wir liegen Wange an Wange.

Sieh mal, du hebst die Hände und verschränkst die Daumen und machst einen Vogel. Einen flatternden Vogel.

Ich hebe die rechte Hand, halte sie neben deine linke, Daumen an Daumen.

Ein Vogel. Ein flatternder Vogel.

Unsere Hände, gen Himmel gereckt.

Sie flattern durch das Blau.

Zwei Singvögel lassen sich von den Luftwirbeln in die Höhe tragen, sie haben am Obst gepickt und sind voller Energie, segeln über das weite Tal. Da oben werden wir zusammen sein, der Wind wird uns tragen.

Du lächelst mich an, reißt die Augen auf.

Deine Augen.

»Oh, es ist ja so schön, dich zu sehen«, sage ich. »Ich dachte, ich würde dich nie wiedersehen.«

Ich will deinen Anblick auskosten, aufsaugen.

»Du siehst so glücklich aus. Bist du glücklich?«

»Ja, sehr.«

»Oh, das freut mich! Es ist ein Wunder. Du bist wunderbar. Ich habe dich ja so vermisst.«

»Ich dich auch.«

»Es tut mir leid. Es tut mir so leid.«

»Ich weiß.«

»Du warst so ehrlich und so nachsichtig mit mir. Und so deutlich hast du mir gesagt, was ich lassen soll. Es tut mir so leid.«

»Ich weiß.«

»Ich darf dich nicht einmal um Verzeihung bitten. Du darfst mir nie, niemals verzeihen.«

»Ist doch egal.«

Ich kann dir gar nicht sagen, wie erleichtert ich bin. Nach all den Jahren. Du siehst genauso aus, wie ich dich in Erinnerung hatte, nur deutlicher. Das Bild ist glasklar. Deine Augen glitzern.

»Gib mir deine Hand.«

»Hier.«

Ich kann es fühlen! Ich fühle deine weiche Haut. Dein Daumen streicht über meine Fingerknöchel.

»*Hier* mich.«

»Ja, ich *hiere* dich.«

»Hör meine Gedanken.«

»Du klingst noch genauso, genauso wie früher.«

»Das gleiche Geräusch, gar kein Geräusch.«

»Kannst du mich hören? Hörst du alles, was ich denke?«

»Ja.«

»Vergib mir.«

»Komm.«

»Wo gehst du hin? Du willst doch nicht etwa gehen? Bitte, geh nicht.«

»Ich lasse dich nicht allein. Ich bin bei dir. Keine Angst.«

Deine Stimme verblasst.

Fernes Zwitschern.

Flügelschlagen.

~

Ohhhh.

Noch da.

Für immer wach.

Ich atme, ich atme.

Als ob ich durch einen Strohhalm schlürfe.

Ich kann nicht schlafen.

Der Schmerz steckt in meiner Wirbelsäule wie ein Splitter.

Wie ein zersplitterter Ast.

Klirrender Wagen.

»Hallo, mein Lieber, ich bin's nur, Sheila.«

Klimper, klirr

Hm.

Klimper, klirr

Niemand spricht mich mehr an. Jef nicht, Jackie nicht. Nur Sheila.

Das ist gut.

Sprache regt die Hirnchemie an, hält die Gedanken auf Trab.

Hält mich wach.

Ich habe genug.

Gut.

Gute Leute.

Engel.
Jetzt wird es Nacht.
Pssst.
Sei endlich still, psst, pssssst.

»Guten Morgen, mein Lieber.«
Klimper, klirr
Da kommt der Wagen.
Trinken? Ich kann nicht trinken.
Auch gut. Geh.
Ich mag das, wenn so gar nichts passiert.
Was war ich, was wollte ich sein …?
Ich?

~

»Hallo, mein Lieber, ich bin's nur, Sheila.«
Sheila.

»Ich nehme dir mal kurz die Decke weg, ja? Warte, ich ziehe deine Finger raus, ich muss dein Bett machen. Okay?«

Hm?

»Ich lege sie hier neben das Bett, ja? Sie ist nicht weit weg.«

Nein. Ich …
Nein, nein, das ist nicht richtig.
Kalt.
Jetzt ist mir kalt.

X

WAS?

Das vertraute Sauggeräusch der Brandschutztür am Ende des Flurs.

Das klingt aber …

Wer ist um diese Zeit da draußen unterwegs?

Das klingt irgendwie nicht richtig. Das ist gegen … Das darf nicht sein … Was …?

Das ist doch lächerlich. Schluss damit. Stopp.

Denk nicht drüber nach.

Ich bilde mir ein, dass Mal sich anschleicht, er schleicht sich durch die Brandschutztür herein, und keiner hält ihn auf.

Ganz ruhig.

Ist doch verrückt, so etwas zu denken.

Ist doch Unsinn.

Leises Quietschen von Gummisohlen auf Linoleum. Eingefangen und verstärkt von den blanken Wänden.

Er ist da draußen.

Zur falschen Tageszeit reichen mir zwei Indizien: Tür, Schuhe.

Wer sonst sollte das sein?

Nein.

Mach die Augen zu.

Denk an was anderes.

~

X. Xylophon.

Rippen im Zeichentrickfilm: ein Xylophon.

Die Augen: zwei X.

X-Chromosom.

~

»Also gut, mein Junge.«

Was?

Hirn ein.

Das Hirn erwacht flackernd zum Leben wie ein Nachtlicht. Da! Hat sich da im Gang etwas bewegt?

Irgendetwas?

Ist da jemand?

Meine Ohren lauschen, aber ich bin zu schläfrig, die Augen zu öffnen. Ich merke, dass ich tiefer schlafe als vermutet. Ich kann … ich kann mich nicht bewegen.

Da ist nichts.

Nur die alten Albträume.

Hirn aus.

»Alles okay bei dir?«

Hirn ein.

Drüben an der Tür, hinter dem Fußende, definitiv.

Das Zimmer speichert die Geräusche.

Der Anstrich hallt nach.

»Nett hast du es hier. Schick und modern.«

Die graue Masse ist eingeschaltet und aktiv.

Mals Stimme. Keine Frage, das ist Mal. Heiser, aber sonst wie früher. Gleicher Tonfall.

Er ist hier. Er steht in der Tür.

Aufgepasst jetzt. Die Ohren gespitzt.

Ich kann nicht ... Da ist nichts, was ich tun könnte.

In meiner Brust ein Zucken, mir wird übel.

Drück auf den Knopf. Ich will den Knopf drücken. Wo ist meine Hand? Wo ist der Knopf?

Ich greife ins Leere, da ist nichts. Die Bettdecke: ein Niemandsland.

»Ich wollte dich mal besuchen.«

Leise Stimme, nervös, angespannt.

Schweigen. Mist, Mist.

Die Klimaanlage haucht leise, pausenlos.

Ich öffne die verklebten Augen. Das Licht schmerzt. Da sitzt er. Sitzt einfach da. Ich kann ihn nicht genau erkennen, aber er ist es, oder? Alles spricht dafür.

Mist. Mist. Sheila, du hast versprochen, ihn nicht reinzulassen!

Kastanienbraune Jacke. Gelbes Logo auf der Brusttasche. Ein Handwerker? Was zum ...?

Ist das Mal? Ich bin verwirrt.

»Ich bin's, Mal«, sagt er. »Malachy.«

»Mmm.«

Mal, will ich sagen, *Mal*, aber meine Lippen sind verklebt.

»Ist schon gut. Du musst nichts sagen.«

»N-nein.«

»Was?«

»Nicht.«

»Was denn, Mann? Was willst du mir sagen? Ich kann dich nicht verstehen.«

Er beugt sich vor. Bedrohlich.

»H, Hhhh …«

Er runzelt die Stirn.

Er verströmt einen Geruch. Den Geruch von draußen. Er riecht nach Fußballplatz. Nach Stadion. Das ergibt doch keinen Sinn. Er riecht kalt.

Er beugt sich vor, bedrohlich weit.

»Was, Mann?«

Ich will ihn wegschieben, weg von mir.

Er weicht zurück, kneift die Augen zusammen.

Er glaubt wohl, ich wäre im Wahn.

Bin ich aber nicht.

»Hör auf«, sage ich.

Denke ich.

Er ist zurückgewichen.

»Ist ja schon genug. Ich tu dir schon nicht weh. Komm runter, Mann.«

Er runzelt immer noch die Stirn. Versucht, mich zu durchschauen.

»Ich wollte dich einfach nur mal besuchen. Hallo sagen.«

Er hebt die Hände und kratzt sich den Kopf. Die Geste ist vertraut. Das ist eine Mal-Geste. Sie verrät mir, dass er gestresst ist. Er wirkt nervös.

Er zaudert. Hadert.

Er meint es ehrlich.

Er meint es gut.

»Ich wollte nur mal Hallo sagen«, wiederholt er.

Je länger ich ihn betrachte, desto klarer werde ich. Ruhig. Ganz ruhig. Das ist die Realität.

Er wirkt verängstigt, schüchtern.

»Darf ich mich wieder hinsetzen?«, fragt er. »Und dir ein bisschen Gesellschaft leisten?«

Ich schließe die Augen, es ist nicht meine Entscheidung. Bald höre ich, wie er sich entschieden hat. Leises Scharren, Plastikseufzen. Er hat im Besuchersessel Platz genommen.

»Scheiße, Mann, ich tu dir doch nichts. Das hast du nicht gedacht, oder?«

Ich schüttele den Kopf. Doch.

Ich schlage die Augen auf, sehe ihn an.

Schnell schaut er weg, aus dem Fenster.

Vielleicht erträgt er meinen Anblick nicht, wie ich hier liege, die Maske über dem Gesicht.

Auch gut. Schaue ich ihm eben beim Wegschauen zu.

»In solchen Momenten weiß ich nie, was ich sagen soll«, sagt er, ohne die Augen von der Magnolie abzuwenden.

Das Herz flattert im Wind. Sieht er es auch?

»Ich hasse Krankenhäuser. Wir könnten übers Wetter reden.«

Schweigen.

»Schmuddelwetter.« Er grunzt.

Ich möchte etwas sagen. Ich versuche zu sprechen.

Nichts passiert.

»Warte«, sagt er und steht auf.

Ich kann ihn nicht aufhalten …

Vorsichtig schenkt er etwas Wasser in die Tasse ein, hält sie mir an die Lippen.

»Komm, trink.«

Er schiebt eine Hand unter meinen Kopf, aber ich kann nicht …

Er hat Tränen in den Augen. Ich sehe sie, in Nahaufnahme, das sind Tränen.

»Warte mal«, sagt er und legt meinen Kopf sanft auf das Kissen zurück. »Da muss doch … hier!«

Er hat einen Teelöffel auf dem Nachttisch gefunden, taucht ihn ins Wasser.

»So ist es besser, oder?«

Meine Lippen sind feucht. Ja, das ist besser.

Versuch es noch einmal. Sag: *Wo warst du?*

Ich räuspere mich, das Wasser hilft mir dabei.

»Ich bin eine Weile bei Becca untergekommen. Ich habe Zeit zum Nachdenken gebraucht, zum Luftholen. Sie wollte dich eigentlich besuchen, aber weißt du, ich glaube, sie hat Angst. Sie kann Krankenhäuser nicht leiden. Du weißt ja, wie das ist. Die Leute hören den Namen St. Leonard's und denken sofort … na ja, das eine.«

Ich schließe die Augen. Ja. Mit den Füßen voran.

Wir schweigen, die Klimaanlage haucht.

Er erwartet etwas von mir, ein Zeichen.

Von allen Worten dieser Welt fällt mir kein einziges ein.

»Weißt du, warum ich gekommen bin? Ich hatte gehofft, du weißt es.«

Also gut. Jetzt kommt's.

»Ich will alles wiedergutmachen, aber das ist unmöglich. Ich kann nichts dazu sagen. Manche Sachen sind einfach zu groß, verstehst du? Zu groß und zu kompliziert für Worte. Aber ich wollte es nicht einfach so auf sich beruhen lassen, Mann. Das hast du nicht verdient. Ich wollte herkommen. Ich bin mit Worten nicht so gut, aber ich dachte, wenn ich mich überwinde, kommt vielleicht was Gutes dabei raus. Ich wollte das Richtige tun, weißt du.«

Er schnaubt, fängt an, auf seinem Daumennagel herumzukauen.

»Aber, Scheiße noch mal, selbst diese Erklärung hört sich falsch und künstlich an. So nach dem Motto, *oh, ich weiß gar nicht, was ich sagen soll, blabla*. Als wollte ich nur dein Mitleid, aber das stimmt nicht, ich will dir nicht leidtun. Mir tut es leid. Du tust mir leid.«

Auf einmal muss er schlucken, kann nicht weiterreden.

Ich sehe ihn an. Mitleidig.

»Ich hatte mir vorgenommen, das Richtige zu sagen, aber am Ende sind das alles nur Worte, oder?«

»Nein.«

»Ich wollte dir sagen, da gab es so viel, was ich hätte sagen und tun sollen. Und dann sind da die Sachen, die ich besser gelassen hätte. Ich hatte viel Zeit zum Nachdenken. Zu viel Zeit. Das weißt du. Ich wette, dir ist es ähnlich ergangen.«

Ja.

»Auf einmal wacht man auf und merkt, was man verbrochen hat, quasi grundlos. Damals kam es mir gar nicht so schlimm vor, verstehst du? Lange Zeit nicht. Aber am Ende ... Weißt du, irgendwann zeigen sich die Auswirkungen. Und die anderen haben auch was abbekommen. Man hat sie mit in die Scheiße gezogen, ob man wollte oder nicht.«

Ich sehe ihn, auf einmal wirkt er ganz klein. Es ist, als würde ich ihn aus weiter Entfernung betrachten. Den kleinen Mann. Ein kleiner Mann sitzt hier neben mir, neben einem kleinen Mann im Bett.

»Und jetzt bin ich da. Jetzt sind wir hier.«

»Hm.«

Ich versuche zu schlucken und verziehe das Gesicht. Schaffe es nur halb, gebe auf.

Ich kann nicht …

»Ehrlich, ich weiß selbst nicht, was ich hier will, Mann«, sagt er und sieht mich ratlos an. »All die Jahre habe ich mir vorgestellt, wie das wäre, dich wiederzusehen, und was ich zu dir sagen würde. Ich wusste natürlich, dass es niemals so ablaufen würde wie in meiner Vorstellung. Ich hatte dir so viel zu sagen. Ich habe mir alles zurechtgelegt, aber jetzt ist es weg, verstehst du? Ist doch egal, oder? Die Worte können nichts mehr daran ändern. An dem, was passiert ist.«

»Nein.«

»Weißt du, Mann, wenn ich könnte, ich würde sofort in der Zeit zurückreisen und alles anders machen. Ich hätte dafür gesorgt, dass du bei der Party nicht dabei bist. Oder dass du die Party nicht verlässt. Ich wäre nie in das verfluchte Auto gestiegen. Ich hätte nichts davon getan, Mann. Es war alles meine Schuld.«

Nein, nein. Zu viel. Ich will nicht darüber reden. Ich kann das jetzt nicht gebrauchen. Später vielleicht, wenn überhaupt. Später. Aber er ist jetzt ganz auf mich konzentriert, will es alles loswerden. Er wird da sitzen bleiben und mich zwingen, ihn anzuhören, Satz für Satz.

»Nein«, sage ich.

»Doch. Ich war dabei, ich hätte es verhindern können. Das wäre meine Pflicht gewesen.«

»Ich will nicht …«

»Du liegst im Sterben, oder? Lass uns nicht drum herumreden. Du liegst im Sterben. Und auch das ist meine Schuld, oder? Habe ich es dir nie gesagt? Du bist mit uns durch die Clubs gezogen und hast dich kaputt gemacht, aber ich habe nichts gesagt. Ich habe es nicht besser gewusst, Mann, ich wusste nicht, wie es um dich steht. Doch ich hätte es wissen müssen. Ich hätte einfach nur die Augen aufmachen müssen. Es tut mir so unendlich leid.«

Er sieht mich flehentlich an.

»Und wenn ich irgendwas, *irgendwas* tun könnte, um dir zu helfen, würde ich es tun, sofort, verstehst du?«

Sein stechender Blick flackert und erlischt, Tränen quellen aus seinen Augen, überwinden die Wimpern und kullern an seiner Nase herunter. Er lässt sich zurücksinken. Er kann nicht mehr.

Ich schließe die Augen.

Ich bin es. Meine Silhouette, wie mit Kreide auf den Fußboden unserer Wohnung gemalt. Unsere gemeinsame Wohnung. Ich hebe den Kopf, wundere mich über den Fahrradreifen, der schief unter der Decke hängt. Ich habe eine erstaunliche Vision: Ich sehe Rauch und Knicklichter.

Ich bin erstaunt genug, mich vor deine Tür zu schleppen und dir davon zu berichten.

Aber du staunst kein bisschen mit, du findest es nicht lustig.

Du machst dir Sorgen. Ab in die Notaufnahme.

Ich hinten auf dem Rücksitz, mit Blick auf dich.

Auf dich und Mal, die Zwangsverbündeten.

Alles nur mir zuliebe.

Alles nur meinetwegen.

Ich bin nur der Passagier auf der Rückbank.

Du im Krankenhaus, ich halte deine Hand.

Ich im Krankenhaus. Meinetwegen.

Alles nur meinetwegen. Alles.

Ich sehe Mal. Er sieht mich nicht an.

Soll er aber.

»Mal.«

Er hebt den Kopf.

Sein Gesicht ist fahl und verzerrt. Ich sehe die nassen Tränenspuren.

Ich strecke die Hand aus. Er rutscht heran. Ergreift sie mit beiden Händen. Legt seine Handfläche über meine Fingerknöchel. Drückt sanft zu.

»Du bist in Ordnung«, sage ich.

Er japst und keucht. Er versucht gar nicht, die Schuld wieder an sich zu reißen. Ich glaube, eigentlich liegt sie zwischen uns. Auch wenn wir sie jetzt nicht mehr gebrauchen können.

Ein breiter Streifen Rotze läuft aus seiner Nase.

»Igitt, sorry, Mann«, sagt er und wischt sich mit dem Ärmel über das Gesicht.

Ich muss lächeln. Im Ernst. Das Lächeln verzieht mein ganzes Gesicht.

»Sorry!« Er lacht.

Ich atme.

Das ist gut. Das fühlt sich gut an.

Es war richtig so. Alles fügt sich ineinander.

Er grinst breit, das Grinsen erreicht seine Augen.

Und die Erleichterung, diese Erleichterung in seinen Augen. Das hätte ich nicht erwartet.

Sie hatten recht, die ganze Zeit. Sheila. Kelvin. Selbst Laura. Recht womit?

Ihn so am Boden zu sehen. Er sieht so demütig aus. Aber das ist nicht richtig.

»Sorry, Mann«, sage ich.

Er sieht mich an. »Keine Nachsicht, bitte.«

Und oh, welche Erleichterung, in seinen und in meinen Augen. Ich kann sie körperlich spüren. Ich spüre, wie das schwere Gewicht sich hebt. Genau das hatte man mir vorausgesagt. Leichtigkeit, genau. Das ist doch was. Das ist doch mal ein Gefühl.

Ich sehne mich nach dir. Du sollst mir verzeihen.

Ich huste. Mein Körper hustet ohne mein Zutun. Ich warte.

Ich blicke an ihm vorbei zum Fenster. Das Licht schmerzt in meinen Augen.

Flatterndes Glück: das Herz. Dein Herz im Baum.

Ich mache die Augen zu.

Ich bin ja so froh, dass es vorbei ist.

Das Ganze fällt mir so leicht, dass es fast schon peinlich ist. Durch mein Herz und meine Wirbelsäule, durch den Schmerz, durch meine Glieder strömt eine überwältigende Welle der Liebe und des Wohlwollens.

Ich schwebe, spüre die Zeit verrutschen.

Die Kaffeemaschine gurgelt und verstummt dann wieder, Mal ist immer noch da. Auf einmal spüre ich wieder die Hand auf meiner Hand.

Ich weiß nicht, ob du das bist, ob wir die Hände zu einem Vogel verschränken. Zu einem flatternden Vogel. Er flattert durch den blauen Himmel, weit oben. Er segelt mit dem Wind. Alles ist ganz klar.

Ich spüre, wie die Entspannung in meiner Wirbelsäule aufwärtskriecht, bis in meinen Nacken und durch den dicken Schädelknochen, bis in meine Stirn. Doch ich runzle die Stirn, fühle einen Widerstand. Ich bin immer noch in diesem Zimmer. In diesem beige gestrichenen, klimatisierten Zimmer.

Das Gefühl überwältigt mich, mein Gesicht ist verzerrt, aber die Tränen kommen nicht. Meine Kehle schnürt sich zu.

»Oh je, alles okay?«, höre ich Mal sagen.

Ich schlage die Augen auf, er ist immer noch da.

So wie ich. Ich sehe ihn an. Sind da Tränen in meinen Augen?

Nein, immer noch nicht.

»Ich weiß, Mann«, sagt er, »ich weiß.«

»Ich …«

»Ich weiß.«

»In den Severn.«

Schweigen, alles schweigt, nur die pausenlos hauchende Klimaanlage nicht.

»Was hast du gesagt, Mann?« Seine trockene Stimme in der Stille.

Ich reiße die Augen auf und sehe ihn an, so fest ich kann. Erinnert er sich? Weiß er alles noch, was ich weiß?

Sein fahles Gesicht erstarrt, die Haut ist grob und unrasiert, das Haar steht ihm wirr vom Kopf ab.

»Hephzibah?«, frage ich.

Seine trüben Augen klaren auf, stellen sich scharf. Ich schaue ihm beim Begreifen zu. Zwinge ihn, sich an seine Worte zu erinnern.

»Hipp, hipp, hurra?«, frage ich.

Sein klarer Blick gefriert. Ich sehe die Erinnerung in seinen Augen. Natürlich erinnert er sich. Schieb mich auf den Hephzibah's Rock, schwing mich herum wie beim Hammerwurf, und dann … ab in den Severn.

»Ja?«, frage ich.

»Oh nein, Mann«, sagt er, und sein Blick jagt über mein Gesicht, scannt es.

»Du hast es versprochen.«

Er scannt weiter. Er hat Angst.

»Sag nicht so was, Mann.«

»Bitte. Mal.«

»So was darf man nicht verlangen.«

Darf man nicht. Es ist nicht fair.

Ich seufze tief, tiefer, als ich kann, und muss husten. Krümme mich zusammen, um fast zu husten.

Meine Aufruhrgedanken ziehen sich abgeschlagen in meinen Hinterkopf zurück. Ich will nichts mehr, ich will nur noch bei dir sein. Ich schließe die Augen und lasse den Kopf aufs Kissen zurücksinken.

Ich lausche der Stille.

»Komm schon, Mann«, sagt Mal, voll neuer Energie. »Wir machen es dir gemütlich. Ist das … ist das dieselbe … ist das Mias Decke?« Seine Stimme zittert. »Die nützt dir nichts, wenn sie zusammengefaltet am Fußende liegt.«

Er beugt sich vor, breitet sie aus.

»Hier, Mann, so ist es doch besser, was?«

Ich spüre den kühlen Luftzug.

»Wollen wir dir das mal abnehmen?«

Ich öffne die Augen und hebe den Kopf und lasse mir die Maske vom Gesicht ziehen. Vorsichtig hängt er sie an die Flasche neben dem Bett. Ich spüre die kühle, trockene Luft auf meiner Haut und wie der feuchte Maskenabdruck verblasst.

»Mach die Augen zu, Mann«, flüstert er. »Mach die Augen zu.«

Ich sehe ihn an, verschränke meinen Blick mit seinem. Eine Träne fällt aus seinem Auge und landet auf meiner Wange.

Er sieht mich an, ich sehe ihn an. Ich sehe es in seinen Augen. Ich sehe die Frage.

»Mach die Augen zu.«

Ich mache die Augen zu. Ganz zu.

Der Anblick seines Gesichts, die zitternden Magnolienäste im Tageslicht, im Fensterausschnitt, brennen auf meiner Netzhaut nach und verblassen dann.

Das Leuchten hinter den Lidern verglüht, wird abgeblendet.

Seine Handfläche an meinem Hinterkopf, mein Kopf in seiner Hand.

Zauberhände.

Ein schwacher, vertrauter Duft – Vetiver. Immer noch da, nach all den Jahren.

Du.

Weiche Wolle auf meinem Gesicht. Alpaka, Merino. So dick und schwer, aufgedrückt von Mal, fest, fester, mit aller Kraft. Fest genug.

Die gleichmäßigen Maschen.

Deine Gegenwart.

Trockne die Tränen.

Meine Hand lebt noch, er hält sie fest. Sanft, ganz sanft. In seiner warmen Hand. Meine ist so kalt, ich hatte sie schon vergessen.

»Ist es gut so?«

Der Duft wird stärker.

Der Druck wird stärker.

Deine Gegenwart.

Das ist es, das kann ich jetzt noch tun: tief einatmen.

Ganz tief.

Tief und fest schlafen, neben dir.

Danksagung

»Team …«

Zuallererst möchte ich meinen beiden Brüdern danken, die mich aufgenommen und ausgehalten haben. Meiner Mum und meinem Dad, die mir ihre Zeit und einen Raum zur Verfügung gestellt haben. Meinen Bandkollegen, für die Inspiration; und der Familie Jolly in Preston, bei der ich Weihnachten feiern durfte.

Danke dir, Cath, für die Unterstützung und die konstruktive Kritik, und dafür, dass du unabsichtlich einen Titel für mein Buch gefunden hast.

Ich bin dankbar für die Ratschläge von Dr. Alice Myers, David Abdy, Sally Quigg, Ian Abdy, Shonagh Musgrave, Carolyn Willitts, Simon Wheatley, Sara Grainger, Su Portwood, Frith Tiplady, Anna Davis, Chris Wakling und allen, die im Herbst 2011 an der Curtis Brown Creative Writing School waren.

Ich stehe tief in der Schuld von Susan Armstrong und Jane Lawson, Anne O'Brien und dem fantastischen Team von Conville & Walsh und Transworld, ohne deren Hilfe dieses Buch ein schlechteres wäre (und ein unveröffentlichtes noch dazu).

Ich habe John Murray, Autor und wohlwollender Herausgeber von *Panurge New Writing*, nie persönlich kennengelernt. Aber ich bin ihm dankbar für ein paar maschinengeschriebene Seiten aus dem Jahr 1994 und ein Telefonat in 2003. Manchmal reichen ein paar Worte, einen Lebensweg zu ändern.

Dieser Roman wurde von der unvergleichlichen, wunderbaren Christine Jolly geprüft und zerpflückt, nur manche Passagen wurden an ihr vorbeigeschmuggelt. Jols, ich kann dir nicht genug für deinen Beitrag zu diesem Buch danken. Aber ich kann es versuchen: Danke, fünfzig Mal, *mindestens*.

James Hannah

lebt mit seiner Familie in Shropshire, UK. Er hat an der Reading University studiert und veröffentlichte bereits einige Kurzgeschichten. *Das Alphabet der letzten Dinge* ist sein erster Roman.

www.jameshannah.com

Twitter @JamesHannah